金春洙 無意味詩研究

崔 羅 英

새미

춘수는 1950년대 의미 지향의 시 이후, 1960년대부터 최근에 이르기 까지 40여년에 걸쳐 그만의 독특한 시 스타일로서 무의미시를 창작 하고 있다. 즉 무의미시는 그의 시세계에서 핵심적 부분을 차지하며 본고의 연구 범위에 해당한다. 본 연구가 목표한 바는 다음과 같다. 첫째 김춘수의 무의미시론과 무의미시를 객관적으로 구분, 고찰하고 의미시에서 무의미시 로의 변화 계기에 대하여 언어적 측면에서 접근하는 것이다. 둘째 김춘수의 무의미가 지닌 시적 의미 생산의 측면에 주목하여 이를 유형화하고 계열화함 으로써 무의미시를 내재적으로 분석하는 것이다. 셋째 무의미 어구를 중심으 로 계열화된 시인의 내적 욕망 및 사상적 기저를 규명하는 것이다.

'무의미Nonsense'는 시편에서 단순히 '의미 없음'이나 '어리석음'의 차원 이 아니라 새로운 시적 의미를 생산하는 주요한 원천이다. 주요한 시적 장치 인 '역설', '비유', '상징' 등을 살펴 보면 '무의미' 양상과 밀접하게 결부된 것임을 알 수 있다. 그리고 무의미 어구는 의미의 맥락을 차단, 재구성함으로 써 추상적, 환상적 비전을 보여준다. 김춘수의 무의미시는 이와 같은 무의미 의 어구들로서 구성되며 이들은 개별적으로 시적 의미를 생산하는 가운데 다양한 의미의 계열체를 이룬다. 무의미 어구가 형성하는 '시뮬라크르 Simulacre'의 세계는 김춘수의 초기시와 대비되는 의식적 기저를 드러낸다.

이러한 관점에 입각하여 본고는 Ⅱ장의 1절에서는 김춘수의 '무의미' 지향이 '시적 언어'를 매개로 한 '의미' '무한', '이데아'에 대한 추구의 좌절과 관련이 있음을 논의하였다. 즉 무의미시는 언어적 측면에서 '언어의 한계성' 인식을 주요한 계기로 한 것이다. 2절에서는 김춘수가 서술한 무의미시론과 그의 무의미시의 특성을 구분, 고찰하였다. 김춘수는 무의미시론에서 그의 무의미시에 대하여 '의미, 대상의 없음'이란 '무의미'의 일반적 개념으로서 다룬다. 그러나 그의 '무의미'는 '의미'의 다양한 생산지점으로서 '의미'와의 관련을 토대로 한 철학적, 문학적 의의를 지닌다. 3절에서는 무의미시의 주요한 특성에 관하여 논하였다. 즉 김춘수는 무의미시에서 이상의 「꽃나무」를 전범으로 하여 '무의식의 방심상태'를 표현하고자 하였으나 실제 그의 무의미시는 다양한 '무의미' 어구에 의한 '방심상태의 위장'과 관련을 지닌다.

Ⅲ장의 1절에서는 '무의미'와 '의미'의 관련성에 입각한 문학적, 철학적 관점에 입각하여 '무의미'를 유형화하였다. 즉 '구문론', '의미론', '문장성분의 범주론' 등에 의하여 '상황의 무의미', '언어의 무의미', '범주적 이탈', '수수께끼' 양상으로 무의미 양상을 분류하였다. 무의미는 시적 의미와 분위기 형성에 중요하게 작용하며 '범주적 이탈'의 경우는 '역설', '비유', '상징' 등과 같은 문학적 장치를 포괄한다. 2절과 3절에서는 '무의미시'가 무의미의 '계열화

4

Serialization'에 의하여 이루어지며 '특이성Singularity'을 중심으로 다양한 계열체를 형성하고 있음을 서술하였다. 무의미 어구는 기표 계열과 기의 계열의 중심축을 형성하며 전체 계열체를 소급적으로 순환하도록 한다. 무의미 어구가 이루는 기의 계열의 '의미'는 시인의 '내적 정서'를 중첩적으로 강조한다. 그것은 '우울', '슬픔', '절망' 등의 정서로 요약되며 시인이 처한 구체적, 현실적 상황을 은폐하는 효과가 있다. 그리고 무의미시는 비현실적 환상, 상상의 장면을 형상화하며 실제적이고 인칭적 시간과는 구분되는 '아이온 Aion'의 시간에 속한다.

Ⅳ장에서는 주요 무의미 어구의 계열체 양상을 중심으로 시인의 내적 욕망 및 사상적 기저에 관하여 고찰하였다. 무의미 어구가 계열화하는 주요한 의미는 김춘수의 '자전적 트라우마Trauma'와 관련된다. 이것은 그의 감옥 체험을 중심으로 한 '괄호 속 존재'로 표상된다. 자전적 트라우마는 그가 겪은 '역사', 폭력적 '이데올로기'의 피해와 결부되면서 억압 대상에 대한 비판적 논조를 지닌다. 무의미시에서 '초월적 힘' 앞에 무기력한 개인은 그가 지속적으로 탐구한 '처용', '이중섭', '도스토예프스키의 인물' 등의 심리 형상화로 나타난다. 이를 통하여 그가 옹호하는 가치가 나타나는데 그것은 '이승의 저울'로 대표되는 '인간적 모럴'이다. '인간적 모럴'은 그것이 시험되는 비극

적 상황에 놓인 인간의 대응 양상으로 구체화된다. 공통적 극복 방식은 '고통'을 감내하는 것인데 '고통의 감내'란 육체의 고통을 견뎌내는 '정신', 정신을 지켜내려는 '육체'의 힘의 정도를 나타내는 것이다. 이와 같이 김춘수는 고통을 위로하고 그것으로부터 탈피하는 방식으로서 '무의미'를 선택하였다. '무의미' 중심의 시쓰기는 파편적, 찰나적 장면과 관련이 있으며 반이성, 반플라톤주의라는 그의 세계관을 드러낸다. 무의미시는 '무의미'라는 언어적 형식 외에 주로 내용적 측면에서도 작중 인물의 심리를 빌어서 나타내는데 이것은 '무의미시'가 시인을 숨기는 '가면의 전략'에 연원한 것임을 보여준다.

이 책이 나오기까지 자상하신 배려로 학문의 길로 인도해주신 양왕용 선생님, 오세영 선생님, 김용직 선생님께 감사의 말씀을 드린다. 그리고 항상 곁에서 따뜻하게 외조해준 남편에게 고마운 마음을 전한다. 무엇보다도 이 책이 나오도록 배려해주신 새미출판사 사장님과 편집부직원 여러분께도 깊은 감사를 드린다.

차 례

Ⅳ. 무의미의 의미생산과 사상적 기저

Ⅴ. 결 론

부 록

서 론

1. 연구사 검토와 문제제기

金 春洙는 초기에 처녀 시집인 《구름과 장미》(1948)를 비롯하여 《늪》(1950), 《旗》(1951), 《隣人》(1953), 《꽃의 소묘》(1959), 《부다페스트에서의 소녀의 죽음》(1959) 등 의미를 지향한 관념적이면서 낭만적 경향의 시 세계를 보여 주었다. 그는 이후 《타령조 기타》(1969), 《南天》(1977), 《비에 젖은 달》(1980), 《라틴點描·기타》(1988), 《처용단장》(1991), 《서서 잠자는 숲》(1993), 《壺》(1996), 《들림, 도스토예프스키》(1997) 등 무의미시편의 세계로 나아간다.

이 연장선 상에서 《의자와 계단》(1999), 《거울 속의 천사》(2001), 최근의 《쉰 한편의 비가》(2003)에 이르기까지 꾸준히 창작 활동을 하고 있다. 《의자와 계단》(1999) 이후의 시 경향에 대해서는 '의미와 무의미 양쪽을 합해서 새롭게 지양한'[1] 측면을 지닌다. 그의 시 세계는 초기에는 '릴케'의 영향과 관련을 지닌 상징적 시 세계로부터 중기 이후로 가면서 '잭슨 폴록'의 기법과도 유사한 무의미 시편으로 나아갔다. 그리고 다시 서정적

---

1) 「이달의 인터뷰 시인 김춘수」, 『문학사상』, 2001. 6, p.66

시 세계로 회귀한 측면을 지닌다. 물론 이때의 서정성은 그의 시 세계의 변화를 변증법적으로 지양한 의미를 내포한다.

이와 같이 김춘수의 시 세계는 대략적으로 '의미' 지향의 전기 시편과 '무의미'를 지향한 후기 시편으로 나뉘어진다. 그에 관한 연구도 첫째 의미를 지향한 전기 시편에 관한 연구와 둘째 무의미를 지향한 후기 시편에 관한 연구, 그리고 셋째 의미시편에서 무의미시편으로의 변화를 규명하는 연구로 크게 나눌 수 있다. 첫째 의미시편에 관한 연구들은 '꽃'으로 표상된 '사물의 내밀한 뜻'[2], '존재의 의미 탐구'란 주제를 보편적으로 지향하는 가운데 주로 '릴케'와 '하이데거'의 존재론에 근거한 다각적인 논의가 이루어졌다.[3]

둘째 무의미시편에 관한 연구들은 '무의미시'의 시작법을 개괄적으로 다룬 것에서부터 이미지 분석[4], 기호학적 접근[5], 회화적 방법론[6], 기독교적 관점에서의 논의[7] 등 다양한 접근에서의 관심이 기울어졌다. 그리고 셋째 의미시

---

2) 김용직, 「아네모네와 실험의식」, 『김춘수 연구』, 학문사, 1982, p.80.
3) 오세영, 「김춘수의 <꽃>」, 『현대시』, 1997. 7.
　　조남현, 「김춘수의 <꽃> -사물과 존재론」, 『김춘수 연구』
　　김 현, 「존재의 참구로서의 언어」, 『상상력과 인간』, 문학과지성, 1991.
　　문덕수, 「김춘수론」, 『김춘수연구』
　　남기혁, 「김춘수 前期詩의 자아 인식과 미적 근대성」, 『한국현대시의 비판적 연구』, 월인, 2001.
　　김용태, 「김춘수시의 존재론과 heidegger와의 거리」, 『어문학교육12집』, 1990. 7.
　　이승훈, 「시의 존재론적 해석시고」, 『김춘수 연구』
　　이재선, 「한국현대시와 릴케」, 『김춘수 연구』
　　최원규, 「존재와 번뇌 -김춘수의 <꽃>을 중심으로」, 『김춘수 연구』
4) 김두한, 『김춘수의 시세계』, 문창사, 1993.
　　권기호, 「절대적 이미지 -김춘수의 무의미시를 중심으로」, 『김춘수 연구』
　　문혜원, 「김춘수의 시와 시론에 나타나는 이미지 연구」, 『한국 현대시와 모더니즘』, 신구문화사, 1996.
5) 임수만, 『김춘수 시의 기호학적 연구』, 서울대석사, 1996.
6) 진수미, 『김춘수의 무의미시의 시작 방법 연구』, 서울시립대박사, 2003.

에서 무의미시로의 변화를 규명하는 연구는 무의미시를 허무 의식 및 실험 의식의 결과로 해석한 경우8), 정신 분석적 해명9), 사회 참여 시인들 및 김수영에 대한 대타 의식의 산물로 보는 경우10), 신화적 상상력에 주목한 연구11), 무한과 타자성에 관한 연구12) 등으로 나누어 볼 수 있다. 둘째 연구와 셋째 연구의 출발점은 무의미시론의 독특함 및 김춘수의 시 작품이 지닌 난해함과 결부되어 있으므로 이것과 관련한 상호텍스트성에 초점을 둔 연구13)또한 이루어졌다.

　기존 연구사에서 볼 때 주로 쟁점이 된 것은 1960년대 이후 김춘수의 주요한 시창작 방법론인 '무의미시론'과 '무의미시'에 관한 것이다. 김현자14)는 무의미시에서 세계와 독자를 대하는 다양한 태도에 의한 독자 반응 문제를 고찰하였다. 신범순15)은 김춘수의 시세계가 '역사주의적 이성' 및 '투쟁적 세계'에 맞서 있는 여성적인 신화 세계의 깊이를 드러낸 것이라고 논의한다.

---

7) 양왕용, 「예수를 소재로 한 시에서의 의미와 무의미」, 권기호 외 『김춘수 연구』, 흐름사, 1989.
　금동철, 「'예수드라마'와 인간의 비극성」, 『구원의 시학』, 새미, 2000.
8) 김용직, 앞의 글.
　구모룡, 「완전주의적 시정신」, 『김춘수 연구』
　이인영, 『김춘수와 고은 시의 허무의식 연구』, 연세대박사, 2000.
　졸고, 「산홋빛애벌레의 날아오르기-김춘수론」, 대한매일신춘문예 2002 참고.
9) 김 현, 「김춘수의 시적 변용」, 『상상력과 인간』
　장윤익, 「비현실의 현실과 무한의 변증법」, 『김춘수 연구』
10) 서준섭, 「순수시의 향방 -1960년대 이후의 김춘수의 시세계」, 『작가세계』, 1997, 여름
　김윤식, 「내용없는 아름다움을 위한 넙치눈이의 만남과 헤어짐의 한 장면」, 『현대문학』, 2001. 10.
11) 신범순, 「처용신화와 성적 연금술의 상징」, 『Korean Studies』, VOL. I CAAKS, 2001.
12) 김예리, 『김춘수 시에서의 '무한'의 의미 연구』, 서울대석사, 2004.
13) 김의수, 『김춘수 시에서의 상호텍스트적 연구』, 서울대박사, 2003.
14) 김현자, 「김춘수 시의 구조와 청자의 반응」, 『한국시의 감각과 미적거리』, 문학과지성사, 1997.
15) 신범순, 위의 글.

정효구16)는 무의미시가 세계에 대한 허무 의식의 소산이며 세계를 즉물화하는 작업, 즉물화하는 대상의 부인, 무방비의 이미지 놀이로 나아갔음을 서술한다. 진수미17)는 「처용단장」을 대상으로 하여 '세잔느'의 기법 및 '잭슨 폴록'의 '액션 페인팅'을 중심으로 무의미시의 회화성에 주목하였다. 임수만18)은 기호학에 입각하여 '반복'을 중심으로 의미론적 '확장'과 '해체'의 측면에서 그의 무의미시를 분석하였다. 노철19)은 「처용단장」을 중심으로 이미지의 오브제에서 소리의 오브제로의 변화를 지적하고 무의미시의 해체와 재구성의 측면에 주목하였다. 문혜원20)은 무의미시가 의미를 배제한 극단에서 탄생한 서술적 이미지이며 이미지를 포함한 형태론으로 규정하였다. 권혁웅21)은 무의미시가 외적 세계의 분열을 시적 언어로 수용한 이항 대립의 세계라고 논하였다.

이와 같은 연구자들의 선행 논의들을 통하여 무의미시가 지닌 전체적인 특성 및 방법적 원리에 관한 해명은 다양한 각도에서 업적이 이루어졌다. 그런데 다음과 같은 측면에서 보완해야 할 부분을 지적할 수 있다. 첫째 무의미시에 관한 연구가 대체로 김춘수 자신이 스스로의 시를 해명한 무의미 시론에 근거하여 이를 해명하거나 설명하는 차원에서 이루어지고 있다는 점이다. 김춘수의 무의미 시론에 대한 연구자들의 비판적 논의22)가 활발하게

---

16) 정효구, 「김춘수 시의 변모 과정 연구-창작방법론을 중심으로」, 『개신어문연구』 13.
17) 진수미, 앞의 글.
18) 임수만, 앞의 글.
19) 노 철, 『김수영과 김춘수의 창작방법 연구』, 고려대박사, 1998.
20) 문혜원, 앞의 글.
21) 권혁웅, 「어둠 저 너머 세계의 분열과 화해, 무의미시와 그 이후」, 『문학사상』, 1997. 2.
22) 황동규는 김춘수가 의미의 세계로 돌아갈 것을 논의하며 최원식은 김춘수의 시론과 시의 불일치를 논의하였다.
   황동규, 「감상의 제어와 방임」, 『김춘수 연구』, 최원식, 「김춘수 시의 의미와 무의

이루어졌던 것도 '의미와 대상의 결여'라는 그의 무의미 시론이 실제로 그의 무의미시 창작에 실현되었는지의 기준을 적용한 것에서 비롯한다고 할 수 있다. 둘째 무의미시에서 '무의미'를 의미의 없음 혹은 허무의식의 결과로 해석하여 '무의미'를 소극적으로 해석한 경향을 들 수 있다. 셋째 무의미시에 관한 창작방법 논의가 다소 체계적이지 못한 측면이 있으며 방법적 기교 및 현상적 차원에 치중된 경향을 들 수 있다.

김춘수의 무의미 시론에 의하면 무의미시는 '의미와 대상이 존재하지 않는' 언어의 구축물이라고 한다. 또한 무의미시와 '시대', '현실'과의 관련성도 배제한 측면이 있으며 이러한 무의미시의 기저에는 강한 허무 의식이 자리잡는다고 한다. 따라서 무의미시는 허무만이 존재하며 이미지 그 자체로 존재할 뿐 분석의 대상이 되기를 거부한다고 한다.23) 그러나 김춘수의 무의미시는 그가 무의미 시론에서 밝힌 바처럼 '의미'와 '대상'이 없지는 않다. 마찬가지로 '현실'이나 '시대'에 관한 논의도 무의미시에서 우회적으로 이루어진 측면을 지닌다.

무엇보다도 무의미시는 무의미의 언어를 통하여 이치에 맞지 않는 모순 혹은 역설을 보여 준다. 언어의 모순 및 역설을 보여줌으로써 무의미시는 의미가 결여된다기보다는 오히려 의미가 과잉되는 측면을 드러낸다. 그런데 의미가 과잉됨으로써 나타나는 무의미 시편들의 난해함과 자동기술적 서술은, 독자들의 많은 관심과 연구 끝에 그 의미와 내용적 측면을 드러낸다.24)

미」, 『한국현대시사연구』, 일지사, 1983, 참고.

23) 무의미시론에 대해서는 「의미와 무의미」 『김춘수전집2』(문장사, 1982) 및 「의미에서 무의미까지」, 「장편 연작시 「處容斷章」 시말서」 『김춘수시전집』(민음사, 1994) 참고.

24) '그러므로 김춘수 시인에게 있어서 '무의미'란 어떤 특정한 의미-예컨대 일사억, 이성적 의미, 혹은 자아가 통합된 의식으로서의 의미-로부터 자유로운 어떤 의미라는 뜻이지 문자 그대로 의미가 없다는 뜻일 수는 없다.'

오세영, 「김춘수의 <꽃>」, 『현대시』, 1997. 7, p.183.

단적으로 그의 시들에 등장하는 낯선 시어와 지명, 그리고 인명들은 시편 그 자체 내에서 보면 이해하기 어렵지만 이 시어들의 '구성 요소'는 사전의 한 구석을 차지하고 있다. 그리고 사투리와 지명, 인명들의 경우 또한 특정한 문학 작품들이나 그가 살았던 고향의 풍습 등을 살펴봄으로써 궁극적으로는 해명되는 측면을 지닌다.25) 바꾸어 말하면 그의 '무의미'는 결국 '의미'에 토대하고 있는 것이다. 이와 같이 김춘수의 무의미시는 무의미시론과 구분하여 논의할 필요성이 있으며 그의 '무의미'는 시적 차원에서 좀더 적극적으로 해석될 필요가 있다.

그리고 김춘수는 초기시에서 '관념', '이데아'의 세계를 추구하였다.26) 그런데 특기할 것은 그가 이러한 세계에 대하여 언어, 즉 시적 언어를 통하여 접근하려고 한다는 점이다.27) 그의 초기시의 주요한 주제인 '본질, 관념에의 추구 및 그에 도달하지 못하는 비애'도 '시적 언어'라는 매개항을 거쳐서 나타나고 있다. 언어적 측면에서 볼 때 김춘수는 '시적 언어가 지닌 의미의 한계'에 절망하고서 의미 추구적 경향의 시에서 무의미를 주요하게 다루는 무의미

---

25) 그는 무의미시 작품들에 대하여 해석에 도움을 줄 수 있는 길잡이격인 주석이나 해석의 글들을 많이 서술하였다. 대표적으로 「의미에서 무의미까지」와 「장편 연작시「處容斷章」 시말서」를 들 수 있다. 김춘수, 『김춘수 시전집』, 민음사, 1994.

26) '나는 나의 관념을 담을 類推를 찾아야 했다. 그것이 장미다. 이국취미가 철학하는 모습을 하고 부활한 셈이다. 나의 발상은 서구 관념 철학을 닮으려고 하고 있었다. 나도 모르는 사이 나는 플라토니즘에 접근해 간 모양이다. 이데아라고 하는 非在가 앞을 가로막기도 하고 시야를 지평선 저쪽으로까지 넓혀 주기도 하였다. 도깨비와 귀신을 나는 찾아 다녔다. 先驗의 세계를 나는 遊泳하고 있었다. 김춘수, 「의미에서 무의미까지」, 『김춘수 전집 2』, p.383.

27) '그는 어둠에 가리우고 베일에 싸여 있는 존재를 시의 언어와 명명으로 실존하게 한다. 하지만 그 깊이를 알 수 없는 존재의 어둠을 걷어내려는 노력은 <울음>과 언어(시)만으로는 그 미망을 거두지 못한다. 시인이 고뇌하는 것은 모두 보일 듯 보이지 않고, 알 것 같으나 결코 해명될 수 없는 존재에 대한 근원적인 물음이기 때문이다.' 김현자, 『한국 현대시 읽기』, 민음사, 1999, p.218.

시로의 변화를 감행한 것으로 보인다. 그런데 이러한 무의미시의 현상적 기저에는 시인의 세계관적 변모가 자리잡고 있음을 알 수 있다.[28] 즉 무의미 중심의 언어를 구사하는 것은 김춘수의 사상적 측면을 표상적으로 나타내는 것이다.

이를 테면 이것은 달의 변화라는 하나의 현상에 대하여 '둥근 달'로 표상된 '둥긂의 이데아'에 초점을 둘 것인가 혹은 '그믐달', '반달', '보름달' 등 다양한 현상 자체에 가치를 둘 것인가의 문제에 비견할 수 있다. 즉 '무의미'의 언어가 이룬 현상적 혹은 환상적 세계는 김춘수가 초기에 추구했던 '이데아'의 대척점에 선 '시뮬라크르'의 세계를 보여준다. 이러한 사실에 입각하여 무의미의 언어가 내포하고 있는 시인의 사상적 기저에 관해서도 연구의 시각이 기울어져야 할 것이다.

이와 같이 김춘수의 무의미시론은 그의 무의미시와 어느 정도 거리를 두고 있다. 그리고 그의 무의미시에서 무의미는 '의미의 없음'이 아니라 '무의미와 의미와의 관계'를 중심으로 하여 서로 밀접한 관련 양상을 보여 준다. 또한 무의미시는 의미가 결여되었다기보다는 '의미의 과잉' 내지 '다의성'을 드러낸다. 그리고 무의미의 언어는 환상 혹은 시뮬라크르의 세계와 관련을 맺는다. 이런 측면에서 볼 때 김춘수의 무의미시는 그가 논한 무의미시론과의 객관적 거리를 확보해야 할 필요가 있다. 그리고 '무의미'는 의미의 결여를 뜻하는 통상적인 의미에서의 넌센스가 아니라 의미와의 관련성에 입각한 이론적 접근이 필요하다.

본고는 이러한 문제 의식을 기반으로 하여 무의미시와 무의미시론에 관한

---

28) 구모룡은 김춘수의 무의미의 상태가 초래하는 새로운 존재와 의미의 세계를 지적하면서 완전주의자로서의 그의 시정신이 도달한 '허무의식' 및 '선적 비젼'의 세계를 논의한다. 구모룡, 앞의 글, p.421.

연구를 전개하기로 한다. 먼저 본고의 연구 대상 텍스트의 범위를 김춘수의 '무의미시'로 두기로 한다. 일반적으로 김춘수의 무의미시가 '의미시'에서 '무의미시' 그리고 '의미와 무의미의 변증법적 지양'으로 나아갔다고 논한다. 그러나 그의 무의미시에 관한 시도는 1960년대부터 최근에 이르기까지 지속적으로 이루어진 시인의 주요한 시 창작론과 결부되어 있다. 그리고 의미시와 무의미시의 변증법적 지양이라고 논의된 《의자와 계단》(1999)이후의 詩作의 경우도 실제 작품을 살펴 보면 그가 40여년에 걸쳐 써 왔던 무의미시의 시 작법에서 크게 벗어났다고 말하기가 어렵다.

다시 말해서 무의미시는 그가 일생 동안 갈고 닦았던 시 작업의 스타일로 굳어진 경향이 있다. 무엇보다도 무의미시에 관한 그의 지향은 그가 의미시를 추구했던 1950년대를 제외하면 시 생애의 대부분이 이것에 놓여져 있다는 비중의 문제를 지적할 수 있다. 이와 같이 무의미시를 연구하고 의미시에서 무의미시로의 전환적 계기를 서술한다는 것은 김춘수 시 세계의 본질적 요체를 해명하는 중요한 작업이다.

따라서 본고는 무의미시를 대상으로 하여 김춘수의 시 작법 및 의미시에서 무의미시로의 변화 원인을 규명해 보는 것을 근본적인 연구 과제로 삼는다. 이를 바탕으로 본고는 다음과 같은 논의를 전개하기로 한다.

첫째 무의미시의 창작 동기 및 무의미 시론 그리고 무의미시의 개별 작품들에 관한 고찰을 구분하여 고찰할 것이다.[29]

둘째 무의미시에 나타난 무의미의 양상 및 계열화를 중심으로 작품을 내재적으로 분석하고자 한다. 셋째 무의미시에서 의미생산된 내용항을 중심으로

---

29) '김춘수 후기시를 연구함에 있어서 문제점 중의 하나는 시인의 시론을 연역적 전제로 여기고 시인의 시론으로 시인의 시를 분석하고 있다는 점에 있다',
김예리, 「김춘수 시에서의 '무한'의 의미연구」, 서울대석사, 2003, p.5.

시인의 내적 욕망 및 그 사상적 기저에 관하여 규명하는 논의를 진행할 것이다.

2. 연구방법론

김춘수는 자신의 '무의미시nonsense poetry'를 설명하기 위하여 대상과의 관련성에 의한 '서술적 이미지'를 설명하고 그 이미지의 분류에 따라 그의 시를 연습하였다.30) 이것은 그의 무의미시가 치밀한 知的 계획하의 산물임을 말해 준다. 그리고 무의미시에서 나타나는 다양한 무의미 nonsense의 양상들은 통상적인 의미에서 '무의미'가 뜻하는 '어리석음 absurdity' 내지 '의미의 없음'과는 어느 정도 동떨어져 있는 것임을 알 수 있다. 물론 김춘수는 그의 무의미시론에서 '의미'와 '대상'이 그의 시에 없다라고 논하였으나 이것은 그가 언어로부터 대상을 지시하는 기능을 없애려는 그의 창작 의도를 강조하는 맥락에서 이해해야 할 것이다. 실제 무의미시에 나타난 무의미의 양상들은 다양한 시적 의미의 생산 지점과 맞물려 있기 때문이다.

김춘수의 무의미시에서 '무의미'가 지닌 이와 같은 특성을 염두에 두고서 '무의미'의 다양한 개념들을 살펴 보기로 한다. 먼저 '무의미nonsense'는 일

---

30) 이에 대해서는 II-3 참고.

반적인 논의에서는 '의미sense'의 반대 혹은 부정의 경우로서 다룬다. 이러한 개념적 정의에서 무의미는 흔히 의미가 없거나 어리석은 생각을 전하는 것으로서 '어리석음absurdity'과 연관된다.[31] 둘째 무의미의 또 다른 개념에는 무의미가 '뜻meaning'을 지니며 위트와 재능의 산물이란 점을 인정한다. 그리고 '순수한 무의미pure nonsense'란 전혀 다른 우주의 법칙을 따르며 논리적인 것 혹은 정상적인 것의 반대편에 선다는 것이다.[32] 마지막으로 철학적 관점에서 '무의미'의 개념을 살펴 보면 무의미를 허무 의식의 표출이나 의미의 없음이라고 간주하지 않는다. 오히려 무의미가 의미의 다양한 생산을 내포하며 서로 밀접하게 관련된다는 점에 관하여 주목한다.[33]

'첫 번째 무의미의 개념'에 대해서는 다음과 같은 점을 지적할 수 있다. 즉 문학적 차원에서의 무의미'는 '일반적인 개념으로서의 무의미'와 관련하나 '어리석음'의 산물이 아니라는 것이다. '두 번째 무의미의 개념'은 무의미와 의미의 관계에 관하여 서로 별개거나 혹은 서로 대립적인 관점에서 정의한다는 점에서 '문학적 무의미'의 실제적 작용 및 양상과는 거리가 있다. 왜냐하면 문학적 무의미는 의미sense와 무의미nonsense의 상호 관련성을 지니고 있기 때문이다.[34]

---

31) *The Oxford English Dictionary*, Simpson, J. A., Clarendon Press, 1991 참고.

32) *The Encyclopedia of Poetry and Poetics*, Princeton Univ Press, 1965, pp.839-840 참고.

33) *The Encyclopedia of Philosophy*, Paul Edwards, the Macmillan company, 1967, pp.520-522 참고.

34) 무의미와 의미의 상호 관련성은 역사적, 통시적인 고찰을 통하여도 나타난다. Gustav Stern은 의미 변화의 일곱 가지 범주에 대하여 '역사적 사건들'이 '정신과정'에 관여한 것을 중심으로 나누었다. 그것은 외적 요인(①대체Substitution)과 언어적 요인(②유추 Analogy, ③축약Shorting, ④지정Nomination, ⑤전이Regular Transfer, ⑥교환Permutation, ⑦적응성Adequation)으로 나눌 수 있다. 언어적 요인은 다시 언어관계의 변화(②③)와 관련 관계의 변화(④⑤), 그리고 주체관계의 변화(⑥⑦)로 분류된다. Gustav Stern, *Meaning and Change of Meaning*, Goteborg, Sweden, 1932, pp.165-176 참고.

문학적 무의미의 작용을 해명하는 데에는 세 번째 개념인 '철학적 관점에서의 무의미'가 유효하게 적용된다고 할 수 있다. 무의미 문학에서 무의미는 지적 재능의 산물이면서 의미에 반하는reject 것이 아니다. 그리고 이때의 무의미란 치밀하게 계획적으로 의미를 염두에 두거나 구현하는 차원에서 이루어진다. 즉 무의미는 의미sense의 맥락을 와해하지만parasitic 결코 의미로부터 완전히 떠나지는 않는다. 단적으로 문학에서 극도의 무의미 어구조차도 최소한의 음운론적 의미 체계에서 유사성은 공유한다.

이와 같이 '무의미'는 '의미'의 맥락을 와해하지만 결코 '의미'로부터 완전히 떠나지는 않는다. 오히려 시의 의미적 차원에서 볼 때는 새로운 '의미'[35]의 창조와 연관되어 있음을 알 수 있다. 주요한 시적 장치인 '역설', '비유', '상징' 등을 살펴 보면 '무의미'의 양상과 밀접하게 결부되어 있다. 구체적으

의미가 사회적 맥락 및 시대적 변화에 따라 변화한다는 것은 '무의미'의 경우도 '의미'의 이러한 특성을 반영한다는 증거이다. 이것은 우리나라 중세의 몇몇 단어를 지금 사용한다고 했을 때 우리가 '무의미' 어구로 인식하는 것과 유사하다. 즉 통시적인 측면에서 볼 때도 의미와 무의미는 '상호 유동적' 관련성을 지닌다.

35) 'meaning', 'significance', 'sense'는 일반적으로 '의미'로 번역된다. 'meaning'은 일반적인 용례로서의 '의미'로 사용되며 언어학Linguistics에서 주로 다루는 개념인 반면, 'significance'와 'signification'은 기호학Semiotics과 관련하여 텍스트 생산의 내용에서 중시된다. 그리고 'sense'는 주로 철학Philosophy에서 유의성을 지니며 Gilles Deleuze는 '사건event'과 '무의미nonsense'와의 연속적 관련에 초점을 둔 개념으로 사용한다. Riffaterre는 미메시스의 차원에서 전달되는 객관적 정보로서 'meaning'을 다루며 시텍스트가 지니는 형식상, 내용상의 통일성으로서 'significance'를 다룬다. 한편 Kristeva는 'signification'에 대하여 정신분석적 의미를 부여하여 정적static인 'meaning'을 초래하는 심리적 과정psychological process으로서 다룬다.

M. Riffaterre, 유재천 역, 『시의 기호학』, 민음사, 1989, p.15.

Julia Kristeva, *Language The Unknown*, Columbia Univ, New York, 1989, pp. 37-38.

Deleuze, Gilles, Third Series of the Proposition, *The Logic of Sense*, Columbia Univ, 1990 참고.

로 '죽어도 아니 눈물 흘리우리다', '내마음은 호수요', '매화 향기 홀로 아득하니' 등과 같이 '역설', '비유', '상징'의 대표적인 문학적 표현의 사례들도 '구문론적 측면', '의미론적 측면', '범주론적인 측면' 등과 결부된 무의미의 형태를 취하고 있다.36) 즉 시적 '유의성'을 지니는 '무의미'37)는 의미를 생산하는 주요한 출발점이다. 이런 측면에서 볼 때 무의미의 다양한 양상들을 범주화, 유형화하고 무의미에서 의미가 생산되는 양상 나아가 무의미가 생산하는 내적 욕망 및 사상적 연원 등에 관하여 고찰한다는 것은 매우 의미있는 작업이 될 것이다.

이와 같은 논의를 고찰하기 위해서는 '무의미'의 특성에 대하여 기본적으로 의미와의 관련성을 전제로 다룬 논의를 원용하기로 한다. 즉 '철학사전의 논의'와 '들뢰즈의 논의'를 중심으로 하여 무의미의 유형 및 속성 그리고 의미 생산에 관한 논의를 전개하기로 한다. 먼저 앞에서 논의한 문학적 무의미의 개념 즉 무의미와 의미의 상호 관련성을 염두에 두고서 무의미의 유형에 관하여 살펴 보도록 하자. 무의미의 유형에 관한 서술은 The Encyclopedia of Philosophy에서 살펴 볼 수 있다. 여기서는 무의미와 의미의 관련성에 기반을 두면서 '무의미'를 몇 가지로 유형화하고 있다. 그리고 무의미가 허무의식의 표출이나 의미의 없음이 아니라 의미의 다양한 생산 지점이라는 측면

---

36) '죽어도 아니 눈물 흘리우리다'에서는 실제적 사실이나 상황에 맞지 않는 '상황의 무의미', '내 마음은 호수요'에서는 주어와 서술어의 호응관계의 범주가 맞지 않는 '범주적 이탈'의 무의미, 그리고 '매화향기 홀로 아득하니'에서는 시 전체적 맥락과 결부시킨 무의미의 양상을 규명할 수 있을 것이다.

37) 본고에서 '유의성'을 지니는 '무의미'란 작품의 심층 구조를 통하여 얻어지는 고도의 문학적 '일원화unification'을 전제로 한 것이다. 여기서 '일원화'란 프로이트의 개념으로서 '표상들 상호간의 관계나 그것들에 대한 공통된 정의 혹은 공통된 제 3의 요소에 대한 언급을 통해 예기치 않았던 새로운 통일성이 만들어지는 과정'이다.

S. Freud, 『농담과 무의식의 관계』, pp.86-90 참고.

을 밝히고 있다. Alison rieke는 The Encyclopedia of Philosophy에서 분류한 '무의미'의 개념에 입각하여 현대 소설가와 현대 시인들이 창작하는 일련의 언어 실험적 경향을 무의미 문학이라고 규정한다. 그리고 그는 The Encyclopedia of Philosophy에서 유형화한 각각의 무의미의 특성을 집어내어서 그 유형을 요약적으로 명명한다.

그 유형이란 첫째 '상황의 무의미Nonse of situation', 둘째 '언어의 무의미Nonsense of words', 그리고 셋째 '범주적 이탈Category mistake'이다. '상황의 무의미'는 사실에 맞지 않는 발언이나 기대된 상황에 맞지 않는 발언이나 행동을 말한다. '언어의 무의미'는 구문론적syntactical 구조를 결여한 발언, 알아볼 수 없거나 혹은 낯설거나 번역될 수 없는 어휘, 그리고 순수한 무의미pure nonse로서 전혀 알아볼 수 없는 발언을 포함한다. '범주적 이탈'[38]은 구문론적으로 옳으나 의미론적Semantic 법칙에 위배된 경우를 말한다.[39]

---

38) '범주적 이탈'과 관련한 범주적 분석은 Noam Chomsky의 논의에 연원한다. 그는 통상적인 '문법적인grammatical'의 용어가 아닌 '문법성의 정도degrees of grammaticalness'라는 용어를 선택하여 문장의 '비문법성 정도'를 서술한다. 그는 'misery loves company'를 'John loves company'와 비교할 때 N-V-N이란 층위를 지니나 '활명사animate noun'가 아니므로 '유사 문법적Semi-grammatical'이라고 칭한다. 이에 비해 'Abundant loves company'는 완전히 비문법적인 것이다. 이와 유사한 방식으로 그는 '문법성의 정도'를 생성문법의 범주체계에 의해 보완할 수 있다고 본다. 이것에 대하여 그는 'k-범주적 분석the optimal k-cateory analysis'(k는 임의의 변수)이라고 명명한다.

이러한 분석의 계기는 그가 Dylan Thomas의 'a grief ago'나 Veblen의 'perform leisure'과 같이 '문법성의 규칙성grammatical regularity'으로부터 떠나서 문학적인 의미상으로 '놀라운 효과a striking effect'가 이루어진 것에 주목한 것과 관련이 있다. 그런데 '범주적 이탈'의 무의미는 그가 말한 '반문법적ungrammatical'과 '유사문법적semi-grammatical' 경우를 모두 포함한 경향이 있다.

Noam Chomsky, Degrees of grammaticalness, Jerry A. Fordor and Jerrold J. Katz, eds, *The Structure of Language*, Englewood Cliffs, N.J., 1964 참고.

본고의 경우는 위의 세 가지 무의미 범주 이외에 '수수께끼enigma'의 양상을 첨가하고자 한다. 무의미시에서 수수께끼의 성격을 띤 무의미의 어구또한 의미들의 계열 체계 내에서 무의미의 자리 옮김에 의해서 의미를 생산하는 하나의 유형이 되기 때문이다.[40] 수수께끼의 양상은 범주적 이탈과 비교해 볼 때 구문론적으로는 옳으나 의미론적 모순을 일으킨다는 공통점이 있다. 그러나 범주적 이탈이 어구 자체에 국한되는 반면 수수께끼의 양상은 어구들 나아가 시 전체적 측면에서 작용하는 경우가 많으며 주로 시 본문과 제목과의 관련성에서 발생하는 측면을 지닌다. 이와 같이 무의미의 유형은 '상황의 무의미', '언어의 무의미', '범주적 이탈', '수수께끼' 등으로 나눌 수 있다.

이러한 무의미의 양상들은 다양한 시적 의미 생산과 관련성을 지닌다. 김춘수의 무의미시에서도 '무의미의 전략the Strategy of Nonsense'을 통하여 다양한 의미를 생산한다. 즉 무의미시에 나타난 '무의미'는 그 자체로는 무의미이나 '의미'의 다양한 결절점 구실을 한다. 이러한 무의미의 의미 형성적 측면과 밀접한 관련을 지닌 것이 들뢰즈의 '사건event' 개념이다. 그는 현상적 세계의 비물체적인 것을 언표로 포착하는 방식으로서 '사건'을 논의한다. 그런데 사건은 그 자체는 아무런 뜻을 지니지 않는 '무의미'이나 다른 사건들과 연관되는 양상에 따라 의미 생산의 분기점이 되는 것이다. 이러한 무의미의 작용에 의한 의미 생산 국면은 '계열화'와 밀접한 관련성을 지닌다.[41] 들뢰즈는 '계열화serialization'란 말을 사건과 사건의 연결을 통한 의

---

39) The Encyclopedia of Philosophy, pp.520-522.

   Alison rieke, The Senses of Nonsense, University of Iowa Press, 1992, pp.5-9 참고.
40) '무의미의 유형'에 관한 자세한 설명에 관해서는 이 글 Ⅲ장 1절 참고.
41) '사건event'은 계열화되면서 동시에 '무의미'에서 '의미'로 변한다. 이 연속적 지점에 주목하므로 들뢰즈의 '의미senes'는 우리가 통상적으로 말하는 '의미'와 차이가 있다. 즉 '사건'은 '무의미'이면서 동시에 '의미'인 것이다.

   Deleuze, Gilles, *The Logic of Sense*, pp.12-22 참고.

미의 생산 방식을 뜻하는 것으로 사용한다. 그는 특정한 주제나 개념에 관한 논의를 보여주는 그의 모든 글에 대하여 '계열series'이라는 제목을 붙인다. 즉 '계열'이란 말은 특정한 상황에 관하여 하나의 고정불변한 설명이 있기보다는 관점과 범위를 취하는 방식에 따라 다양한 갈래의 사유가 존재함을 보여주는 하나의 표지라고 할 수 있다.[42] 이렇게 본다면 '무의미의 계열화'란 다층적 의미를 내포한다. 먼저 무의미시가 무의미의 연속으로 이루어진 하나의 계열체임을 지적할 수 있다. 또한 무의미시에서 무의미를 통한 의미의 생산 방식을 모두 계열화라고 지칭할 수 있다. 그런데 후자의 경우는 무의미의 양상에 따라 다양한 갈래로 계열화가 이루어질 수 있다.[43]

하나의 명제에 나타난 '의미'는 그것을 지시하는 다른 명제에 나타난 의미에 의해 밝혀진다. 그리고 명제의 연결항 내에서 각각의 항은 다른 모든 항들과 서로 연관되는 위치에 의해서만 '의미'를 지니므로 그 자체로는 '무의미'이다. 그런데 이러한 '무의미'가 명제의 상호 관련항들을 순환함으로써 새로운 '기표 계열' 및 '기의 계열'이 생산된다. 들뢰즈는 '무의미'의 이러한 특성에 주목하여 '소급적인 종합regressive synthesis'[44]이라고 일컫는다. 이것은 '무의미'의 항구적인 '자리 옮김'에 의해서 '의미'가 생산되는 측면을 지적한 것이다.[45]

명제의 항들 중에서 무의미 어구들이 다양한 의미의 갈래로 계열화되는 중심적인 고정점 역할을 하는 '무의미'가 존재한다. 이러한 무의미의 양상은 무의미시의 전체적인 차원에서 본다면 의미를 생산하는 '분기점'이 되는 것이다. 이것에 대하여 들뢰즈는 '특이성Singularity'이란 말로서 표현한다.[46]

---

42) 'The serial form is thus essentially multi-serial', Deleuze, Gilles, ibid, p.37.
43) Deleuze, Gilles, Sixth Series on Serialization, ibid.
44) '소급적 종합'에 대해서는 이 글 Ⅲ장 2절, pp.66-67 참고.
45) Deleuze, Gilles, Seven Series of Esoteric Words, The Logic of Sense, pp.44-45 참고.

'특이성이란 보통이나 규칙성의 반대말로서 다른 경우들과 '질적으로 다르다' 는 의미를 함축한다.'[47) 이것은 Peguy의 '특이점Singular points'과 관련한 개념이다. 특이점은 역사 및 사건과 불가분의 관계를 이룬다. 온도가 고유의 중요한 지점 즉 녹는 점, 끓는 점 등을 지닌 것처럼 사건들은 그 결정적인 지점을 지니고 있다. 들뢰즈는 이 '특이점'과 관련하여 '특이성'을 설명한다. 특이성들은 구조의 계열 속의 각각의 부분을 이룬다. 각각의 특이성은 또 다른 특이성의 방향으로 곧장 나아가는 계열들의 원천이다. 한 구조 내에서 다양한 계열들은 그 자체가 몇몇의 하위 계열들로 구성된다.

이를 언어적 측면에 비추어 보면 특이성은 기본적인 두 계열인 기표 signifier 계열과 기의signified 계열을 중심으로 볼 때 각각의 계열들이 나누 어지고 서로 공명하고 하위 계열로 가지치는 원천이라고 할 수 있다. 즉 사건 들의 이웃관계에서 어떤 커다란 변화가 일어나는 지점이다. 기표 계열과 기의 계열을 중심으로 살펴 본다면 특정한 '특이성'이 사라지고 나누어지고 기능의 변화를 겪는 것을 볼 수 있다. 무의미의 어구와 같은 '역설적 요소the paradoxical agent'에 의하여 기표 계열과 기의 계열은 재분배되고 다른 것으로 변화된다. 하나의 시편에서 특이성을 이루는 역설적 요소인 무의미는 다양한 계열화의 중심점을 이룬다. 즉 '특이성'을 중심으로 하나의 텍스트는 다양한 양상으로 계열화될 수 있다.

무의미시에서 이 특이성 역할을 하는 것이 '무의미의 어구들'이다. 무의미 시에서 특이성을 중심으로 한 무의미의 어구들이 생산하는 의미항들은 김춘 수라는 시인의 내면적 지향과 깊은 관련성을 지닌다. 즉 특이점에 의하여 다양하게 계열화되고 의미생산된 내용항들이 갖는 몇몇 주요한 의미망을 찾

---

46) Deleuze, Gilles, The Logic of Sense, pp.52-54.
47) 이정우, 「특이성」, 『시뮬라크르의 시대』, 거름, 2000, pp.165-204 참고.

을 수 있을 것이다. 무의미가 주요하게 생산하는 이러한 의미망은 김춘수의
내적 무의식을 드러내기도 할 것이고 혹은 그의 의식적 지향점을 나타내기도
할 것이다. 단순한 예를 들자면 '범주적 이탈'의 무의미 양상은 일종의 '말실
수'에 해당되는 경우이다. 그런데 이 경우 범주적 층위가 맞지 않는 '주어와
서술어' 내지 '목적어와 서술어'의 사용 등의 양상을 통하여 발화자의 무의식
내지 내적 욕망을 읽을 수 있는 것이 그 한 예가 될 것이다. 이와 같이 본고는
무의미를 중심으로 한 '의미생산'의 내적 방향성에 관하여서도 연구의 시각을
기울일 것이다.

　무의미 어구가 나타내는 의미생산의 내적 방향성은 김춘수의 무의미를
중심으로 한 시가 지니는 사상적 지향과도 관련되어 있다. 김춘수의 무의미시
에서 '무의미의 어구들'이 지니고 있는 역설적 상황은 이미지의 차원에서
볼 때 '환상fantasy' 및 모순적 장면과 관련이 깊다. 이것은 플라톤Platon의
현실과 이데아에 관한 세 가지 항 중에서 '시뮬라크르simulacre'에 해당된
다.48) 플라톤은 현실의 모든 것은 '복사물eidola' 즉 그림자라 보는데 복사물
이라도 '본질'을 많이 나누어 가지는 복사물을 'eikon', '형상'을 받아들이기를
거부하는 것을 'phantasma', 즉 '환각', '시뮬라크르'라 하였다. 그는 환각,
즉 시뮬라크르가 본질을 지니고 있지 않다고 하여 도외시하였다. 그런데 스토
아 학파Stoics는 이 시뮬라크르에 가치를 부여하여 물체가 만들어 내는 운동
즉 '물체적인 것corporeal entities'의 표면 효과로서 관심의 대상을 삼았다.
즉 플라톤과 스토아 학파의 견해는 세계를 바라보는 대조적인 두 방향을
제시한다고 할 수 있다. 이 중 김춘수의 무의미시에서 나타나는 무의미에
의한 역설적 장면은 스토아 학파의 '시뮬라크르'와 관련이 깊다.

---

48) 플라톤의 논의에 대해서는 서동욱, 『들뢰즈의 철학』, 민음사, 2002, pp.108-111, 박종현,
　　『플라톤』, 서울대출판부, 1987, pp.52-66 참고.

이와 같은 논의를 바탕으로 하여 본고는 II장에서 무의미의 언어와 관련하여 김춘수가 의미시에서 무의미시로 전환하게 된 배경과 무의미시와 무의미시론의 거리 및 무의미시가 지닌 특성에 관하여 고찰할 것이다. 그리고 III장에서는 무의미의 유형을 밝히고 무의미의 계열체로서의 무의미시의 특성 및 대상과의 관련에 의한 무의미의 계열화에 관하여 고찰할 것이다. 마지막으로 IV장에서는 김춘수의 무의미시에서 무의미가 생산한 주요한 의미항과 내적 욕망 및 무의미의 언어로 나타난 그의 사상적 지향에 관하여 고찰할 것이다.

무의미시의 배경과 특성

1. 언어의 한계성 인식과 무의미 지향

김춘수가 초기시에서 언어의 의미를 통하여 진정한 본질의 세계를 추구하였던 것은 주지의 사실이다. 그런데 이것은 인간 이성의 산물인 언어에 대한 깊은 신뢰에 기반한 것이다. 특히 '시적 언어'를 통하여 영원성 내지 미지의 세계에 도달할 수 있다는 시인으로서의 신념을 보여주는 것이다. 이러한 신념을 토대로 하여 그는 유한과 무한의 경계선에서 무한의 세계를 환기시키려는 시적 시도를 하였다. 그런데 이것은 시적 언어가 도달할 수 있는 영역에 대한 시도인 동시에 그것의 '한계'에 대한 인식의 계기가 되기도 하였다. 이러한 모순적인 상황에 대하여 그는 '말의 피안에 있는 것을 나는 알고 싶었다. 그 앞에서는 말이 하나의 물체로 얼어붙는다. 이 쓸모없게 된 말을 부숴보면 의미는 분말이 되어 흩어지고, 말은 아무것도 없어진 거기서 제 무능을 운다.(…) 말은 의미를 넘어서려고 할 때 스스로 부숴진다'[49] 라고 하였다. 이때 '말은 의미를 넘어서려고 할 때 스스로 부숴진다'는 것은 무한의 세계를 향한 시인의 언어가 지닌 한계성에 대한 절감을 단적으로 보여주는

---

49) 김춘수, 「의미에서 무의미까지」, 『김춘수시전집』, pp.503-504.

것이다.

〈꽃이여!〉라고 내가 부르면, 그것은 내 손바닥에서 어디론지 까마득히 떨어져 간다.

지금, 한 나무의 변두리에 뭐라는 이름도 없는 것이 와서 가만히 머문다.

- 「꽃 2」 후반부

위 시는 김춘수 초기시에서 의미 지향의 시편 중의 하나이다. 이 시에서 언어, 구체적으로 시적 언어는 〈꽃이여!〉라는 문구로 나타나는데, 그것을 말하는 순간 〈뭐라는 이름도 없는 것〉이 와서 가만히 머문다. '꽃이여'라고 부르는 주체는 바로 시인이며 시인의 언어에 의하여 형체도 없이 가만히 와서 머무는 것은 시인이 만끽하는 '이름도 없'고 규정지을 수 없는 '아름다움' 내지 '영원성'의 순간이다. 이 장면은 시적 언어의 마술적인 힘을 보여 주는 단적인 모습이다. '꽃이여'에서 '꽃'이 본질적이고 영원한 것 혹은 무한의 경지의 표상이라고 할 때 그것의 이름을 부르는 순간 그것의 '이데아Idea'[50]가 현현하는 것이다. 김춘수의 초기시에서는 이와 같이 '무한', '아름다움', '본질', '존재', '이데아'에 도달하는 '매개체'로서의 '시적 언어'가 존재한다. 이것은 '언어'를 통하여 이데아의 세계에 도달 혹은 깨달음을 얻을 수 있다는 신뢰에

---

50) 플라톤의 인식이론의 핵심이 이데아설 또는 形相eidos 이론이다. 이데아는 일상적 의미의 것이었는데 플라톤이 특수한 의미를 부여한 것이다. 플라톤은 우리가 육안에 의해서 보는 버릇을 버리도록 하는 대신에 '知的 직관noesis'에 의해서 그 고유의 대상을 보도록 요구한다. 그는 지적 직관에 의해서 보게 되는 것을 '이데아'라고 칭한다. '지적 직관'에 의해서 어떤 대상을 볼 때 그것이 어떤 '보임새'를 보이는가에 따라 그 대상을 그 '보임새'의 이름으로 부른다. 즉 지적 대상이 아름다움의 보임새를 보이면 '아름다움의 이데아', 또는 '아름다움의 형상'이라고 부르고 올바름의 보임새를 보이면 '올바름의 이데아', 둥금의 보임새를 보이면 '둥금의 이데아'라고 부른다. 이 보임새의 성질은 감각의 대상들이 보이는 보임새와 구별된다.

박종현, 『플라톤』, 서울대출판부, 1988, pp.45-77.

바탕하고 있다.

이와 같이 그의 시에서는 '무한', '이데아', '영원성'에 대한 지향의 매개체로서 '시', '언어', '이름 부르기' 등이 나타난다.

있는 듯 없는 듯 무한은
무성하던 잎과 열매를 떨어뜨리고
무화과나무를 나체로 서게 하였는데,
그 예민한 가지 끝에
닿을 듯 닿을 듯하는 것이
시일까,
언어는 말을 잃고
잠자는 순간,
무한은 미소하며 오는데
무성하던 잎과 열매는 역사의 사건으로 떨어져 가고,
그 예민한 가지 끝에
명멸하는 그것이 시일까,

「나목과 시 序章」 전문

이 시는 '나체로 선 무화과 나무'의 '가지 끝'에 명멸하는 '무한'에 대한 추구를 보여준다.[51] 여기서 '무한'의 세계를 잠깐이나마 만끽할 수 있게 하는

---

51) 감각의 대상들 즉 'phantasma'는 끊임없이 생성되고 소멸되는 것들이어서 그때마다 다른 상태로 있다. 이에 비해서 이데아는 언제나 그 자체로만 '한 가지 보임새'로 있어서 어떤 방식으로든 아무런 변화를 받아들이지 않는다. 즉 언제나 같은 방식으로 한결같은 상태로 있음, 즉 '자기 동일성'의 상태에 있음이 이데아의 기본적 특성이다. 따라서 이데아는 불변의 본성 즉 실재성ousia를 갖는다. 이데아의 이런 본성 때문에 이데아는 별명을 갖는다.

계기가 되는 매개에 대하여 '시'라고 표현하고 있다. 그 순간은 '언어는 말을 잃'어 버리는 순간이다. 그 무한의 순간은 '무성했던 잎과 열매'와 같이 현상적이고 찰나적인 것의 세계는 의미를 잃는 순간이다. 그의 초기시에서는 이상적인 것 혹은 본질적인 것에 관한 지향과 그것에 도달하려는 방식을 '구조적'으로 보여주는 측면이 강하다. 그 방식은 '시', '시를 잉태한 언어', '이름 부르기' 등 '언어'와 관련하여 다양한 형태로 나타난다. 언어적인 것을 통하여 도달하려는 세계는 '눈짓'52), '무한', '꽃', '무변', '의미' 등으로서 나타난다.

만약 '시적 언어를 통하여 무한을 환기하거나 혹은 무한에 도달할 수 있다'라는 시인의 신념이 무너져 버린다면 어떻게 될까. 시인은 '무한'으로 통하는 '나체로 선 나무의 가지 끝'의 세계가 아니라 '무성했던 잎과 열매'를 단 현상적 세계에 다시 관심을 가지게 될 것이다.53) 김춘수는 초기시의 '의미, 본질 탐구'라는 주제로서 '언어'를 통하여 '이데아', '열반', '무한' 등의 세계로 가까

아름다움의 경우를 볼 때 아름다운 사물들은 많다. 이에 비해 아름다움의 이데아는 하나hen만이다. 그래서 이데아는 '아름다움 자체auto to kalon', 또는 '아름다운 것 자체auto ho esti kalon'라고 불린다. 이데아는 아무것도 아닌 없는 것이 아니라 있는 것으로 받아들여지는 것이다. 즉 아름다운 사물이 아름다운 것은 '아름다움 자체'에 대한 그 사물의 '관여' 때문이거나 '아름다움 자체'가 그 사물에 나타나는 형태인 '나타나 있음'에 의해서이다. 즉 '감각적인 것'과 '지적인 것'이 결합해서 하나의 사물을 있게 한다는 것이다.

박종현, 앞의 책, pp.45-77.

52) 류순태는 '눈짓'이 대상과의 새로운 관계를 모색함으로써 주체로 거듭나고자 하는 자아의 열정을 드러낸다고 본다. 그리고 근대적 이성의 속성이라고 할 수 있는 '대상화'를 바탕으로 하는 점에서 '눈' 표상에서의 방식보다도 더 현대적이라고 논한다.

류순태, 「1950년대 김춘수 시에서의 '눈/눈짓'의 의미 고찰」, 『관악어문연구』, 24집, p.373.

53) 신범순은 김춘수가 꽃이 없는 '무화과 나무'를 통하여 텅빈 허무, 무한으로서의 하늘을 마주하며 시인이 그 순수한 공간, 절대 허무의 공간에서 새로운 시적 언어를 추구하는 것이라고 논의한다.

신범순, 「무화과나무의 언어」, 『한국현대시의 퇴폐와 작은 주체』, 신구문화사, 1998 참고.

워질 수 있다는 언어에 대한 신뢰를 보여주고 있다. 그런데 시인은 노자의 철학처럼 '무한', '깨달음 경지'의 세계는 인간의 언어로서는 도달할 수 없는 것임을 수많은 詩作을 통하여 깨닫게 되었던 듯하다. 이것은 그의 초기시에서 '의미', '본질'에 대한 추구가 지닌 치열성의 정도를 나타내는 동시에 이러한 작업이 얼마나 어려운 것인지를 보여준다. 이것은 김춘수의 시적 언어가 지닌 한계이자 언어 일반이 지닌 한계이며 동시에 인간이 지닌 한계이다.[54]

그의 초기시에서 이러한 추구의 몸짓은 '본질적 세계'에 도달하지 못하는 자의 '비애', '울음' 등의 형상으로 구체화된다.

나는 시방 위험한 짐승이다.
나의 손이 닿으면 너는
미지의 까마득한 어둠이 된다.

존재의 흔들리는 가지 끝에서
너는 이름도 없이 피었다 진다.
눈시울에 젖어드는 이 무명의 어둠에
추억의 한 접시 불을 밝히고
나는 한밤내 운다.

---

54) 문혜원은 김춘수의 이데아를 향한 추구가 처음부터 실패가 예정되어 있었다고 한다. 왜냐하면 플라톤의 '물 자체'는 인간의 명명 행위나 의미 부여와는 동떨어져 독립적으로 존재하는 것이기 때문이라는 것이다. 그리고 이러한 실패의 원인이 김춘수가 칸트의 인식론적 이원론과 플라톤의 존재론적 이원론을 혼동한 데서 왔다고 한다. 칸트의 이원론은 대상자체가 이원적인 것이 아니라 의식의 소여성 속에 나타나는 인식론적 이원론이며 이에 반해 플라톤의 형상론은 완전하고 불변하는 대상의 원형으로서의 '이념'과 그것의 모사체인 불완전한 '현상'으로 존재의 양태가 분리되는 존재론적 이원론이라는 것이다.
문혜원, 앞의 글, pp.258-259.

나의 울음은 차츰 아닌 밤 돌개바람이 되어
탑을 흔들다가
돌에까지 스미면 금이 될 것이다.

……얼굴을 가리운 나의 신부여,

- 「꽃을 위한 서시」 전문

　위 시는 '얼굴을 가리운 나의 신부'로 상징되는 '너'라는 존재에 대한 추구
의지를 보여준다. 그런데 그 존재는 '존재의 흔들리는 가지 끝'에서 잠시 '이
름도 없이 피었다 지'는 것이다. 시인이 추구하는 존재 내지 세계는 잡히지
않는 실재와 같은 것이다. 왜냐하면 내 손이 닿는 순간 그것은 까마득한 어둠
이 되며 동시에 '나'는 위험한 짐승으로 전락하기 때문이다. 잡히지 않는 실재
의 세계로 인하여 '나'는 '무명의 어둠' 속에서 한밤내 운다. 여기서 '無名'이란
의미에 주목할 필요가 있다. '無名'이란 '이름이 없음' 즉 언어로서 규정되지
않은 상태를 가리키는 동시에 그것은 '어둠'과 등가의 의미를 지니는 것이다.
이것은 초기의 김춘수가 언어로서 명명되는 세계 나아가 언어로서 인식되고
구현되는 세계에 얼마나 큰 가치를 부여했던가를 단적으로 보여주는 것이다.
　잡히지 않는 실재의 세계로 인하여 '나'는 '무명의 어둠' 속에서 한밤내
운다. 그런데 시인은 자신의 그 울음이 '차츰 아닌 밤 돌개바람이 되어/ 탑을
흔들다가/ 돌에까지 스미면' '금'이 될 것이라고 믿고 있다. 그러나 여전히
그 존재는 '얼굴을 가리운' 채 서 있을 뿐이다. 여기서 그가 언어로써 끊임없
이 추구하는 본질의 세계가 나타날 듯하다가 사라지며 그 사라지는 본질을
향하여 다시 나아가려는 시인의 '나선적인spiral' 추구 행위를 엿볼 수 있다.

이러한 '얼굴을 가리운 신부'의 실체에 대하여 김춘수는 '이데아로서의 신부 이미지'라고 지칭한다.[55]

이와 같이 김춘수 초기시에서 주요한 테마는 '물체적인 것 저편'에 대한 갈망을 드러내고 있다. 그리고 그것의 추구에만 머물고 맴돌 수밖에 없는 시인의 '비애'를 형상화한다.[56] 진정한 의미의 영역에 도달할 수 없는 자의 비애는 위 시에서는 '무명의 어둠' 속에 '한밤내 우는' 나의 모습으로 나타난다. 김춘수의 초기시에서 '비애', '울음' 등은 주요한 시적 모티브로서 등장한다. 그 '울음'은 김춘수의 개인적인 감상과도 상통하는 측면이 있다. 그러나 의미지향의 시편에 나타난 시의 '근본적인 구도'에서 볼 때 그의 '울음'은 '본질적인 것', '이데아', '영원성', '아름다움 자체' 등에 도달할 수 없는 자의 '향수'에 가까운 것이다.

이와 같이 김춘수 초기시의 주요한 테마는 '이데아', '영원성', '무한', '본질'의 추구이다. 구체적으로는 그러한 세계를 '언어', '시', '命名'으로서 도달하려는 의지와 그것에서 빚어진 안타까움 내지 비애를 형상화하고 있다. 이것은 그만큼 그가 '시적 언어' 혹은 '시'가 지닌 힘에 대한 '맹목적인' 신뢰를 보여주었다는 증거이다. 그러나 시인이 애초에 시적 언어를 통한 무한에의 지향은 이루어질 수 없는 것이라는 깨달음을 얻게 된다면 그는 그의 시에 나타난 '안타까움' 내지 '비애'를 한갓 사적인 정서에 불과한 것으로 치부할지 모른다. 그의 무의미시는 이러한 '언어의 한계성' 인식과 관련한 맥락에서 이루어졌을 가능성이 높다.[57] 그리하여 그는 무의미시를 쓰게 되면서부터는 이러한 시적

---

55) 김춘수, 「의미에서 무의미까지」, 『김춘수전집2』, p.384.
56) 조남현은 <꽃>을 소재로 한 시편에서 '꽃'과 '나'의 '긴장 관계'에 주목하였다. 즉 자신의 삶의 방법을 '꽃'으로 상징되는 지순한 세계에 비추어 봄으로써 더욱 더 '존재론적 고뇌'와 '불안'에 떨게 되는 측면을 지적한다.
조남현, 「김춘수의 꽃」, 『김춘수연구』, pp.334-335.

언어에 대한 맹목적 신뢰도 그로 인한 '비애'의 모습도 흔적을 감춘다.

  언어는 말을 잃고
  잠자는 순간,
  무한은 미소하며 오는데
  무성하던 잎과 열매는 역사의 사건으로 떨어져 가고,
  그 예민한 가지 끝에
  명멸하는 그것이 시일까,

  　　　　　　　　　　　　　　　- 「나목과 시 序章」 부분

  '무성하던 잎과 열매'로 표상된 '현상적인 것'의 세계는 위의 초기시에서는
한낱 '역사의 사건'으로 떨어져 가는 존재에 불과하였다. 그런데 그가 이러한
언어의 한계성을 실감한 뒤에 창작한 그의 무의미시에서는 바로 이러한 관념
적인 것의 대척점에 서 있는 세계에 대한 탐구를 보여준다. 위 시에서 '역사의
사건'이란 '무성하던 잎과 열매'의 사라짐과 같이 영원하지 못하고 한 순간
존재했다가 사라져 버리는 변화하는 것의 표상이다. 김춘수는 이와 같이 변화
하여 사라지는 것의 명멸을 '역사의 사건'이라고 표현하였다. 그런데 그의
초기시에서는 '무한'의 대척점에 불과했던 것이 그의 60년대 이후 그의 무의

---

57) 김춘수가 세계의 저편에 있는 '관념', '형이상학'에 관한 언어적 형상화를 포기한 지점은
비트겐슈타인이 '언어'로 '말할 수 있는 것'과 '말할 수 없는 것'의 경계에 관심을 기울인
지점과 유사한 맥락을 갖는다. 비트겐슈타인은 '언어'와 '대상, 세계'와의 대응적 관계 고찰
에 근원하여 '언어의 한계성'을 지적한다. 마찬가지로 김춘수 역시 그의 초기시에서 '언어'
로써 '형이상학적 관념'을 탐구하는 것의 한계성을 인식한다. 그 결과 김춘수는 무의미시에
서 '대상'과 '언어'의 관계에 주목하였는데 여기서 만들어진 것이, 그가 '대상과의 거리를
유지한 경우'와 '대상과의 거리를 소멸한 경우'로 지칭하는 '서술적 이미지'이다.
　George Pitcher, 박영식 역, 『비트겐슈타인의 철학』, 서광사, 1987, pp.346-362 참고

미시에 나타난 특성을 요약적으로 나타내는 어구가 되었다고 할 수 있다.

그는 무의미시에 나타난 세계관의 변화 내지 시적 변화에 관하여 간략하게 '스토이시즘Stoicism'이라고 밝힌 바 있다.

　　處容

　　이 시는 내가 오래 전부터 長詩로 쓸 것을 생각해 오다가 이런 모양의 것이 되고 말았다. 이 시에서 독자들은 스토이시즘을 알아볼 수가 있을까?58)

그가 무의미시의 전형격인 「처용」에 대하여 '스토이시즘'이라고 표현한 것은, 그의 초기 의미 지향의 대표적 시편인 「꽃을 위한 서시」에 나타난 '얼굴을 가리운 신부' 이미지에 대하여 그가 '이데아로서의 신부 이미지'라고 밝힌 것에 견주어서 생각해 보아야 한다. 이것은 그의 초기시와 무의미시에 나타난 세계관이 얼마나 대척점에 서 있는 것인가를 단적으로 보여주는 것이다. 김춘수가 플라톤적 본질 추구에서 이러한 스토이시즘적 세계를 지향하게 된 기저에는 초기시에서 주요한 반복적 주제 의식이었던 '무한에 대한 시적 언어로서의 추구 내지 그것에서 오는 비애'를 생각해 볼 필요가 있다. 즉 그 세계관의 기저에는 '언어, 시적 언어의 한계성 인식 내지 절감'이라는 그의 '경험적' 토대가 밑바탕에 깔려 있는 것이다.

그의 초기시에서 '무한'의 대척점에 서 있던 '무성했던 잎과 열매' 즉 현상적인 세계의 표상에 관하여 그는 한낱 '역사의 사건'이라고 표현한 바 있다. 이때 '사건'이란 명멸하는 순간적인 존재의 표상과도 같은 것이다. 이러한 '사건'의 세계에 대한 형상화가 바로 무의미시의 주요한 부분을 이루고 있다. 그의 무의미시는 변화하는 순간, 혹은 찰나적인 현상에 대한 형상화를 보여준

---

58) 『김춘수전집2』, p.460.

다. 이러한 현상적 세계를 포착하려는 김춘수의 시도는 들뢰즈Deleuze의 '사건event'에 관한 시각과 상통한다. 들뢰즈는 플라톤이 열외존재로 다루었던 현상적 세계 즉 '시뮬라크르'에 가치를 부여한 스토아 학파의 논의로부터 '사건'의 개념을 이끌어 내었다. 이 때 '사건'이란 나뭇잎이 푸르다가 붉어질 때 그 변화의 순간을 포착한 '붉어지다'라는 언술 속에서 나타난다. 즉 현상계에 존재하지만 발화와 동시에 현상 속에서는 이미 사라지고 언어 속에서만 존속하는 것으로서 별다른 의미를 부여받지 못하고 명멸하는 것의 상태를 포착한 것에 해당된다. 따라서 '사건'은 변화하는 것, 명멸하는 것과 관련이 있으며 그것이 언어로 표현되는 것 그 자체는 하나의 '무의미 양상'을 띤다.59)

바보야.
우찌 살꼬 바보야.
하늘수박은 올리브빛이다.
바보야.
바람이 자는가 자는가 하더니
눈이 내린다. 바보야.
하늘수박은 한여름이다 바보야.
올리브열매는 내년가을이다 바보야.
우찌 살꼬 바보야.
이 바보야.   -「하늘수박」에서

---

59) '시뮬라크르Simulacre'는 Deleuze가 논하는 '사건event'의 세계이다. 들뢰즈는 '시뮬라크르'의 의미를 논의맥락에 따라서 다양하게 사용한다. 엄밀한 의미에서는 물체의 표면효과로서 '-어지다'의 세계를 지칭한다. 그리고 포괄적 의미로서는 우리가 경험하는 순간 순간의 장면을 언어로 표현한 상태로서 전후 맥락에 따라서 새로운 의미가 부여되는 것이다. Deleuze, The Logic of Sense, pp.253-279.

위 글은 김춘수가 무의미시에서 '비유'도 '의미'도 아닌 '넌센스'의 사례로
서 직접 인용, 제시했던 부분이다.60) 여기에는 '올리브빛', '바람', '눈이 내린
다', '한여름', '내년가을', '바보' 등 다양한 범주의 어휘들이 나타난다. 이러한
단어들은 현상적 혹은 심리적인 잔상에서 명멸하는 이미지의 군상을 포착한
것이라고 할 수 있다. 따라서 각각의 어구들은 그 자체로 무의미의 양상을
보여준다. 구체적으로 '하늘수박'이라는 어휘자체가 시인이 만든 '신조어
esoteric words'처럼 하나의 무의미 형상을 지닌다. 그리고 '하늘수박은 한여
름이다', '올리브열매는 내년가을이다' 등은 주어와 서술어가 호응하는 범주
적 관계가 맞지 않는 무의미이다. 또한 '바보야', '우찌 살꼬' 등의 반복적
사용은 이 시의 전체적 문맥에 어울리지 않게 나타남으로써 상황적으로 어울
리지 않는 무의미의 양상을 지닌다. 그러니까 위의 시는 '바람이 자는가 자는
가'나 '눈이 내린다' 정도의 어구를 제외하면 대개가 무의미의 양상으로 이루
어진 시라는 점을 지적할 수 있다. 혹은 이들 어구조차 상황에 어울리지 않는
부분에서 불쑥 나타난다는 점에서 일종의 무의미라고 규정할 수 있다.

이러한 어구들은 환상적인 혹은 찰나적인 심리상태나 비젼을 보여주는
동시에 낱낱이 의미가 흩어져서 존재하는 '사건'의 포착이자 그 자체로서
'무의미의 양상'을 보여준다. 그러나 이러한 무의미의 양상들은 그 연속적
서술들 속에서 몇몇 의미를 형성하고 있다. 즉 어린 아이가 내는 유아어 예를
들어 '바보야', '우찌살꼬' 등의 어구를 구사함으로써 퇴행적인 언어 현상마저
보이게 하는 갑작스럽고 놀라운 상황을 형상화한 측면을 생각할 수 있다.

---

60) 위 시에 대하여 그는 다음과 같이 말한다. '나는 여기에 이르러 이미지를 버리고 呪文을
얻으려고 해보았다. 대상의 철저한 파괴는 이미지의 소멸 뒤에 오는 것으로 생각하게 되었
다. 이미지는 리듬의 음영에 지나지 않는다. 물론 그 이미지는 그대로의 의미도 비유도
아니라는 점에서 넌센스일 뿐이다. 그러니까 어떤 상태의 묘사도 아니다. 나는 비로소 묘사
를 버리게 되었다.' 「의미에서 무의미까지」, 『김춘수전집2』, p.398.

혹은 '하늘수박은 한여름이다', '올리브열매는 내년 가을이다' 등에서 주어와 서술어의 호응이 맞지 않도록 언어를 구사한 화자의 감정적 불안 내지 초조의 상태를 읽을 수 있다. 그리고 '우찌 살꼬'의 반복에서 오는 막막한 심정을 엿볼 수 있거나 전체적인 어휘의 내용적 특성에서 오는 강한 허무의식 내지 절망감을 읽을 수 있다.61)

그리고 위 시에서 확인할 수 있는 것은 무의미의 양상을 통하여 시인의 뇌리 속에서 명멸하는 '환상fantasy'62) 내지는 상상의 비젼들을 파편적이나마 살펴 볼 수 있다는 점이다. 즉 무의미의 언어들은 현상적인 세계의 변화 혹은 환상적 비젼을 '사건'의 양상으로서 포착한 언술인 것이다. 그리고 그 '사건'은 그 자체로는 '무의미의 양상'을 지니나 무의미 양상들이 연속적으로 이어지는 맥락 속에서 다양한 의미를 형성하고 있다. 이런 측면에서 생각해 볼 때 김춘수의 무의미시에서 무의미의 양상은 그 자체에 그치지 않고 시인의 내적 기저와 밀접한 조응 관계를 지니면서 텍스트상으로는 시적 역설 내지 시적 표현의 효과와 관계 맺는다.

이와 같이 김춘수는 그의 초기시에서 '언어'를 통하여 '무한', '이데아', '본질의 세계'에 가까워지려는 부단한 노력을 보여 주었다. 그것을 통해서 그는

---

61) 이승훈은 김춘수의 무의미시가 시쓰기 자체에 대한 고유한 시쓰기가 있다는 근대적 신념에 대한 부정이며 그의 작업이 포스트모더니즘의 미학을 보여준다고 논한다. 이승훈, 「김춘수의 처용단장」, 『현대시학』, 2000. 10, p.197.

62) '환상fantasy'의 세계는 '인간적 세계'를 초월하여 비인간적 세계를 창조하는 것이 아니다. '환상'은 이 세계의 요소들을 전도시키는 것이면서 낯설고, 새롭게 그리고 절대적으로 '다른' 어떤 것을 산출하기 위해 세계의 구성 자질들을 새로운 관계로 재결합하는 것과 관련되어 있다.
Rosemary Jackson, 서강여성문학연구회 역, 『환상성』, 문학동네, 2001, p.18.
'환상'의 언어적 표현 방식은 '무의미'와 밀접한 관계에 있다. '환상'과 '세계'의 관계와 마찬가지로 '무의미'도 '의미'를 초월한 것이 아니라 '의미'에 토대하면서 그것을 와해시키며 새로운 '의미'를 획득한다.

'언어가 지닌 한계성' 내지 초월적 세계에 대한 인간의 한계성에 봉착하였다. 이것은 언어의 한계이자 유한한 인간이 무한을 추구하는 데서 오는 본질적인 한계와 상통한다. 그리하여 그는 '나체로 선 나무의 가지끝'에서 '무한의 세계'를 추구하려는 노력을 포기하고 '무성했던 잎과 열매'의 명멸을 포착하는 '사건' 즉 '무의미'의 세계로 나아갔다.

2. 무의미시와 무의미시론의 괴리

김춘수가 무의미를 지향한 기저에는 '무한', '영원성', '이데아' 등의 추구에서 초래된 좌절이 놓여 있었다. 구체적으로는 그러한 추구의 매개항으로서 '시적 언어'에 대한 한계성 인식이 자리잡고 있다. 이것은 그가 초기시의 플라토니즘에서 그 대척의 방향으로 나아가는 계기가 되었다. '스토이시즘'의 '사건'이란 현상적, 찰나적 세계와 관련을 맺고 있으며 이것을 언어로서 포착한 상태는 '무의미'의 양상을 지닌다.

그런데 실제로 그의 무의미시에 나타난 무의미의 양상 및 시적 특질과 김춘수가 스스로 표방한 무의미시론 사이에는 큰 괴리가 있다. 그의 무의미시론에서 주요한 핵심적 설명을 논하자면 다음과 같은 것이다. 즉 그의 무의미시에는 '의미', '대상', '현실' 등이 없고 무의미시는 분석 자체를 거부하는 것이며 허무의식만을 보여준다는 것이다.[63] 그런데 이러한 김춘수의 무의미시론을 전제로 하여 그의 무의미시를 설명, 해석하는 것에는 많은 모순점이

---

63) 「의미와 무의미」, 『김춘수전집2』, 「의미에서 무의미까지」, 「장편 연작시 「處容斷章」 시말서」, 『김춘수시전집』 참고.

나타난다. 즉 김춘수의 '무의미시론'과 '무의미시'를 객관적 측면에서 구분, 고찰해야 할 필요가 있다.

먼저 김춘수의 무의미시와 무의미시론이 나올 무렵 당대 상황에 관하여 살펴 보기로 하자. 그가 무의미시를 표방하고 나섰던 1960년대는 6.25 전란과 남북 이데올로기의 문제로부터 어느 정도 자유로워진 문단 상황을 보여준다. 그리고 본격적으로 많은 문인들의 활동이 활발해진 때이다. 4.19 혁명과 5.16을 겪으면서 문인들은 '순수참여 논쟁'을 통하여 문인으로서의 자신입장을 再考, 정립하는 계기를 삼기도 하였다.[64] 김춘수의 경우 또한 이러한 문단적 상황에 민감한 입장에 있을 수밖에 없었다. 그리하여 그는 김수영의 참여시론과 사회적 분위기에 대한 그의 생각 내지 고민을 보여주는 산문을 쓴 바 있다.[65] 그는 순수시 옹호의 입장에서 그 나름의 방법적 입지를 마련할 필요성이 있었고 그 일환으로서 '무의미시'와 '무의미시론'을 제시하였다. 당대 맥락에서 살펴 본다면 그의 무의미시는 1960년대 시에서 또 하나의 주요한 흐름인 내면 탐구, 실험성, 난해성 등을 표방한 『현대시』 동인들의 활동과 동일한 흐름에 놓여 있다.[66]

이러한 시인들의 상대편에는 1960년대 참여시와 그 시론을 보급, 활성화하는데 기여한 『창작과 비평』의 창간과 사회 참여적 시인들의 활발한 활동

---

64) 순수참여 논쟁은 63-64년에 걸쳐 김우종, 김병걸과 이형기 사이의 논쟁, 67년의 김붕구, 임중빈, 선우휘, 이호철, 김현 등의 논쟁을 거쳐 68년 이어령과 김수영의 논쟁으로 요약, 구분할 수 있다.

조남현, 「순수참여 논쟁」, 『한국근현대문학연구입문』, 한길사, 1990, p.240 참고.
65) 『시인이 되어 나귀를 타고』(1980, 문장사)의 수필집 내용이 그 한 예가 될 것이다.
66) 이승훈은 그 자신의 '비대상시'가 김춘수의 무의미시에서 시작함을 밝히고 있다. 그는 '비대상시'에 대해서 대상이 없는 시, 즉 무, 죽음, 부재의 세계를 뜻하는 언어로 구축된 것이라고 논한다.

이승훈, 『한국모더니즘시사』, 문예출판사, 2000. p.256 참고.

이 자리잡고 있었다. 즉 내면 탐구 및 언어 실험적 경향의 시를 쓰는 일련의 시인들에게 김수영, 신동엽, 신경림, 이성부, 조태일 등 일련의 민중적 시 경향 및 이들이 가져온 사회적 반향은 큰 부담감으로서 자리잡고 있었던 것이다. 즉 『현대시』 동인들은 3집부터 동인지 성격을 명확히 하면서 허만하, 주문돈, 김규태, 마종기, 김영태, 이승훈, 박의상, 이수익, 오세영 등을 중심으로 내면 탐구와 언어실험 활동을 보여 주었다.[67] 그런데 이들의 내면 탐구적 시도가 이와 같이 극단적으로 이루어진 것은 그 반대편에 문단의 영향력을 지니고 있는 민중시 계열과의 차별성 내지 독자성을 부각하려는 경향과 관련이 있다.

김춘수는 4.19 혁명 및 순수참여 논쟁과 관련하여 민중적 이념과 민중적 시각의 중요성이 부각, 강조되었던 시대적 분위기에서 이러한 사회적, 정치적 흐름과 예술의 영역으로서의 시가 전혀 다른 차원에 놓여 있는 것임을 표방하였다. 그리하여 그는 '시'는 예술의 영역으로서 순수하게 존재해야 하며 '산문'은 현실 내지 사회적 의향을 담아내는 것이라는 시와 산문의 이분법적 결론에 이르게 된다.[68] 이러한 思考의 정리이자 방법론적 입지 표방에 위치해 있는 것이 그의 '무의미시'와 '무의미시론'이라고 할 수 있다.[69]

---

67) 『현대시』 동인은 1962년 김춘수, 전봉건, 김종삼, 김광림 등이 중심이 되어 펴내던 범시단적 시잡지로서 출발했다. 그리고 1964년 6집부터는 김영태, 주문돈, 이유경, 정진규, 이승훈, 이수익 등을 중심으로 하는 동인지로 자리잡았다.   이승훈, 「전후 모더니즘 운동의 두 흐름」, 『문학사상』, 1999. 6 참고.
　　　『현대시』 동인지는 모더니즘 경향의 내면 심리를 중점적 대상으로 삼았는데 이들의 시세계는 김춘수 무의미시의 심리주의적 경향과 많은 유사성을 지닌다.
68) 「시인과 도덕적 욕구 충족」, 『김춘수전집3』 참고.
69) 김인환은 김춘수가 우리시의 장르들을 철저하게 탐구한 후, 과거의 장르가 더 이상 제 기능을 다할 수 없게 되었다는 장르 의식에 기초하여 순수시 즉 무의미시의 장르를 새롭게 개발하였다고 논의한다.
　　　김인환, 「김춘수의 장르의식」, 『한국현대시문학대계25-김춘수』, 지식산업사, 1987.

김춘수는 1960년대에 무의미시를 쓰기 시작하면서 이와 함께 그의 무의미시에 관한 무의미시론을 전개하였다. 그의 무의미시론은 처음 그가 발표하였을 때부터 많은 연구자들의 관심을 끌었다. 동시에 무의미시와 관련하여 그가 이전에 썼던 의미 지향의 시와 대비한 관점에서 비판적 시각을 받기도 하였다.[70] 그런데 이들 논의의 출발점은 무의미시를 '의미와 대상의 없음'이라는 그의 무의미시론과의 불일치 문제나 혹은 기존 의미시와의 비교적 차원에서 무의미시의 시적 성취 문제에 관심이 집중되고 있다. 이와 같은 지점에서 김춘수의 무의미시론과 무의미시는 좀더 객관적인 입장에서 '구분'하여 고찰할 필요가 있다. 그리고 그의 무의미시가 단순한 '무의미'의 차원을 넘어서서 시적 의미 생산에 기여하는 측면에 주목하여 생각할 필요가 있다. 즉 김춘수의 무의미시론과 무의미시의 본질적 특성 및 그 둘의 관계에 관하여 객관적인 측면에서 비교, 분석이 필요하다.

M.H Abrams에 의하면 시론 혹은 비평의 방법에는 네 가지가 있다. 작품을 세계에 비추어서 논하려는 입장, 시인의 경우에서 논하려는 입장, 작품을 보는 독자의 입장에서 논하려는 입장 그리고 시 작품 그 자체로서 논하려는 입장으로 나누어 볼 수 있다.[71] 즉 '현실', '작품', '시인', '독자'를 중심으로 하여 비평의 초점을 삼을 수 있다. 시를 바라보는 이러한 '비평'의 관점은 시를 쓰는 '창작'의 입장에도 마찬가지로 적용된다. '현실', '작품', '시인', '독자'는 작품 창작의 근본적 범주이기 때문이다.[72] 그런데 김춘수의 무의미시

---

70) 단적으로 황동규는 "만일 그가 「意味에서 無意味까지」의 뒷부분에 열거한 「處容斷章 第二部」와 「하늘수박」 등이 진심으로 그가 믿는 무의미시라면, 제발 참으시고 의미의 세계로, 쉽게 말해서 「處容斷章 第一部」나 「忍冬잎」의 세계로, 그 아름다움에로 되돌아가 달라고 간청할 사람은 나 하나뿐이 아닐 것이다."와 같이 서술하며 김춘수의 무의미 시편에 대한 시도를 비판적인 입장에서 평가하였다.

황동규, 「감상의 제어와 방임」, 『김춘수연구』

71) M.H. Abrams, The Mirror and the Lamp, Oxford Univ, 1971, pp.6-7.

론에서는 주로 '현실'이나 '대상', 혹은 '작품언어', 그리고 '시인의 체험' 등이 중심으로 서술되어 있다. 따라서 이 글에서는 '작품', '현실', '시인'이라는 세 가지 범주를 중심으로 그의 무의미시론을 살펴 보기로 한다.73)

김춘수의 무의미시론에 관한 주요한 논의가 담겨 있는 글은 『의미와 무의미』74)에 실린 「한국현대시의 계보 -이미지의 기능면에서 본」과 「대상·무의미·자유-졸고 「한국현대시의 계보」에 대한 주석」, 「의미에서 무의미까지」 등을 들 수 있다. 이와 같은 글에서 그는 자신의 무의미시를 옹호하는 한편 무의미시를 해석하는 입장에서 그의 견해를 밝히고 있다. 그리고 김춘수는 무의미시론을 설명하는 가운데 '작품'을 이루는 '언어'를 대하는 태도에 관한 언급을 하고 있다.

詩는 進步하는 것이 아니라 進化하는 것이라는 假說이 成立된다고 한다면, 어떤 詩는 言語의 속성을 전연 바꾸어 놓을 수도 있지 않을까? 言語에서 意味를 배제하고 言語와 言語의 배합, 또는 충돌에서 빚어지는 音色이나 意味의 그림자나 그것들이 암시하는 第二의 自然 같은 것으로 말이다. 이런 일들은 대상과 意味를 잃음으로써 가능하다고 한다면, 〈無意味詩〉는 가장 순수한 예술이 되려는 본능에서였다고도 할 수 있을는지 모른다.75)

---

72) 류철균의 경우 한국 현대소설 창작론들을 '대중적 통념', '작가적 운명', '현실주의', '작품의 구성원리'라는 네 가지 문제로 계열화하였다. 이러한 계열화의 기반은 M.H Abrams가 설정한 문학을 다루는 근본 범주 즉 '독자', '작가', '현실', '작품'의 문제에 토대하고 있다. 류철균, 『한국 현대소설 창작론 연구』, 서울대박사, 2001, pp.13-16 참고.
73) 김춘수의 무의미시에서 세계와 독자를 대하는 다양한 태도에 의한 독자 반응 문제에 관해서는 김현자의 「김춘수 시의 구조와 청자의 반응」 참고.
74) 김춘수, 「의미와 무의미」, 『김춘수전집2』
75) 김춘수, 위의 글, p.378.

위의 글에서 김춘수는 무의미시를 통하여 '단어와 단어', '구와 구', '문장과 문장'의 '배합 및 충돌의 효과'를 노리고자 했음을 알 수 있다. 다시 말해서 그는 무의미시를 통하여 언어들 자체 혹은 언어들이 이룬 관계망을 통하여 빚어지는 언어의 '音色'과 '의미의 그림자'를 포착하려고 하였다.[76] 여기서 그가 말하는 언어의 '음색'과 '의미의 그림자'란 음악에서 音의 메커니즘을 염두에 두고 이에 견주어 표현한 것이다('모짜르트의 「C短調 交響曲」을 들을 때 생기는 의문은, 그는 그의 自由를 어찌하여 이렇게 다스릴 수 있었을까 하는 그것이다. 詩는 音樂보다는 훨씬 放縱하다는 증거를 그에게서 보곤 한다. 그에게도 대상이 없다는 것은 분명한데 그의 音樂은 너무나 音樂이다'[77]).

그는 우리가 길들여진 언어의 속성으로부터 탈피 혹은 통달하여 새로운 언어의 차원을 개척하고자 한다('音의 메커니즘에 通達해 있었기 때문일까? 그러나 한편 생각하면 우리는 언어의 속성에 너무나 오래도록 길이 들어 있어 그것으로부터 벗어나지 못하고 있기 때문이 아닌가도 한다'[78]). 이와 같이 김춘수가 무의미시를 구상하면서 염두에 둔 것은 '음악'이나 '미술'과 같은 다른 예술 분야에서 훌륭한 작품을 이루는 '질료'의 작용 측면이다.

즉 '음악'이나 '미술'이 구사하는 아름다움의 특성에 주목한 결과라고 할 수 있다. 특히 '음'과 '색'이라는 질료를 통하여 예술적 형상화를 이루어내는 측면에 초점을 두고 있다. 그는 '음'과 '색'이 개별적인 '그 자체'로서가 아니라

---

76) '김춘수의 시론에 나타난 관념(전달의 부정은 언어의 의미작용signification 일체를 부정한 것이란 점에 특징이 있다. 실제로 그의 무의미시는 시니피앙과 시니피에의 결합을 부정하고, 언어의 소통적 가능성을 원천적으로 봉쇄하고 있다', 남기혁, 「김춘수의 무의미시론 연구」, 앞의 책, p.186.
77) 김춘수, 앞의 글, 같은 쪽.
78) 김춘수, 위의 글, 같은 쪽.

다른 '음'이나 '색'과의 어울림 속에서 미적 형상화가 이루어지는 것에 관심을 둔다. 그가 미술에서 특히 '잭슨 폴록'의 '액션페인팅 기법'에 관심을 보인 것도 '색'이 순수한 그 자체로서 의미를 부여받는 측면에 관심을 가진 것이라고 할 수 있다. 그리하여 그는 무의미시론에서 무의미시의 '언어' 또한 그 자체가 예술의 순수한 수단적 재료이자 그 목적으로서 작용하기를 기대한다.[79]

즉 그는 '음'과 '색' 그 자체가 구체적인 '의미'와 '대상'에 대한 지향성을 벗어나 통일적이고 전체적인 조화 속에서 새로운 의미를 실현하는 방식에 관심이 있었다. 이와 마찬가지로 그가 창작한 무의미시라는 언어들의 전체적인 짜임 속에서 언어가 개별적으로 의미와 대상을 지향하는 속성을 바꾸어 보려고 한 것이다. 즉 그는 언어의 '음'이 주는 느낌 즉 '음감'과 언어들의 '결합관계'에서 오는 미적 특성을 통하여 무의미시의 시적 효과를 노린 것이다.

이와 같이 그는 무의미시에서 사용된 언어 그 자체가 구체적인 대상과 의미를 지시하는 측면을 지양하려고 하였다. 그런데 언어는 대상, 현실의 표상적 기호이다. 세계를 표상하는 기호로서의 언어 속성을 탈피하려는 지향은 실상 언어가 필연적으로 관계맺고 있는 '현실', '세계', '대상'에 대한 부정 내지 허무 의식과 관련이 깊다. 그리하여 그의 무의미시의 세계는 외부 세계의 대척점에 있는 개인의 내면적 무의식을 보여주는 경향으로 나타난 것이다.

이와 같이 무의미시론은 의미와 대상을 지시하는 언어의 본질적 기능을 배제하려 한 시도이다. 그러나 그의 무의미시가 언어를 수단으로 한 것인

---

79) 언어 그 자체가 인간의 욕망과 세계와의 관련성으로부터 자유롭기란 불가능하다. 모든 '쓰여진 것'에는 인간의 욕망이 작동하기 때문이다.
S. Zizek, 『이데올로기라는 숭고한 대상』, 김수련 역, 인간사랑, 2002, p.290.

이상 김춘수의 시도는 애초에 실현될 수 없는 것이다. 왜냐하면 미술의 '색'이나 음악의 '음'과 시의 '시어'는 그 근본적인 특성을 달리하기 때문이다.[80] 시어가 언어인 이상 의미와 대상을 지시하는 언어의 본질적 기능을 상실하기란 어렵다. 김춘수가 취한 무의미시의 시어에 관한 이러한 태도는 '시적 언어'의 특성을 논하는 것과는 다른 지점에 있다. I.A Richards는 '시적 언어'를 정서적 측면에서의 '擬似 진술pseudo statement'이며 '과학적 언어'를 사실에 부합한 과학적 측면에서의 '진술statement'라고 논의한다.[81] 그런데 김춘수는 시적 언어와 과학적 언어의 구분 이전에 언어 그 자체의 대상 지시적 기능을 탈피하려고 한다는 점에서 그만의 무의미시론이 지닌 독특함이 있다.

무의미시의 언어에서 '의미와 대상이 없다'는 그의 말은 언어 자체가 구체적인 의미 및 대상을 지시하는 기능을 축소시키려고 하는 그의 지향점 정도로 이해해야 할 것이다. 즉 언어의 측면에서 살펴 본 그의 무의미시론은 무의미시의 창작 동기와 시에 관한 지향점이라는 측면에서 보아야 할 것이다. 이것은 무의미시론과 무의미시 창작 간의 불일치 문제 이전에 언어의 본질적 특성으로 인해 그가 주장하는 언어적 측면에서의 무의미시론이 실현되기 어려운 까닭이다.

그는 의미와 대상에 관한 논의와 마찬가지로 이미지가 그의 시에서 없다고

---

80) 칸딘스키는 색채와 관련된 새로운 언어의 근간을 제시하였다. 그는 색이 지닌 속성과 감정적 의미에 대하여 논의한다. 구체적으로 '눈은 밝은 색에 이끌리고 주홍빛의 빨간색은 인간의 시선을 자극한다든지 강력한 노란색은 광기, 분노, 질투, 폭력적 특성과 관련을 지닌다든지 하는 것이 그 예가 될 것이다.
　　Guila Ballas, 한택수 역, 「칸딘스키 : 언어로서의 색」, 『현대미술과 색채』, 궁리, 2002, pp.382-406.
　　그런데 이와 같이 '색'이 지닌 언어적 속성에도 불구하고 언어가 세계 및 의미와 갖는 '밀접한' 조응 관계는 '색'이 갖는 언어적 의미와 그 범주적 차원을 달리 하는 것이다.
81) I.A Richards, Poetics and Sciences, Norton Co, 1970, pp.57-59 참고.

말하면서 하나의 통일된 이미지가 형성되려고 할 때마다 '그것을 사정없이 처단하고 전연 다른 활로를 제시'하려는 노력을 하고 있다. 그런데 그는 이때 '이미지란 대상에 대한 통일된 전망'[82]의 전제를 삼을 때라고 말하고 있다. 만약 작품 언어의 측면에서 그가 의미와 대상에 관한 논의를 설득력 있게 하려면 그의 이미지에 관한 위의 전제 요건과도 유사한 몇몇 사항을 설정해야 할 것이다.

무의미시론에서 나타나는 작품 언어에 관한 김춘수의 지향은 그의 무의미 시에서는 일관된 주제의 형상화 및 통일된 대상의 묘사 혹은 통일된 이미지 등을 찾아보기 어려운 것으로서 반영되고 있다. 그리고 의미상으로 상통하지 않고 어울리지 않는 엉뚱한 단어들의 결합 및 선택의 관계에서 이루어지는 시적 묘미가 나타나기도 한다. 서로 어울리지 않는 단어들의 결합 체계를 통한 시창작 과정은 하나의 단어가 지니고 있는 기표와 기의의 관계에 혼란의 계기를 만드는 것과 관계한다.

즉 무의미시에서 하나의 기표를 그것과 전혀 어울리지 않는 기의의 자리에 배치하였기 때문에 그 단어에 내포된 고유의 기의가 그 기표로부터 미끄러진다. 이러한 고유의 기의로부터 미끄러진 기표들 즉 의미론적으로는 말이 되지 않는 무의미의 어구들이 구문론적으로 맞추어져서 배치된 모습을 나타낸다. 즉 무의미시를 통하여 '언어의 기표 및 기표 체계를 통한 시 세계 추구'를 보여주는 것이다.[83]

'작품 언어'의 측면에서 본 그의 무의미시론은 언어에서 의미나 대상, 현실 을 배제하려고 하므로 이를 통하여 그의 '현실'에 대한 태도를 짐작할 수 있다.

---

82) 김춘수, 앞의 책, p.388.
83) 이와 관련한 작품 분석은 이 글 III-3 참고.

ⓐ 허무는 글자 그대로 모든 것을 없는 것으로 돌린다. 나무가 있지만 없는 거나 같고, 社會가 있지만 그것도 없는 거나 같다. 물론 그의 意識 속에서는 어떤 價値도 가지지 못한다. 즉 허무는 자기가 말하고 싶은 대상을 잃게 된다는 것이 된다. 그 대신 그에게는 보다 넓은 시야가 갑자기 펼쳐진다. 이렇게 해서 〈無意味詩〉가 탄생한다. 그는 바로 허무의 아들이다.84)

ⓑ 그것은 사회다. 사회를 그대로 묘사하고 있는 것이 아니라, 3篇이 다 社會에 대하여 무엇인가 말을 하고 있다. 게다가 매우 짙은 현실감각을 보이고 있다. 말하자면 대상(現實·社會)으로부터 심한 拘束을 받고 있다. 자유롭지 못하다. 그러니까 유희의 기분(放心狀態)이 되지 못하고 매우 긴장되어 있다. 그 긴장은 根本的으로는 道德的인 긴장이긴 하나, 詩의 方法論的 긴장이 서려 있기도 하여 이미지에 뉘앙스를 빚어 주고 있다. 전형적인 觀念詩들인데도 비유적 요소가 표현에는 덜 드러나고 있다.85)

김춘수는 그의 무의미시론에서 사회, 현실과의 관계에 관한 논의를 구체적으로 하지 않고 있다. 그 이유는 그의 무의미시가 사회, 현실을 배제한 차원에서 이루어지기 때문이다.86) 그의 시론이 지닌 이러한 경향은 기실 그의 초기 시의 특성에서도 드러나는 것이다. 그가 '꽃'으로 대표되는 시편들을 창작했을 때에도 시의 주조적인 경향은 현실과는 어느 정도 동떨어진 관념적이면서

84) 김춘수, 「의미와 무의미」, 『김춘수전집2』, p.378.
85) 김춘수, 앞의 책, p.375.
86) '그는 사회현실로부터 개인적인 내면세계로 후퇴하고 있는 것이다. 그것은 사회현실, 동시대의 사회윤리적 주체를 노래하고 있는 시인들(김수영에서 김지하, 신경림 등으로 이어지는 현실주의의 전통)로부터 도피이기도 하다. 그는 순수시(무의미시)에 의거하여 그 사회현실로부터 자신을 방어하고 있는 것이다.
서준섭, 「순수시의 향방 -1960년대 이후의 김춘수의 시세계」, pp.77-78.

서정적인 세계를 보여 주었다.

그의 무의미시에 관하여 김춘수는 ⓐ에서 '강한 허무 의식'으로 인하여 '나무'나 '사회'나 모든 것이 의식 속에서 없는 것과 같아지는 상황을 제시하면서 이를 통해서 무의미시가 만들어진다고 말하고 있다. 허탈감이나 극도의 허무는 주변의 사물이나 세계에 대한 관심을 소멸시킬 수 있다. 그러니까 이 서술은 무의미시 창작에 있어서의 심리적 메커니즘을 드러내는 것이다.

ⓑ는 이 글이 속한 전체적인 글의 주제적 방향이 무의미시론의 논의와 연관된다는 점을 염두에 둘 필요가 있다. 즉 이 글은 그의 무의미시론을 설명하기 위한 하나의 과정으로서 제시된 것이다. 여기에서 김춘수는 사회참여적 경향의 시편들, 송욱의 「何如之鄕 拾壹」과 김수영의 「우리들의 웃음」 및 민재식의 「불협화음」의 시를 평하고 있다. 중요한 것은 김춘수가 이들 작품에 대한 가치평가의 기준을 보여준다는 점이다. 그 기준이란 시편이 대상 즉 현실, 사회로부터 심한 구속을 받고 있어 자유롭지 못한 측면을 지양해야 한다는 것이다. 즉 '유희'의 기분, '방심상태'를 보여주지 못한다는 것인데 시 창작이 하나의 '유희'로서 다른 영역과는 독립적인 차원을 구축해야 한다는 입장에 그가 서 있음을 알 수 있다. 이러한 점을 감안해 볼 때 그의 무의미시론의 주요한 하나의 방향성을 알 수 있다. 그것은 현실, 사회의 구속으로부터 벗어난 '방심상태'를 추구한다는 점이다.

ⓐ의 글이 강한 허무의식으로 인하여 사회나 현실이 소멸되는 무의미시의 '심리적 메커니즘'을 드러낸다면 ⓑ의 글은 사회, 현실의 구속으로부터 벗어난 자율적인 방심상태의 추구라는 '창작의 기준'을 보여준다. 그런데 ⓐ가 심리적인 한 장면에 초점을 맞추어 강조하여 표현한 것이라면 ⓑ는 그가 지니고 있는 머릿속의 가치평가 기준을 보여 준다는 점을 생각해 볼 필요가 있다. 즉 ⓑ는 김춘수의 시에 관한 그의 근본적 입장을 보여준다. 이러한

입장은 앞에서 논의한 '작품의 언어'를 대하는 그의 태도와 연속선상에 있다. 언어의 고유 기의로부터 미끄러진 기표의 구사라는 그의 시적 전략은 현실, 사회를 반영하지 않고 내면의 순수한 '방심상태'를 포착하기에 적절한 방식이 된다고 하겠다.

무의미시론에 나타난 사회, 현실의 배제 경향은 실제 그의 무의미시에서는 어떻게 나타날까. 이것의 경우는 그의 언어에 관한 지향점과는 달리 어느 정도 시론의 방향성대로 어느 정도 실현되는 편이라고 말할 수 있다. 실제 그의 무의미시의 대표적인 연작인 「처용단장」, 「이중섭」, 「도스토예프스키 연작」, 「예수시편」 등을 살펴 보면 이를 알 수 있다. 이들 시편들에서 당대 우리나라의 사회 현실에 관한 구체적인 진술을 살펴보기란 어렵다. 오히려 그가 다른 예술 장르에서 차용한 비극적인 인물상들이 속한 사회 및 현실상이 구체화된 것으로 보인다. 그리고 이들 시편들에서 심리적인 어떤 상태 그가 말한 바에 따르면 절대적인 허무가 초래한 세계에 대한 의식의 소멸 상태를 드러내는 시편들이 많다.

그런데 「처용단장」에서는 그가 역사와 이데올로기에 대한 비판의 부분이나 자신을 억울한 감옥살이를 하게끔 만들었던 상황 및 일제하 자신의 행위에 관한 부분 등이 나타나 있다. 이것은 그가 과거 처했던 현실, 시대에 관한 그의 생각을 표현한 것이다. 그리고 「처용단장」의 이면적 주제인 역사에 대한 비판 역시 그가 지향한 현실배제의 지향점을 완전히 벗어났다고 하기는 어렵다. 이것은 결국 그의 언어에 관한 결벽적인 생각과 마찬가지의 결론이 내려진다고 볼 수 있다. 즉 시에서 현실, 세계의 배제란 지향은 있을 수 있으나 '대상, 현실이 없다'고 하는 완전한 배제란 이루어지기 어렵다는 것이다. 언어적 측면에서 그의 시도와 마찬가지로 현실에 관한 부분도 그의 순수시를 향한 지향점 차원에서 무의미시론을 이해해야 할 것이다.

앞에서 '작품의 언어'와 '현실'의 관점에서 김춘수의 무의미시론과 무의미시의 지향점 및 그 둘의 거리에 관하여 살펴 보았다. 마지막으로 김춘수라는 '시인'의 측면에서 무의미시론이 어떻게 나타나고 있는지 고찰해 보고자 한다.

시에서 뭔가 구원을 노래함으로써 어떤 詩的 結論을 얻게 되는 그 過程이 구원이 아니라, 詩를 쓴다는 어떤 過程 그 자체가 구원이고, 보다는 나에게 있어서는 이 세상에 詩가 있다는 그 사실 자체가 구원일 수도 있다. 마치 하늘이 있고 아름다운 노을이(내 意志와는 관계없이) 있다는 그 사실이 그대로 구원이 되듯이 말이다.[87]

김춘수의 경우 시를 쓰는 과정 그 자체를 하나의 구원이라고 본다. 즉 시를 창작함으로써 카타르시스의 효과를 얻게 되는 것이다. 그리고 시라는 것이 인생의 구원이자 모든 것임을 말하고 있다. 이것은 시의 내용적 측면이 '구원'을 노래한다는 것이 아니라 그가 시를 쓴다는 그 과정 자체가 하나의 구원이라는 것이다. 여기서 그는 詩作을 통한 '구원'에 대해서 '하늘이 있고 아름다운 노을'이 있다는 사실과 견주어서 말하고 있는데 이것은 김춘수가 무의미시를 창작하게 된 근본적 출발점을 보여준다고 하겠다. 즉 그는 하늘이나 아름다운 노을을 보았을 때 무매개적인 감동의 상태를 무의미시를 통하여 구현하려고 한 것이다.

'하늘'과 '노을'의 아름다움은 아마도 말로는 표현이 안될 것이다. 말로 표현하는 순간 그 아름다움은 희석되어 버린다. 마찬가지로 그는 무의미시에서 언어의 의미망으로써 무엇을 형상화하는 것이 아니라 '언어 그 자체' 내지

---

87) 『김춘수전집2』, p.358.

'언어의 결합 자체'에서 오는 미적 측면을 구현하려고 하였다. 이것은 그가 초기시에서 '관념', '아름다움의 세계' 등을 '언어'로써 추구하는 것에서 절감한 '좌절 의식'과 '언어의 한계성' 인식이 주요한 경험적 토대로 작용한 것이다. 그리고 그가 앞에서 '언어의 대상 지시성'을 탈피하고 '현실, 대상'을 배제하려고 한 것도 결국은 '수단으로서의 언어'가 아닌 '목적으로서의 언어'를 통하여 '무매개적 순수성'의 내적 상태에 도달하기 위한 방식이다.

무매개적인 감동의 상태를 재현하기 위한 의식적인 그의 노력은 '이미지'에 관한 처리 방식에서 단적으로 나타난다.

나에게 이미지가 없다고 할 때, 나는 그것을 다음과 같이 말할 수 있다. 한 行이나 또는 두 개나 세 개의 行이 어울려 하나의 이미지를 만들어 가려는 기세를 보이게 되면, 나는 그것을 사정없이 처단하고 전연 다른 활로를 제시한다. 이미지가 되어 가려는 과정에서 하나는 또 하나의 과정에서 처단되지만 그것 또한 제 3의 그것에 의하여 처단된다. 미완성 이미지들이 서로 이미지가 되고 싶어 피비린내나는 칼싸움을 하는 것이지만, 살아 남아 끝내 자기를 완성시키는 일이 없다. 이것이 나의 修辭요 나의 기교라면 기교겠지만 그 뿌리는 나의 自我에 있고 나의 의식에 있다.[88]

그는 자연의 아름다움을 그 자체로 만끽하는 것과 마찬가지로 언어 그 자체의 미적 측면을 구현하기 위해서 하나의 이미지가 이루어지려는 과정에서 그 이미지를 처단하는 방식을 취한다. 여기서 그가 '이미지'라고 할 때 그 정의는 일관되고 통일된 대상의 그것과 관련한 개념이다. 그는 이러한 이미지의 처리방식에 대하여 그것이 자신의 '수사'이자 자신의 '기교'이자

---

88) 『김춘수전집2』, pp.388-389.

그리고 '나의 자아' 및 '나의 의식'과 연관시키고 있다. 즉 이미지의 파편적인 처리방식은 김춘수의 세계관과 깊은 관련이 있다. 즉 하나의 완결된 이미지를 부정하고 파편적인 이미지의 상태로 두는 시의 기교란 기실 그의 정신적인 영역의 외현적 형식에 해당한다. 또한 일관된 의식 내지 설명 그리고 이성적 표현 방식을 부정하는 사고의 일단을 엿볼 수 있다.

여기서 무의미시론에서 나타나는 시인으로서의 작시법과 의식 문제는, 앞에서 논의한 '작품의 언어' 및 '현실'에 관한 영역과 원환적으로 연결된 것임을 확인할 수 있다. 즉 김춘수의 '수사'이자 '자아'의 외현으로서의 '파편적 이미지'는 그가 언어에서 대상, 의미를 배제하려고 한 측면이나 현실, 세계를 배제하려고 한 측면과 상통한다. 왜냐하면 언어에서 대상지시적 측면을 배제하려면 그리고 시에서 현실, 세계를 배제하려면 시에서 나타나는 이미지는 필연적으로 완결적일 수 없고 파편적인 것으로 나타날 수밖에 없는 것이다.

이와 같이 '작품 언어', '현실', '시인'의 범주를 중심으로 김춘수의 무의미시론을 살펴 볼 때 그의 시론은 '의식'이나 '이성'이 아닌 '무의식'이나 '심리' 혹은 '감성' 중심의 영역과 깊은 관련이 있음을 알 수 있다.

그런데 김춘수의 무의미시론이 지닌 '심리' 중심의 경향은 실제 그의 무의미시에서는 독특한 양상으로 나타난다. 왜냐하면 그의 무의미시에 표현된 심리적 양상은 김춘수가 그 자신을 숨기는 '가면'의 전략과 맞물려 있기 때문이다. 즉 언어의 대상 지시성 부정 및 대상, 현실의 배제, 그리고 자아를 드러내는 완결적 이미지의 부정 등은 기실 자신을 둘러싼 현실과 자신을 말하는 완결적 이미지 모두를 부정하는 격이기 때문이다. 그 자신을 말하지 않고 시를 쓰는 방법 그것이 바로 무의미시의 주요한 부분을 이룬다. 즉 김춘수 자신의 구체적 상황을 말하지 않되 시를 통하여 그 자신이 지닌 '심리적 상태'의 포착만을 보여준다.

이것은 무의미시의 주요 내용항들이 김춘수 자신의 것들이 아닌 것에서 단적으로 알 수 있다. 시의 내용항들은 그가 탐독한 작품 속 비극적 인물들의 '심리'나 '상황'에 관한 것이 주를 이룬다. 김춘수는 그 비극적 인물들의 심리적 상황에 그 자신을 전이시켜서 이들과 합치된 '감정상태'를 표현하고 있는 것이다.[89]

이와 같이 그의 무의미시론은 첫째 작품언어에서는 언어의 대상, 의미 지시성 탈피를 꾀하려고 하였다. 이것은 그의 무의미시에서 기표 중심의 시작법을 생산하였으나 언어에 있어서 대상, 의미 지시 기능의 탈피란 측면은 언어가 지닌 본질적 특성으로 인해 근본적으로 실현되기 어렵다. 또한 언어의 의미 없음을 지향한 그의 詩作 방식은 역설적으로 무의미시에서 '의미의 과잉'이란 결과를 초래한 측면을 지적할 수 있다. 둘째 그의 무의미시론은 현실, 시대의 배제란 측면을 안고 있다. 이것은 그의 무의미시에서 자신의 구체적 상황을 드러내지 않고 작품 속 인물들의 상황을 빌어오는 기법 등을 통하여 어느 정도 실현하고 있다. 셋째 무의미시론에서 그의 '자아'이자 '의식'을 드러낸다고 한 이미지의 파편적 처리방식은 그의 무의미시에서 일정 부분 이루어지고 있다.

만약 그의 무의미시론에서 언어, 현실, 이미지에 관한 그의 '단언적' 진술을 뺀다면 무의미시론은 그의 무의미시와 어느 정도 조응의 관계를 지니고 있을 수 있다. 바꾸어 말하면 무의미시론의 주장자체가 이미 시의 창작에서 실현되기 어려운 요소를 지니고 있다. 다만 그의 무의미시론과 무의미시를 통하여 확인할 수 있는 주요한 측면은 대상, 현실, 완결적 이미지의 배제 등을 통하여

---

89) 그런데 무의미시편들 속에서도 그의 자전적인 체험들은 가끔씩 나타나고 있다. 그의 유복했던 어린 시절에 관한 부분이나 일제시대에 가혹하게 받았던 그의 고통 체험 등에 관한 묘사가 그것이라고 할 수 있다.

김춘수가 자신의 상황을 철저하게 숨기고 단지 그의 '내면적 상태'에 관하여
'파편적 이미지'로써 형상화하는 시적 전략을 쓰고 있다는 점이다.

3. '방심상태의 위장'으로서의 무의미시

1) 서술적 이미지와 무의미시

무의미시와 무의미시론의 논의는 작품언어, 현실, 작가를 중심으로 고찰하였을 때 그 차이성이 부각될 수 있었다. 무의미시론에서 논한 무의미시에 관한 설명 중 그 둘의 가장 문제적인 측면을 지적하자면 의미와 대상이 없다 즉 말그대로 의미 없음으로서의 무의미가 아니라는 점이다. 오히려 무의미시에서 무의미는 다양한 의미의 산출 지점이라는 것이다. 이와 같은 무의미시론과 무의미시의 괴리에 관한 논의는 무의미시론에서 주요하게 설명하는 '서술적 이미지'에 관한 부분에서도 확인할 수 있다.

김춘수는 무의미시에 나타난 이미지를 서술적 이미지로 규정하고 이에 대하여 다음과 같이 설명하고 있다.

이미지를 그 機能面에서 볼 때 두 가지로 大別할 수 가 있다. 그 하나를 敍述的descriptive인 것이라고 한다면 다른 하나를 比喩的metaphor인 것이라고 할 수 있다. 가령 〈엘리어트 단테 등을 읽는 재미라는 것은 隱喩의 世界만의 재미로서 충분하다. 알레고리의 대상이 되고 있는 단테의 思考나 思想이 어떠한 것인가를 아는 것을 필요하지 않다〉고 할 때, 이는 분명히 〈隱喩의 세계〉가 지닌 이미지만을 보고 있는 것이 된다. 말하자면 이미지의 기능을 그 자체로서 보고 있는 것이 된다. 이미지의 背後에 있는 〈思考나 思想〉, 즉 觀念을 보지 않으려는 것이 된다. 분명히 觀念을 목적으로 하고 있는 경우라 하더라도 이처럼 觀念을 무시하고 〈隱喩의 世界〉가 지닌 이미지만을 볼 수도 있다.

詩 作品을 해석(또는 음미)하는 입장과는 다른 경우인 詩作品을 제작하는 입장에 있어서도 이미지를 위와 같이 다룰 수가 있다. 이러할 때 그 다루어진 이미지는 순수한 것이 된다. 다시 말하면 이미지 그 자체가 목적인 이미지가 된다. 이와는 달리 이미지가 어떤 觀念을 위하여 쓰여지는 경우가 있는데, 이러할 때 이미지는 불순한 것이 된다. 이미지가 觀念의 道具 또는 手段이 되고 있기 때문이다. 前者를 敍述的 이미지라고 불러두고 候者를 比喩的 이미지라고 불러두고자 한다.[90]

그는 시작품을 해석하는 입장의 두 가지 경우로서 '이미지 자체를 감상하는 경우'와 '그 배후에 있는 사상과 관념을 파악하려는 경우'를 나누고 있다. 마찬가지로 시작품을 제작하는 입장에서도 그 두 가지 태도는 조응된다고 그는 말한다. 즉 관념의 도구나 수단으로서 이미지를 다루는 경우와 그것으로부터 벗어나 이미지 그 자체를 목적으로서 다루는 경우로 나뉜다. 이것에 대하여 그는 각각 '비유적 이미지'와 '서술적 이미지'라는 것으로 설명하고 있다.

그는 서술적 이미지를 설명할 때 그 뒤에 'descriptive'란 영어 단어를

---

90) 『김춘수전집2』, pp.365-366.

부기한다. 그런데 'descriptive'란 단어는 '기술(記述)[서술]적인', '묘사의'란 사전적 뜻을 지닌다. 이것으로 보아서 '서술적 이미지'에서 '서술적'이란 단어는 쉽게 말해서 '묘사적'이란 뜻을 포함한다. 그가 서술적 이미지의 예로서 묘사적 성향이 강한 박목월의 「불국사」를 드는 것도 이러한 이유이다. 그런데 그는 「불국사」와 함께 이상의 「꽃나무」를 들어서 '심리적인 어떤 상태의 유추로서 쓰이는 것'이라 하여 '서술적'이라고 하였다.

그런데 박목월의 「불국사」와 이상의 「꽃나무」의 시편은 그 성격이 매우 다르다는 점을 지적할 수 있다.

ⓐ 흰 달빛
  紫霞門

  달안개
  물소리

  大雄殿
  큰 菩薩

  바람소리
  솔소리

                              박목월, 「불국사」 부분

ⓑ 벌판한복판에꽃나무하나가있오. 近處에는꽃나무가하나도없오. 꽃나무는제가생각하는꽃나무를熱心으로생각하는것처럼 熱心으로꽃을피워가지고

섰오. 꽃나무는제가생각하는꽃나무에게갈수없오. 나는막달아났오. 한꽃나무
를爲하여그러는것처럼나는그런이상스러운흉내를내었오.

李箱, 「꽃나무」

박목월의 시편이 하나의 풍경이나 장면을 매우 묘사적으로 표현하고 있다
면 이상의 시편은 실제적인 풍경이나 장면의 차원을 떠나서 비현실적인 공간
내지 심리적 장면의 묘사라고 할 수 있다. 그러나 김춘수가 이처럼 이질적인
두 시편들을 차례로 제시하면서 서술적 이미지로 묶어서 서술하는 것에는
그 나름의 이유가 있다. 그것은 위 두 시편에 나타난 이미지가 모두 어떤
관념과 사상을 위한 도구나 수단의 차원을 벗어났다는 공통점에서 출발했기
때문이다. 이를 통틀어 보면 그가 말하는 서술적 이미지란 그의 표현대로
관념의 도구나 수단이 되는 비유적 이미지를 제외하고서 장면이나 심리의
묘사를 중심으로 한 이미지를 말한다.

김춘수가 비유적 이미지를 배제하고 서술적 즉 묘사적 이미지를 중심으로
한 시를 구사한다고 했을 때 그의 서술적 이미지란 궁극적으로 심리 묘사적인
것을 지향한다. 즉 김춘수는 서술적 이미지가 현실의 법칙이 아닌 심리나
환상의 법칙을 드러내는 방식 즉 기의로부터 미끄러진 기표들의 떠다님을
무의미로서 나타내는 방식을 만드는 데 주요한 수단이 될 수 있다고 본다.
이상의 「꽃나무」에 대하여 김춘수는 '이미지를 서술적으로 순수하게 쓰고
있는 시'의 예로서 들고 있다.[91] 그리고 위 시가 '관념은 아니지만, 심리적인
어떤 상태의 유추로서 쓰인'다고 설명한다. 다시 말해서 김춘수는 위 시편에
대하여 무의미시를 창작하게 된 하나의 본보기로서 다루는 것이다. 이상의
시는 과거 우리 현대 시사의 맥락에서 볼 때 매우 독특한 시의 영역을 보여준

---

91) 『김춘수전집2』, p.369.

경우에 해당된다. 김춘수가 50년대에 주로 창작 활동을 한 시인임을 감안할 때 그가 무의미시를 창작할 당시에 참고한 30-50년대의 모더니즘적 경향의 선배 시인 가운데서 이상의 자동기술적 심리표현의 창작 경향이 그에게 끼친 영향이 컸다고 할 수 있다.

그러나 김춘수가 이상의 「꽃나무」와 같은 시를 그의 새로운 시창작에 있어서 근본적인 출발점을 삼았다고 했을 때 그가 보기로 든 이상의 시편과 김춘수의 시편은 그 창작의 내적 근저가 매우 다르다. 구체적으로 이상의 「꽃나무」는 시인의 의식적 계산에 의한 것이라기보다도 무의식의 자연스러운 표출을 드러내는 특성을 보여준다. 반면 김춘수는 「꽃나무」에 나타난 그러한 무의식적 세계를 표현하기 위하여 의식적인 단계에 의한 노력을 보여주는 경우다.[92] 이것은 김춘수 시편들의 창작이 여러 단계의 삭제 및 수정작업을 거쳐서 나온 것에서 단적으로 확인될 수 있다. 김춘수가 지향한 「꽃나무」가 시적 퍼소나 혹은 가면을 생각지 않고 자신의 정신과 심리를 날 이미지로 드러내었다면 김춘수의 경우는 시적 퍼소나와 의식적인 전략에 의하여 자신이 드러내고자 하는 무의식적 장면 혹은 심리상태를 보여주는 경우에 속한다.[93]

그는 그가 설명한 서술적 이미지의 두 가지 이질적 특성을 밝히기 위하여

---

92) '묘사의 연습 끝에 나는 관념을 완전히 배제할 수 있다는 자신을 어느 정도 얻게 되었다. 관념 공포증은 필연적으로 관념 도피로 나를 이끄러갔다. 나는 寫生을 게을리하지 않았다. 이미지를 서술적으로 쓰는 훈련을 계속하였다', 「의미에서 무의미까지」, 『김춘수시전집』, p.505.
93) '사생에 열중하다 보면 자기도 모르는 사이에 설명이 끼게 된다. 긴장이 풀어져 있을 때는 그것을 모르고 지나쳐 버린다. 한참 뒤에야 그것이 발견되는 수가 있다. <id>는 <ego>의 감시를 교묘히 피하고 싶은 것이다. <ego>는 늘 눈 떠 있어야 한다. 이러한 트레이닝을 하고 있는 동안 사생에서 나는 하나의 확신을 얻게 되었다.' 김춘수, 위의 글, p.506.

서술적 이미지를 다시 분류하여 서술한다.

같은 서술적 이미지라 하더라도 寫生的 소박성이 유지되고 있을 때는 대상과의 거리를 또한 유지하고 있는 것이 되지만, 그것을 잃었을 때는 이미지와 대상은 거리가 없어진다. 이미지가 곧 대상 그것이 된다. 現代의 무의미 詩는 詩와 대상과의 거리가 없어진 데서 생긴 현상이다. 現代의 무의미 詩는 대상을 놓친 대신에 언어와 이미지를 詩의 실체로서 인식하게 되었다고 할 수 있다. 그 가장 처음의 典型을 우리는 李箱의 詩에서 본다.[94]

그는 서술적 이미지를 사생적 소박성이 유지되는 경우와 사생적 소박성을 잃은 경우로 다시 분류한다. 그리고 '사생적 소박성이 유지되는 시'는 '대상과의 거리를 유지'한 것이고 '사생적 소박성을 잃은 시'는 '대상과의 거리가 소멸'된 것이라고 설명한다. 그의 설명에 따르자면 앞에서 논의한 박목월의 「불국사」가 전자에 해당된다면 이상의 「꽃나무」는 후자에 해당된다. 장면 묘사적 이미지와 심리묘사적 이미지는 그가 무의미시를 쓰기 위한 단계적 작업을 단적으로 보여 주는 것이라고 할 수 있다. 그는 자신의 무의미시에 관하여 추상화를 그리기까지의 과정과 견주어 설명하곤 하였는데 이것의 경우처럼 그도 장면 묘사적 이미지를 연습하고 심리 묘사적 이미지를 연습하였던 듯하다. 그는 서술적인 이미지 중에서도 심리묘사적 이미지의 추구를 그의 궁극적 관심 영역에 두고 있다.

그가 이상의 「꽃나무」와 같은 시를 표본으로 삼고 심리 묘사적 경향의 서술적 이미지에 치중하였던 이유는 무엇일까.

그러나 대상을 잃은 言語와 이미지는 대상을 잃음으로써 대상을 無化시키는 결과가 되고, 言語와 이미지는 대상으로부터도 자유로운 것이 된다. 이러

---

94) 앞의 책, p.369.

한 자유를 얻게 된 言語와 이미지는 詩人의 실존 그것이라고 할 수 있다. 言語가 시를 쓰고 이미지가 詩를 쓴다는 일이 이렇게 하여 가능해진다. 일종의 放心狀態인 것이다. 적어도 이러한 상태를 위장이라도 해야 한다. 詩作의 진정한 方法과 단순한 技巧의 차이는 이 放心狀態(자유)와 그것의 僞裝의 차이라고 할 수 있을 것이다.[95]

그가 이상의 시편과 같은 심리 묘사적인 이미지를 구현함으로써 궁극적으로 지향하는 바는 '일종의 放心狀態'의 표현이다. 이 상태를 표현하기 위해 '대상을 잃은 언어와 이미지'가 나타난다. 여기서 '대상을 잃은 언어와 이미지'란 고유의 기의로부터 미끄러진 기표를 말한다. '기의로부터 미끄러진 기표들'이란 의식과의 관련성에서 벗어나 무의식적 세계와 결부된 언어들과 관련된다. 이것에 대해서 김춘수는 '대상으로부터의 자유를 얻게 된 언어와 이미지'라고 지칭하는 것이다.

그는 '詩作의 진정한 方法과 단순한 技巧의 차이'를 '放心狀態(자유)'와 '그것의 僞裝의 차이'라고 말한다. 즉 그는 '이미지'와 관련한 '詩作의 진정한 방법'이 궁극적으로 자유로운 '방심 상태'를 지향한다고 생각한다. 여기서 다시 김춘수가 비유적 이미지가 관념의 도구와 수단이 된다고 하여 이를 배제하고 이미지 그 자체가 목적인 서술적 이미지를 옹호한 점을 생각해 볼 필요가 있다. 그리고 그가 서술적 이미지 중에서도 대상을 재현하는 묘사적 이미지보다도 심리를 표현한 묘사적 이미지를 높이 평가하였다는 점을 생각해 볼 수 있다. 또한 그는 심리를 표현한 묘사적 이미지 중에서도 자유로운 '방심상태'에 가까운 시편의 경우가 차원이 더욱 높은 형태의 시라고 평가하는 것이다. 이와 같은 점들을 생각해 볼 때 그는 시편이 무의식적 심리

---

95) 위의 책, p.372.

성향을 지닐수록 더욱 높은 가치를 부여한다는 점을 알 수 있다. 즉 이러한 가치부여의 방식을 볼 때 그가 왜 '심리 묘사적' 경향의 '서술적 이미지'를 선호하였는지 이해될 수 있다.

　중요한 것은 그가 서술적 이미지를 설명한 이와 같은 방식을 통하여 그가 말하는 진정한 시의 실체가 나타난다는 점이다. 즉 그는 시가 '관념'의 수단이 되어서도 안되며 '의식'으로부터 벗어나 있을수록 진정한 자유로움을 보여준다고 평가한다. 그러나 이러한 서술적 이미지와 관련한 그의 지향에도 불구하고 김춘수의 무의미시는 무의식의 '방심상태'를 보여준다기보다는 '방심상태의 위장'과 깊은 관련이 있다. 황동규가 김춘수의 시론과 잭슨 폴록 그림의 비교가 전혀 맞지 않다고 하는 것도 이러한 맥락에서이다. 즉 잭슨 폴록은 자연 발생적인 예술 이론으로서 자동 기술적 측면을 지니지만 김춘수의 무의미시는 시인의 의도가 팽팽히 개입된 부분이 있는 것이다.[96] 이것은 무의미시에 관한 매우 의식적인 설명인 그의 무의미시론에서 단적으로 드러나듯이 그가 詩作에 있어서 매우 '의식적'인 성향을 지녔다는 점과 관련지어서 생각할 수 있다. 이런 까닭에 그는 무의식의 방심이 그대로 노출된 이상의 시조차 치밀한 계획 하에서 그 상태를 방불케 한 시적 전략으로서 이해하는 것이다.[97] 요약적으로 말해서 김춘수의 무의미시는 '의식과 전략'에 의하여 구현된 '무의식적 내면의 묘사'라는 역설을 보여준다고 할 수 있다. 시에 대한 그의 이러한 '의식적' 성향 때문에 김춘수는 자신의 무의미시 특성을 설명하

---

96) 황동규, 「감상의 제어와 방임」, p.176.
97) '이상의 시를 보면 내던진 듯한 방심상태에서 쓰여지지 않았나 생각되는 것이 있는가 하면, 분명히 치밀한 계산 아래 쓰여지고 있는 것도 있다. 유희 · 자유 · 방심상태 등의 낱말들은 방법론적으로는 자동기술을 가리키는 것이 된다. 그런데 이 자동기술이란 것을 액면 그대로 믿을 수가 없다.'
　김춘수, 「대상 · 무의미 · 자유」, 『김춘수전집2』, p.380.

기 위한 하나의 논리적 단계로서 서술적 이미지를 설정, 논의하는 작업이 필요했다고 하겠다.

이와 같이 김춘수는 무의미시를 설명하는 하나의 단계로서 서술적 이미지를 설명하였다. 이것에 대하여 그는 회화의 경우에 견주어 설명하기도 한다. 즉 사실적 그림에서 반추상화, 추상화로 나아가는 미술화가처럼 김춘수 자신도 시의 습작을 이러한 단계로 나아갔던 것이다. 즉 장면 묘사의 시에서 그러한 장면을 해체시키고 마침내 심리를 재현하는 시적 장면을 서술하려 하였다. 즉 서술적 이미지의 두 유형은 그가 지향하는 '방심상태'의 무의미시를 쓰기 위한 하나의 단계적인 작업을 보여준다.

이러한 시에 대한 시인의 지향점 뿐만 아니라 무의미시에 나타난 서술적 이미지에 관한 논의는 김춘수의 무의미시를 설명하는 데에 중요한 부분이다. 왜냐하면 그가 논의한 서술적 이미지의 두 유형은 그의 최근까지 시편에서도 나타나는 이미지 형상화의 주요한 두 가지 방식이기 때문이다. 그가 무의미와 의미를 지양한 시편을 쓴다고 한 『의자와 계단』 이후의 시편에서도 이러한 서술적 이미지의 방식이 주요하게 나타난다. 즉 김춘수가 60년대부터 쓰기 시작한 무의미시라는 그만의 창작법은 40여년이 지난 지금은 그가 벗어나려고 해도 벗어나기 어려운 고유한 체질적인 그의 시 스타일로서 자리잡았다고 할 수 있다.

이와 같이 김춘수는 무의식의 '방심상태'를 구현하기 위하여 서술적 이미지의 두 유형 즉 장면 묘사적 이미지와 심리 묘사적 이미지를 연습하였다. 그런데 무의미시는 그가 지향한 바처럼 '방심상태'를 표현하기보다는 '방심상태의 위장'과 관련을 지닌다. 즉 그는 '무의식적 상태'를 표현하기 위하여 '심리 묘사' 중심의 서술적 이미지를 구사하였는데 그것은 치밀한 '의도와 전략'에 의한 것임을 보여준다. 그가 구사한 서술적 이미지의 언어적 형식은

'무의미' 어구를 통해서이다. 다시 말해서 그는 '무의미'라는 언어 전략을 사용함으로써 무의식의 '방심상태'를 구현하고자 하였다.

2) 무의미시에 나타난 의미의 논리

김춘수가 논의한 '무의미시'란 역사나 현실에 대한 허무의식의 표출로서 시에서 의미나 대상의 형상화 측면을 의도하지 않았다. 그러나 이러한 무의미시의 전략은 역설적으로 많은 의미들을 생산하는 지점을 만들어낸다. 즉 환상적인 현상 세계를 파편적인 이미지의 기표들로 포착함으로써 고유의 기의로부터 미끄러진 기표의 무리를 보여준다. 그 언어적 기표들이 무의미의 양상을 이루면서 심리적인 다층적 의미망을 형성한다.

이러한 무의미의 의미 형성적 측면과 밀접한 관련을 지닌 것이 들뢰즈의 '사건event' 개념이다. 그는 현상적 세계의 비물체적인 것을 언표로 포착하는 방식으로서 '사건'을 논의한다. 그런데 사건은 그 자체로는 아무런 뜻을 지니지 않는 무의미이나 다른 사건들과 계열화serialization되는 양상에 따라 의미 생산의 분기점이 되는 '의미의 논리the Logic of Sense'를 보여준다.[98] '의미의 논리'란 의미와 사건 그리고 무의미의 연속적 논리를 지적하는 말이다. 즉 '사건'과 '무의미' 그리고 '의미'는 궁극적으로 등가의 뜻을 지닌다는 것이다. 들뢰즈는 이러한 사건의 시제로서 비인칭적 부정不定형을 취한다. 그리고 '-어지다to become'[99]의 서술어에 주목하였다. '-어지다'는 비물체

---

98) '의미의 논리'란 들뢰즈의 저서인 The Logic of Sense의 표제이자 이 책 내용의 핵심에 해당된다.

99) 그는 '-어지다to become'의 다양한 형태, 예를 들어 '자라다to grow', '작아지다to

적인 것, 명멸하는 것, 시뮬라크르의 포착에 적절한 서술어이면서 특정한
시간적 개념을 내포하지 않는다.[100]

벽이 걸어오고 있었다.
늙은 홰나무가 걸어오고 있었다.
한밤에 눈을 뜨고 보면
호주 선교사네 집
회랑의 벽에 걸린 청동 시계가
겨울도 다 갔는데
검고 긴 망토를 입고 걸어 오고 있었다.
내 곁에는
바다가 잠을 자고 있었다.
잠자는 바다를 보면
바다는 또 제 품에
숭어 새끼를 한 마리 잠재우고 있었다.

다시 또 잠을 자기 위하여 나는
검고 긴

---

diminish', '푸르러지다to become green' 등의 서술어에 주목했다. '-어지다'의 서술어는
언표 속에서만 존속하는 물체의 표면효과를 포착하기에 적절한 형태라고 할 수 있다. '-어
지다'는 물체의 변화를 서술한 것이면서도 그 변화의 모습은 이미 말해지는 순간, 물체의
현상에서는 지시되지 못하고 말 속에만 들어 있는 것이다.

　Deleuze, Gilles, *The Logic of Sense*, pp.5-6 참조

100) 김춘수의 무의미시에서 형상화되는 장면도 특정한 시공간을 기준으로 한 것이 아니다.
그리고 명멸하는 물체적인 것의 포착에 효과적인 서술어, 즉 변화와 진행을 동시에 나타내
는 '-고 있었다'란 서술어를 주로 사용하고 있다.

한밤의 망토 속으로 들어가곤 하였다.
바다를 품에 안고
한 마리 숭어 새끼와 함께 나는
다시 또 잠이 들곤 하였다.

호주 선교사네 집에는
호주에서 가지고 온 해와 바람이
따로 또 있었다.
탱자나무 울 사이로
겨울에 죽두화가 피어 있었다.
주님 생일날 밤에는
눈이 내리고
내 눈썹과 눈썹 사이 보이지 않는 하늘을
나비가 날고 있었다.
한 마리, 두 마리,

- 「처용단장」1부 3 전문

위 시에서는 다양한 장면들이 만나서 겹쳐지는 현상을 볼 수 있다. 이 시의 상황을 대략적으로 서술하면 다음과 같다. '벽'과 '늙은 홰나무'와 검고 긴 망토를 입은 '청동시계'가 걸어오고 있다. '바다'는 잠을 자고 '숭어 새끼'를 품고 있다. 나는 '바다'와 '숭어새끼'를 품고 잠을 자고 있다. '호주 선교사네 집'의 풍경과 '주님 생일날 밤'의 '눈' 내리는 풍경이 표현되어 있다. 즉 위의 장면들은 시인의 환상 내지 꿈의 세계를 포착한 문장들로 구성되어 있다. 이러한 환상의 세계는 대략 세 개의 장면으로 나타난다. 청동시계가 걸어오는 방안의 풍경과 바다와 숭어새끼를 품고 내가 자는 풍경 그리고 호주선교사네 집의 풍경이 그것이다. 이 세 장면은 역설적인 내용들을 내포하고 있다. 즉 청동시계가 망토를 입고 걸어온다든지, 바다와 숭어새끼를 품고 잔다든지, 호주에서 가지고 온 해와 바람이 호주선교사네 집에 있다든지 하는 부분이 그것이다.

그런데 이러한 무의미의 역설적 구절들은 전체적인 의미의 맥락 속에서 이질적으로 작용하기보다는 조화를 이루고 있다고 보여진다. 그것은 이 역설들의 내용항이 심리적 상황을 전달하는 의미의 맥락을 잘 드러내 주기 때문일 것이다. 즉 벽이 다가오는 것과 같은 밤중의 공포스러운 순간이나 바다와 숭어새끼를 품고 자는 듯한 평화로운 잠의 순간, 그리고 호주 선교사네집의 이국적인 풍경을 그대로 표현해 주기 때문일 것이다. 그런데 주목할 것은 여기서 주요하게 사용된 '청동시계', '바다', '숭어새끼', '호주선교사네집' 등이 그것들의 고유한 기의에 미끄러져서 작용하고 있다는 점이다. 이러한 양상은 이 사물들에 어울리지 않는 서술어나 목적어를 취하는 무의미에 의하여 이루어지고 있다.

첫 번째 장면에 주목하여 이를 서술하면 다음과 같다. 사물들이 자신을 향해 다가오고 걸어오고 있는데 그 사물들이란 '벽'과 '늙은 홰나무'와 '회랑의 벽에 걸린 청동 시계'이다. 그런데 '벽'이 걸어서 다가온다 함은 화자의 불안하고 두려운 심리를 드러내는 한편 '청동시계'의 '검고 긴 망토'란 '밤'이 다가와서 꿈에 들기 전의 상태를 드러낸다. 사물들이 자신을 향해 다가오는데 '벽', '늙은 홰나무', '회랑의 벽에 걸린 청동 시계'이다. 이들 기표의 무리는 이들에게 어울리지 않는 목적어나 서술어를 취함으로써 무의미의 양상을 취한다. 그럼으로써 이러한 사물들은 기표에 부착된 실제적 기의와의 연결관계가 느슨한 무의식상의 존재 형태를 띤다. 그리고 이러한 무의미의 기표들은 다시 무리를 지어서 계열화됨으로써 하나의 의미를 획득한다. 즉 '벽'과 '늙은 홰나무'와 '벽에 걸린 청동시계'는 서로 계열화하여 '오래된', '퇴락한', '막힌' 등의 의미를 형성한다.

이 제재들의 서술어는 모두 '걸어오고 있었다'를 취하고 있다. 그런데 '걸어오다'란 표현은 사람을 주어로 취하는 동사이므로 이들 사물에게 이것을 사용한다는 것은 일상적으로는 어울리지 않는 무의미의 표현이다. 그리고 주체가 된 이러한 제재들은 '벽', '벽에 부착된 것', 혹은 '땅에 부착된 것'이라는 고정적 위치를 지닌 것들이다. 이들은 '걸어오다'란 기표가 취하는 주체의 기표로부터 미끄러져서 새로운 의미를 취한다. 즉 움직이지 않을 것이라 기대된 대상이 '걷는다'는 것과 그것도 걸어 '오고 있었다'라는 점에서 밀폐된 공간에서의 막연한 '압박감' 내지 '밀폐감'이란 의미를 생산한다. 이와 함께 주체들이 지닌 '퇴락한', '막힌' 등의 의미가 결부되어 시 전반부에서 그로테스크하면서 조금은 공포스런 분위기도 자아낸다.

그리고 사물들이 '걸어 오고 있었다'에서 '-고 있었다'란 표현은 물체적인 것을 보고 있는 그 당시에는 존재하지만 언표로 포착한 순간 물체적인 것에서 이미 사라지고 언표상으로만 존속하는 비물체적인 것의 포착 즉 사건의 특성을 드러내는 시제라고 할 수 있다. 또한 과거형을 취하긴 하나 환상에서나 존재하지 실제 나타날 수 있는 장면이 아니란 점에서 비인칭적 시간에 속한다.

무의미의 기표들의 연쇄는 무의식에 존재하는 의미들의 압축 양상을 보여주는 데 효과적이다. 이러한 특성으로 인하여 위의 장면은 어떤 측면에서 바라보느냐에 따라 그 압축된 의미들이 하나씩 풀려 나가면서 다양한 계열들을 보여준다. 의미들의 압축은 특정한 계열화 방식을 취함으로써 좀더 구체적으로 드러난다. 예를 들면 위 시에 대하여 '잠들기 이전-잠이 듬-꿈꾸는 순간'

으로 '잠'을 중심으로 계열화할 수 있다. 동시에 '밤의 공포와 불안의 순간-바다로 표상된 평화로움의 순간-눈이 내리는 신성스러운 순간'으로 '심리'를 중심으로 계열화할 수 있다. 또한 '청동시계가 걸린 방-바다-호주선교사네 집'이란 '공간'을 중심으로 계열화할 수 있다. 그리고 잠을 통하여 유년기의 추억을 연상하는 '시간'을 중심으로도 계열화할 수 있을 것이다. 즉 위의 시는 의미들의 연속적 국면을 보여주는 다른 시편들에 비하여 다양한 의미의 계열체들로 해석할 수 있는 의미의 다의성 내지 과잉을 내포하고 있다. 즉 무의미시는 일관되고 통일적 이미지를 드러낸 시편에 비해 다양한 의미생산의 국면을 보여준다.

무의미의 유형과 계열화

1. 무의미의 유형

김 춘수의 무의미시에서는 다양한 무의미의 양상들이 집약적으로 나타나는 것이 특징적이다. 이러한 무의미들에 관하여 기존의 문학적 장치로서의 접근은 무의미의 매우 다양한 양상들을 해명하기에 미흡한 측면이 있다. 즉 역설, 비유, 상징 등의 문학적 장치만으로는 설명 및 분류될 수 없는 다양한 양상들이 존재하기 때문이다. 단적으로 김춘수의 시 구절인, '울고 간 새와 울지 않는 새가 만나고 있다', '신나게 시들고 있었다', '봄은 한 잎 두 잎 벚꽃이 지고 있었다'는 표면적 논리상으로는 모순을 일으키나 내적으로 의미의 맥락을 형성한다는 점에서 변별성 없이 모두 역설에 속한다.

그런데 이들은 '전후 상황', '구문론', '의미론', '문장성분의 범주론' 등의 차원에서 다시 분류할 수 있다. 즉 첫 번째 경우가 '현실적인 상황'에서 있을 수 없는 유형이며 두 번째 경우가 구문론적으로 옳으나 의미론적으로 맞지 않는 유형이라는 점을 지적할 수 있다. 그리고 세 번째 경우는 의미론적으로는 상통하나 구문론적으로 옳지 않은 경우이다. 이것은 '역설'이라는 문학적 장치로서는 세분화되지 않는 특성들이 설명되고 그 효과를 서술할 수 있는 무의미의 유형에 관한 논의가 필요하다는 것을 보여준다. 그리고 '문장성분의 범주론'과 관련하여 '은유'와 '환유' 혹은 '상징' 또한 무의미의 몇몇 양상에 포함될 수 있는 것이다.

특히 무의미 어구의 연속체로서 시가 이루어진 김춘수 무의미시의 경우는 무의미의 양상 및 유형에 관한 좀더 세밀한 접근이 요구된다. 뿐만 아니라 환상과 상상의 영역을 보여주는 시적 표현은 대체로 표면적으로는 무의미의 양상을 띠고 있다. '무의미'라고 생각하는 어구들이자 시적 표현의 어구들에 관하여 이들을 일정한 기준에 의해 범주화하고 이들의 효과를 살펴 보는 일은 시의 창조적 의미생산을 해명하는 측면에서 중요한 작업이다.

김춘수의 무의미시는 무의미에 의한 비현실적 상황 및 심리의 장면화 양상이 특징적이다. '심리의 장면화 양상'은 구체적이고 현실적인 장면의 연속성을 분절하거나 끊음의 효과와 관련하여 두드러진다. 비현실적 상황 설정이나 현실적 상황의 파편적인 연결은 주로 '무의미'에 의하여 이루어진다. 이때 무의미의 양상은 기의로부터 기표의 미끄러지기와 연관되어 나타난다. 하나의 단어가 지닌 기의와 기표의 관계에서 그 단어가 지닌 고유의 기의로부터 미끄러진 기표들이 바로 무의미의 양상으로 나타난다.

The Encyclopedia of Philosophy[1]에 의하면 '무의미의 유형Types of Nonsense'을 다음과 같이 여섯 가지의 형태로 나누어 설명하고 있는데[2]

---

1) The Encyclopedia of Philosophy, pp.520-522 참고.
2) 무의미의 유형 중 그 핵심적인 부분을 간추려 보면 다음과 같다.

   (1) The same words spoken when contrary to fact. …… We may call this, which is nonsense in the colloquial sense, "nonsense as obvious falsehood"

   (2) The same words spoken when no one knows which water is spoken of or cares if it boils. …… The rules or conventions violated are those tying this well-formed sentense to certain nonlinguistic contexts, so we may call this "semantic nonsense."

   (3) The words "The water is now toiling" spoken in almost any circumstances:

그것을 요약적으로 정리하면 다음과 같다. 첫째 사실에 맞지 않는 표현, 둘째 예기된 상황으로부터 벗어난 표현, 셋째 구문론적 법칙보다는 의미론적 법칙에 어긋난 표현, 넷째 구문론적 구조를 결여한 표현, 다섯째 알아 볼 수 없거나 번역할 수 없거나 낯선 표현, 여섯째 완전히 알아 볼 수 없는 표현 등이다.

위의 무의미의 유형을 차례대로 설명하면 다음과 같다. 무의미의 첫 번째 유형은 실제적 사실에 맞지 않는 발언을 한 경우에 해당된다. 예를 들어 '물이 사실상 끓고 있는 상황'에서 '나는 물이 끓고 있는 것을 볼 수 없어요'라고 말하는 것을 들 수 있다. 이것은 물이 끓고 있는 사실에 반대, 대조되는 말을 하는, 사실에 맞지 않는 무의미이다. 무의미의 두 번째 유형은 '물이 끓고 있는 상황'을 결혼식 중간에 말한다든지와 같이 예기치 못한 상황에서의 발언이 해당된다. 무의미의 세 번째 유형은 "The water is now toiling"[3]와 같이 '물'이란 주어에 어울리지 않는 서술어를 쓴 경우 등이 해당된다. 그런데 이 문장은 '물방아의 바퀴'를 돌리는 물을 말할 때라면 이치에 닿을 수 있는 것이다.

This would constitute nonsense of the sort which fascinates the philosopher, since although it is in most respects a well-formed sentense, it attaches to its subject, "water", a predicate in some way unsuitable is a contested points. What is involved is what has been called a category mistake.

(4) Strings of familiar words which lack, to a greater or lesser extent, the syntactic structure of the paradigms of sense or any syntax translatable into the familiar.

(5) Utterances which have enough familiar elements to ennable us to discern a familiar syntax, but whose vocabulary, or a crucial part of it, is unfamiliar, and untranslatable into the familiar vocabulary.

(6) Last, those cases where we can find neither familiar syntax nor familiar vocabulary, still less familiar category divisions or semantic appropriateness.

3) 'toil'은 '힘써 일하다'란 뜻이다.

무의미의 네 번째 유형은 "Jumps digestible indicators the under"과 같이 의미 범주들의 '구문론적' 구조를 결여한 친숙한 단어들의 연결 등이 해당된다. 즉 익숙한 구문의 흔적이 없으며 익숙하게 번역될 수 없는 구문으로서 '무의미의 연결nonsense strings'이라고 부를 수 있다. 무의미의 다섯 번째 유형은 "All mimsy were the borogoves"와 같이 구문상syntax으로는 익숙하게 이해되나 그것의 중요한 부분을 이루는 '어휘vocabulary'가 낯설며 익숙한 어휘들로 번역될 수 없는 범주이다. 그래서 이를 '어휘의 무의미vocabulary nonsense'라고 부를 수 있다. 마지막으로 무의미의 여섯 번째 유형은 "grillangborpfemstaw"와 같이 익숙한 구문도 익숙한 어휘도 발견할 수 없을 뿐만 아니라 익숙한 범주의 분류나 의미상의 적절성도 갖추지 못하는 경우이다. 그래서 이를 '지껄임으로서의 무의미nonsense as gibberish'라고 부를 수 있다.

이 모든 무의미의 유형에서 특기할 것은 문학에서의 어떠한 무의미nonsense도 최소한 익숙한 음운체계a familiar or phonetic system는 의미sense와 공유한다는 점이다. 즉 무의미는 의미를 와해하는parasitic 측면을 지니지만 언어의 부분이기를 포기하면서까지 의미로부터 벗어나지는 않는다. 이러한 측면에서 무의미가 의미와 서로 상반되면서도 서로 밀접한 관련성을 지니고 있음이 확인된다.

이러한 무의미의 유형에 대하여 철학사전은 이것을 다시 세 가지 범주로 분류하는데 Alison Rieke는 이를 좀더 상세화하여 서술한다. 즉 첫 번째와 두 번째 범주는 '상황 또는 문맥의 무의미nonsense of situation or context'로 지시될 수 있다. 그리고 네 번째부터 여섯 번째까지 무의미의 유형을 '언어의 무의미nonsense of words'로 구분된다. 마지막으로 무의미의 세 번째 유형은 '범주적 이탈category mistake'이라고 할 수 있다. 이 '범주적 이탈'

은 상황에 따라 적절하거나 이치에 닿을 수 있으므로 무의미로 고정시켜 논하기가 어려운 측면이 있다. 그리고 계산된 단어의 오용이라는 점에서 새롭고 놀라운 의미를 생산하므로 시에서 주로 많이 나타나는 무의미의 유형에 해당된다.[4]

즉 무의미의 유형은 세 가지로 범주화할 수 있다. 그 분류는 '상황의 무의미 nonse of situation', '언어의 무의미Nonsense of words', '범주적 이탈 Category Mistake'로 정리할 수 있다. 그런데 무의미시를 고찰할 때 시 본문의 내용이 전혀 엉뚱하게 알 수 없는 어구로 가득찬 것이 적지 않다. 그런데 그 무의미시의 제목을 통하여 본문의 내용에 대한 힌트를 얻는 경우가 많다. 철학사전에서 분류한 무의미의 유형은 시 작품에서 나타나는 이러한 특수한 경우를 포괄하고 있지는 않다. 그러나 김춘수처럼 시를 쓰는 많은 시인들의 작품에서 이러한 수수께끼적 양상은 보편적으로 나타나는 경우에 해당된다.

즉 무의미시에서 나타나는 이러한 수수께끼적 양상 또한 시의 무의미를 논하는 자리에서는 그 한 유형으로서 자리매김해야 할 필요성이 있다. 이것은 '범주적 이탈'과 비교해 볼 때 무의미의 어구 그 자체로는 의미상 모순을 일으키나 전후 문맥에 따라서 이해를 달리할 수 있다는 공통점이 있다. 그러나 수수께끼적인 양상은 주로 본문의 전체적인 양상과 시제목과의 관계에서 발생하는 경우가 많다. 그리고 실제와 같은 수수께끼의 양상을 띠는 측면 이외에 '범주적 이탈'의 경우처럼 문맥에 대한 암시를 제시하는 차원에서 이루어질 수도 있다. 그리고 구문론적으로는 옳으나 의미론적으로 모순되는 측면을 지닌다는 공통점을 지니며 특수한 문맥에 따라 의미론적인 측면이

---

4) The Encyclopedia of Philosophy, pp.520-522 참고.
  Alison rieke, The Senses of Nonsense, Unversity of Iowa Press, 1992, pp.5-9 참고.

모순되지 않을 수도 있다. 그러나 '범주적 이탈'의 경우보다는 어구의 차원에서 나아가 어구들의 연속인 시전체의 차원에서 작동하는 양상을 보여준다. 그리고 다른 무의미의 경우와 유사한 방식으로 '수수께끼enigma'의 양상또한 그 자체로는 무의미이나 계열화에 의해 의미를 발생하는 무의미와 의미의 관련성을 보여준다.5)

1) 상황의 무의미

ⓐ 울고 간 새와

울지 않는 새가

만나고 있다.

구름 위 어디선가 만나고 있다.

기쁜 노래 부르던

눈물 한 방울,

모든 새의 혓바닥을 적시고 있다. -「처용단장」제 2부 서시 전문

ⓑ 내 손바닥에 고인 바다,

---

5) 시에 나타난 무의미 어구들은 주로 시적 의미 생산에 관련되나 일상적 현실에서 무의미 어구는 '농담'의 형태와 결부되는 경우가 많다. Freud는 농담의 유형에 대하여 「농담의 기술」에서 ①압축, ②동일한 소재의 다양한 사용, ③이중적 의미로 정리하였다. 그리고 그는 「농담의 쾌락 기제와 심리적 기원」에서는 언어적 소재와 사고상황을 선택하는 것과 관련하여 '언어유희'와 '사고유희'로 구분하기도 한다. 그가 나눈 농담의 유형들은 무의미의 유형과 거의 일치하는 측면이 있다. 이것은 그만큼 일상적 현실에서 농담이 무의미 어구에 매우 포괄적으로 작용한다는 것을 알려 준다.

S. Freud, 임인주 역, 「농담의 기술」, 「농담의 쾌락 기제와 심리적 기원」, 『농담과 무의식의 관계』, 열린책들, 2002 참고.

그 때의 어리디어린 바다는 밤이었다.

새끼 무수리가 처음의 깃을 치고 있었다.

봄이 가고 여름이 오는 동안

바다는 많이 자라서

허리까지 가슴까지 내 살을 적시고

내 살에 테 굵은 얼룩을 지우곤 하였다.

　　　　　　　　　　　-「처용단장」제 1부 8 전반부

전자의 경우를 먼저 보기로 하자. 일반적으로 '새가 지저귀는 것'을 '새가 운다'라고 표현한다. 이것을 감안할 때 '울지 않는 새'란 실제적인 사실에 맞지 않는 발언이라고 할 수 있다. 그리고 두 마리 새 중 한 마리 새가 '갔다'는 것은 남은 새는 그 자리에서 '가지 않고 있다는 것을 암묵적으로 뜻한다. 그런데 그 자리에서 '울고 간' 새가 그 자리에 있는 '다른 새'와 만난다는 것은 공간적인 설정에서 볼 때 명백히 있을 수 없는 일이다. 그런데 이러한 사실에 맞지 않는 무의미의 모순적 언술이 시적 차원에서는 환상적이면서 추상적인 장면을 형상화하는 것에 도움을 주고 있다.

후자의 경우에서 '손바닥에 바다가 고인'다는 것은 기대된 상황에 맞지 않다. 또한 '바다가 어리다'는 것도 말이 되지 않는다. 뿐만 아니라 '바다가 자란다'는 표현 또한 생소한 표현이다. 그러나 이들 무의미의 어구들은 문맥을 통해 시적 의미를 발생시키는 역할을 한다. 즉 '어린'으로 표상되는 '순진한 화자'를 연상시키게 하며 '고인 바다'와 '밤'으로 표상되는 '슬픔과 절망의 분위기'를 추측하게 한다.

이러한 무의미의 사례는 빈번하게 나타난다. 예를 들면 '애꾸눈이는 울어다오./ 성한 한 눈으로 울어다오./ 달나라에 달이 없고/ 인형이 탈장하고'

(「처용단장」 제 3부 4)에서 '달나라에 달이 없'다는 것은 기대된 상황에 맞지 않는다. 그러나 이러한 표현은 앞뒤 문맥을 감안할 때 절망적이고 허탈한 심정을 드러내는 '모순적 상황'을 보여주는 것이라고 할 수 있다. 그리고 이외의 경우에 그의 시 「하늘수박」에서와 같이 '바보야 우찌살꼬'의 구절이 시의 전체적인 문맥상황에 맞지 않게 가끔씩 엉뚱하게 끼어드는 경우도 기대된 상황에 맞지 않는 무의미의 대표적인 사례이다. 이와 같이 '상황의 무의미'는 사실에 맞지 않는 발언, 기대된 상황에 맞지 않는 발언이나 행동을 통하여 시적 의미를 형성하는 역할을 한다.

2) 언어의 무의미

ⓐ 봄은 한 잎 두 잎 벚꽃이 지고 있었다.

- 「처용단장」 제 1부 7

ⓑ 니 케가 멧자덩가
   니 폴이 멧자덩가
   니 당군 소풀짐치 눈이 하나

- 「처용단장」 제 3부 21

ⓒ ㅎㅏㄴㅡㄹㅅㅜㅂㅏㄱ ㅡㄴ한여름이다 ㅂㅏ ㅂㅗㅑ

- 「처용단장」 제 3부 39

ⓓ 구두점을무시하고동사를명사보다앞에놓고객은폴록을앞질러

－「처용단장」제 3부 28

ⓐ에서는 '봄'과 '벚꽃'이란 두 개의 주어가 등장한다. 그런데 '토끼는 귀가 크다'와 같이 두 개의 주어가 공존하는 문장의 옳은 사례를 비교해 볼 때 이것은 구문론적으로 맞지 않는 표현이다. 구문론적 구조를 결여한 단어의 연결로 인해 발생하는 무의미의 한 형태이다. ⓑ에서는 '니 케'와 '폴', '당군', '소풀짐치' 등이 등장한다. 그런데 '코'와 '팔' 등의 사투리는 언뜻 알아보기가 어렵다. 그리고 이러한 단어들은 번역되기 어렵거나 낯선 표현에 속한다. 또한 '당군', '소풀짐치' 등도 언뜻 알아들을 수 없는 말의 사적인 중얼거림의 형태로 나타난다.6) 이것은 구문론적으로는 주어와 서술어의 형태로서 이해 되나 어휘의 측면에서 나타나는 무의미의 양상에 해당된다.7)

이와 같이 구문론적 구조를 결여한 친숙한 어휘들의 연결 내지 구문론적 으로는 옳으나 알아볼 수 없거나 번역되기 어려운 개인적 언어 사용과 같은 언어의 무의미 또한 무의미시에서 빈번하게 나타나는 표현이다. 그러나 상황 의 무의미와 마찬가지로 이러한 무의미의 양상이 효과적으로 작용할 수 있는 문맥의 형성에는 도움을 줄 수 있다. 즉 사적인 의미없는 중얼거림을 통하여

---

6) '당군'은 '담근', '소풀'은 '부추', '짐치'는 '김치'의 통영 사투리이다. 이 점을 감안하면 엄밀한 의미에서 '어휘의 무의미'가 되기 어려운 측면이 있다. 그러나 일상적인 표현 방식 에 대비해 볼 때 '케', '멧', '폴', '당군', '소풀' 등의 어휘가 낯설고 무의미하게 다가오는 측면을 주목해 볼 수 있다.

7) 위 시는 '니'와 '덩가'의 반복, '케', '폴', '소풀짐치' 등에서 'ㅋ', 'ㅍ', 'ㅊ' 등의 유사한 거센 소리의 등위적 반복을 통한 소리의 울림 효과를 노린 측면이 있다.
이은정은 김춘수의 시에서 '식물'의 이름과 어울리는 음운과 음상들을 의도적으로 배치한 시구들을 분석하면서 김춘수 시의 '식물어'의 '이름'이 글 안에서 환기하는 울림의 효과를 서술하였다. 이은정, 『김춘수의 시적 대상에 관한 연구』, 이대석사, 1986, pp.48-52 참고.

시적 화자의 불안하고 두려운 심리를 드러내는 데 효과적으로 작용할 수도 있는 것이다.

그리고 ⓒ에서 '하늘수박은 한여름이다 바보야'란 말은 논리적으로 언뜻 이해가 되지 않는 무의미한 발언이다. 이것은 무슨 의미인지 알아보기 어려운 사적인 중얼거림의 형태를 취하고 있다. 그리고 시인은 이 문장을 다시 낱낱의 음운들로 해체하여 서술하고 있다. 즉 'ㅎㅏㅡㄹㅅㅜㅂㅏㄱ'은 익숙한 구문이나 익숙한 어휘의 형태를 갖추지 못하며 의미상의 적절성 또한 갖지 못하는 경우의 무의미이다. 그러나 이러한 무의미한 중얼거림과 음운 해체와 같이 낯선 언어적 표현 방식은 불안이나 두려움에 휩싸인 순진한 화자의 모습을 드러내는 데 효과적으로 작용한다. 뿐만 아니라 화자 자신의 심정을 무의미한 발언의 반복을 통하여 달래고 위로하는 모습을 형상화하기도 한다.

ⓓ에서 띄어쓰기를 무시한 표현과 의미가 닿지 않는 표현은 일차적으로는 이해가 되지 않는다. 그런데 무의식의 언술 중에 나타난 '잭슨폴록'이란 단어를 통하여 의식의 개입을 배제한 잭슨폴록이란 화가의 지향점과 이 시가 관련이 있음을 알 수 있다. 이와 같이 '언어의 무의미'[8]는 구문론적 syntactical 구조를 결여한 발언, 알아볼 수 없거나 낯설거나 번역될 수 없는 어휘로 구성된 경우, 그리고 순수한 무의미pure nonse로서 전혀 알아볼 수 없는 발언이나 중얼거림 등을 포함한다.

---

8) Deleuze는 무의미의 유형을 '소급적 종합regressive synthesis'과 '선언적 종합disjunctive synthesis'으로 나눈다. 이 두 경우는 '신조어esoteric words'와 '새로운 합성어portmanteau words'를 그 대상으로 삼는다. 각각은 모두 하나의 무의미로서 그것을 받는 다른 문장과의 관계에서 기표 계열과 기의 계열의 변화를 주는 지점이라는 공통점을 지닌다. 여기서 말하는 '신조어'와 '새로운 합성어'는 새로운 단어를 만들거나 기존의 단어를 낯설게 합성한 것으로서 본고에서 분류한 '언어의 무의미'에 속한다.
Deleuze, Gilles, Eleventh Series of Nonsense, The Logic of Sense 참조.

3) 범주적 이탈

ⓐ 대낮에 갑자기
　해가 지고, 그때
　나는 신나게 신나게 시들고 있었다.　　　　-「처용단장」제 3부 22

ⓑ 구름 발바닥을 보여다오.
　풀 발바닥을 보여다오.
　그대가 바람이라면 보여다오　　　　　　　-「처용단장」제 2부 2

ⓒ 살려다오.
　북 치는 어린 곰을 살려다오.
　북을 살려다오.　　　　　　　　　　　　-「처용단장」제 2부 3

　ⓐ에서의 서술은 구문론적으로는 옳은 표현이다. 그러나 의미론적으로 볼
때 '대낮에 갑자기 해가 진'다는 것은 적절하지 않다. 그리고 '나'는 '시들고
있었다'에서 구문론적으로는 주어와 서술어를 갖춘 형태로 보인다. 그러나
사람 주체인 '나'가 식물 주체를 취하는 '시들다'는 서술어를 취하는 것은
의미상 맞지 않다.[9] 또한 '신나게 시들고'에서 '신나게'와 '시들게'의 결합은
의미상 서로 어울리지 않는다. 그러나 서로 의미상 맞지 않는 주어와 서술어
의 선택 및 의미상 어울리지 않는 부사어와 서술어의 결합 등으로 나타나는

---

9) Chomsky는 이러한 표현이 N-V-N이란 층위를 지니나 '활명사animate noun'가 아니므로
　'유사 문법적Semi-grammatical'이라고 칭한다.
　Noam Chomsky, Degrees of grammaticalness, *ibid* 참고.

무의미 어구를 통하여 '해가 지는 것'과 같은 허망한 상황이나 비극적 상황을 형상화하는 것에 도움을 주고 있다.

그리고 ⓑ에서 '구름'이나 '풀' 등의 식물은 동물이나 사람에게 있는 '발바닥'이 있을 수 없다. 즉 이것은 전체와 부분의 관계가 성립할 수 있는 사실을 벗어난 표현이다. 그런데 이러한 표현방식은 '풀'이나 '구름'이 지닌 그림자 및 음영의 효과를 상기시키는 역할을 한다. 또한 마치 어린 아이가 처음 언어의 결합관계를 구사하는 것과 같이 순수한 동심의 세계와도 약간의 관련을 지우게 만든다.

ⓒ에서 '어린 곰을 살려달라'고 말할 수는 있다. 그러나 논리적으로 볼 때 무생물인 '북'을 유기체를 대상으로 하는 서술어인 '살려다오'란 표현을 할 수는 없다. 그런데 '북을 살려다오'란 문구가 '북치는 어린 곰을 살려다오'의 뒤에 바로 이어지고 있다. 그리고 '북치는 어린 곰을 살려다오'의 문구 바로 앞에 '살려다오'란 문구가 반복적으로 이루어져 '살려다오'의 의미를 강조하고 있음을 알 수 있다. 즉 '북을 살려다오'의 '북'이란 '북치는 어린 곰'을 줄여서 표현한 것이거나 그것을 연상시키게 하는 효과가 있다. 그리고 제대로 문장을 갖추어서 말해야 할 자리에 중요한 성분이 되는 대상을 빠뜨림으로써 심리적으로 절박한 상황에 있는 화자의 입장을 드러내는 효과를 주는 측면도 있다.

위에서 살펴 본 바에 따르면 '범주적 이탈'의 경우는 '주어와 서술어', '부사어와 서술어', '수식어와 피수식어' 등 매우 다양한 문장성분의 관계를 중심으로 나타나는 무의미의 양상임을 알 수 있다. 즉 문장성분들의 관계가 구문론적으로는 옳으나 의미론적으로 맞지 않는 대부분의 경우를 포괄적으로 설명한다고 할 수 있다. 이것은 범주적 이탈의 무의미 양상이 문학적 장치로서의 '비유'와 '상징'을 포괄하고 있는 측면에서 더욱 뚜렷하게 나타난다. 즉 앞의 경우에서 보듯이 '북을 살려다오'에서 '북'이 '북치는 어린 곰'을 나타낸다면 이것은 '환유'의 한 양상이다. 그리고 '구름 발바닥'의 경우에서 '구름'에게 '발바닥'을 붙임으로써 '의인'의 한 경우를 보여준다. 그리고 '나의 하나님은 늙은 비애다(「나의 하나님」 中)에서는 '은유'의 원리가 적용된 '범주적 이탈'이라고 할 수 있다.[10]

이와 같이 '범주적 이탈'의 무의미는 '비유'와 '상징' 등과 같은 문학적 장치를 포괄하는 측면을 지니며 '문학적 무의미'와 깊은 관련성을 보여 준다. 그리고 '범주적 이탈'은 앞에서 논의한 '언어의 무의미'와는 대조적으로 구문론적인 범주에서 보면 옳으나 의미론적semantic 법칙에 위배된 경우의 다양한 형태로 나타남을 볼 수 있다.[11]

4) 수수께끼

ⓐ 주어를 있게 할 한 개의 동사는

---

10) 이숭원은 '나의 하나님은 늙은 비애다'의 구절에 대하여 연속성이 있는 것처럼 하나의 문장으로 연결되어 있지만 사실은 시인이 주관적으로 생각한 어떤 유사성에 의해 두 개의 어구가 결합된 것이라고 한다. 그리고 주관적 유사성에 의한 어구의 결합이 형식적으로는 말과 말의 결합이므로 환유로 보이지만 사실은 주관적 유사성에 의해 폭력적으로 결합된 것이기 때문에 은유에 속한다고 한다. 이숭원, 『서정시의 힘과 아름다움』, pp.98-99.
11) 그런데 '범주적 이탈'의 경우 만약 이러한 무의미 양상의 앞 혹은 뒤에 '꿈에서 - 보았다'와 유사한 구절이 나타날 경우는 무의미가 되지 않을 수 있다. 왜냐하면 '꿈'이란 전제가 있을 경우 이미 주어와 서술어 혹은 목적어와 서술어 등이 서로 범주적으로 호응하는 범위가 광범위해지므로 '범주적 이탈'의 무의미 양상이 성립하지 않을 수 있기 때문이다. 이것은 '상황의 무의미' 양상에도 마찬가지로 적용된다. '꿈'이란 단서가 붙을 경우 기대된 상황, 사실의 상황 등의 기준이 모호해지기 때문이다. 이에 비해 '언어의 무의미'나 '수수께끼'의 양상 등은 이러한 특수한 상황에서 어느 정도는 자유로운 편이다.

내밖에 있다.
어간은 아스름하고
어미만이 몹시도 가까이에 있다.　　　　　　　　　　-「詩法」中

ⓑ 씨암탉은 씨암탉,
울지 않는다.
네잎토끼풀 없고
바람만 분다.
바람아 불어라, 서귀포의 바람아
봄 서귀포에서 이 세상의
제일 큰 쇠불알을 흔들어라
바람아,　　　　　　　　　　　　　　　-「이중섭 1」전문

ⓒ 耳目口鼻
耳 目 口 鼻
울고 있는 듯
혹은 울음을 그친 듯
넙치눈이, 넙치눈이,
모처럼 바다 하나가
삼만 년 저쪽으로 가고 있다.
가고 있다.　　　　　　　　　　　　　-「봄안개」전문

　ⓐ에서 '동사와 어간을 찾기 어렵'고 '어미만이 가까이 있'다고 했을 때
제목을 염두에 두지 않는다면 무슨 의미인지 언뜻 이해하기 어려울 수 있다.

그런데 이 시구의 전체적 주제가 '시쓰기의 어려움'이라는 점은 제목에서 '詩法'이란 말을 보면 바로 이해가 될 수 있다. 이것은 우리가 수수께끼를 풀 때의 경우와 유사한 기능을 한다. 예를 들면 '아침이 되면 올라가고 저녁이 되면 내려오는 것은?'이라고 했을 때 그 답이 '이불'이라는 것을 알게 되면 바로 이해되는 것과 같은 이치이다.

ⓑ에서 '씨암탉'과 '서귀포의 바람', '쇠불알' 등은 그 자체로 보면 어떤 의미에서 결합이 이루어졌고 이러한 단어들을 선택했는지 알 수가 없다. 그러나 '이중섭'이란 시 제목, 정확히 말하자면 이중섭의 그림들을 염두에 둔다면 위의 단어들이 모두 이중섭 그림의 주요 소재임을 알 수 있다. 이중섭은 '부부'와 관련하여 〈닭〉의 이미지를 작품으로 형상화한 것이 많다. 그리고 여기에 덧붙이자면 이중섭이 서귀포에서 그림을 그렸던 사실 그리고 그의 가난하고 불우했던 생활인으로서의 삶을 염두해 둔다면 더 큰 도움을 받을 수 있다. 즉 왜 '바람' 앞에 '서귀포의'란 관형어가 붙는지 그리고 왜 '행운'의 상징인 '네잎 토끼풀'이 없는 상황, 즉 행복하지 못한 상황인지가 모두 이해될 여지가 있는 것이다.

ⓒ에서는 내용상으로 볼 때 이치에 맞지 않는 무의미로 구성되어 있다. 그리고 제목인 '봄안개'를 보아도 시의 내용과 잘 어울려서 생각하기가 어려운 편이다. 그러나 '울고 있는'지 혹은 '울음을 그쳤'는지가 애매한 '넙치눈이'의 모습이나 '바다 하나가 삼만년 저쪽으로 가고 있다'는 표현이 하나의 힌트가 되지 않을까 생각된다. 즉 안개속에 싸여 불명확한 얼굴의 표정이나 바다 위 안개의 이동 등이 연상되는 효과가 있을 듯도 하다. 위 시의 경우는 앞의 시와는 달리 단지 시의 내용과 제목을 서로 연관시킴으로써 '봄안개'가 지니고 있는 특성인 '아련함', '잘 보이지 않음' 등을 시의 내용과 파편적으로 맞추어 생각할 수 있을 따름이다. 전혀 다른 입장에서 볼 경우 이 시는 제목과

내용의 연관이 없는 무의미 어구들의 구성으로서도 파악할 수 있다.

위의 서술들은 제목을 통해 내용을 바로 알리거나 힌트를 주거나 유사성을 드러내는 수수께끼적 요소가 다분한 시편들이라고 할 수 있다.12) '수수께끼'의 양상과 결부된 무의미의 어구들은 각각의 서술 그 자체는 무의미이나 이들 언술의 계열화 및 제목과의 관련에 의한 계열화 등에 의하여 시적 의미를 생산하는 측면을 지닌다. ⓐ의 경우가 전형적인 수수께끼의 양상을 지니고 있다면 ⓑ의 경우는 제목으로 표상된 하나의 힌트가 시 내용과 관련된 다양한 정보를 제공하여서 시의 이해를 돕는다. ⓒ의 경우는 제목의 단어가 환기시키는 분위기를 시내용에서 담지하는 모습을 확인할 수 있기도 한다.

이와 같이 1)에서 4)까지 통틀어 볼 때 무의미의 유형은 '상황의 무의미', '언어의 무의미', '범주적 이탈', '수수께끼'로 나누어 살펴 볼 수 있다.그리고 이러한 무의미의 다양한 양상들이 어떻게 시적으로 의미를 지니는지 구체적으로 살펴 볼 수 있었다. 그리고 무의미의 양상은 '비유'와 '상징' 등과 같은 문학적 장치를 포괄하는 측면을 지니고 있음을 확인할 수 있었다. 이러한 측면에서 무의미의 양상은 시적 언어와 밀접한 관련성을 지니고 있다. 김춘수의 무의미시가 다양한 측면에서 의미의 과잉 내지 창조의 결절점을 특징적으로 보여주는 것도 시적 장치와 관련된 무의미 양상들의 집합체로서 무의미시가 구성된 측면과 관련이 깊다. 즉 이들 무의미의 어구들은 시적 의미를 창조하는 한편 의미를 풍부하게 산출하는 중심점의 역할을 하고 있다. 그리고 무의미는 결코 의미로부터 완전히 떠나지 않고 의미에 근거하면서 이를 와해시킨다는 사실도 확인할 수 있다. 즉 무의미의 여러 유형은 그 자체로 무의미

---

12) '수수께끼의 이 왜곡하는 장치가 시의 제목과 내용 사이에 쓰여질 때 시는 긴장감을 획득하게 되고, 독자는 재미와 즐거움을 느끼게 된다'
　　엄국현, 「무의미시의 방법적 이해」 『김춘수 연구』, p.436.

이나 시적 의미 형성과 시의 분위기 조성에 중요한 부분으로 작용하는 의미생산의 분기점인 것이다.

2. 무의미의 계열체로서의 무의미시

앞에서 무의미의 여러 가지 유형에 관하여 살펴 보았다. 통상적인 의미 없음의 차원에서가 아니라 문학적 무의미의 양상은 매우 다양한 형태로 존재하고 있음을 확인할 수 있었다. 문학적 무의미의 양상들은 실제적으로 모더니즘적 지향의 시에서뿐만 아니라 서정적 시 경향에서도 주요하게 사용된다. 그 무의미의 양상은 기법적 차원에서 언어유희의 차원에 그치기보다는 새로운 시적 의미를 생산하는 지점을 이루기도 한다.13)

김춘수의 경우 그의 무의미시는 이러한 무의미들의 연속으로 시편이 이루어졌다고 해도 과언이 아닐 만큼 무의미의 여러 양상들을 보여 주고 있다. 그가 지향했던 언어에 부착된 의미나 대상 지시적 기능의 탈피 경향은 하나의 단어가 지니고 있는 고유의 기의로부터 기표의 미끄러지기란 결과를 낳았다. 이러한 기의로부터 기표의 미끄러짐이나 기의를 무시한 기표들의 선택과 결합방식 등은 앞서 논의한 무의미의 다양한 양상들을 나타나게 한 것이다.

---

13) 프로이트는 '재치있는 농담'을 '무의미 속의 의미'라고 본다. 이것은 무의미가 의미를 얻는 과정에서 '일원화unification'의 역할 때문이다. 시적 유의성을 지니는 무의미 또한 이러한 높은 수준의 '일원화'를 토대로 한다.
S. Freud, 『농담과 무의식의 관계』, pp.86-90.

즉 김춘수의 무의미시는 무의미들의 연쇄 작용을 통하여 이루어진다고 할 수 있다.

무의미와 무의미를 통한 의미의 생산 방식이 '무의미의 계열화'이다.14) 들뢰즈는 '계열화serialization'란 말을 사건과 사건의 연결을 통한 의미의 생산 방식을 뜻하는 것으로 사용한다. 그는 특정한 주제나 개념에 관한 논의를 보여주는 그의 모든 글에 대하여 '계열series'이라는 제목을 붙인다. 즉 계열이란 말은 특정한 상황에 관하여 하나의 고정불변한 설명이 있기보다는 관점과 범위를 취하는 방식에 따라 다양한 갈래의 사유가 존재함을 보여주는 하나의 표지라고 할 수 있다.

즉 무의미의 계열화란 다층적 의미를 내포한다. 먼저 무의미시가 무의미의 연속으로 이루어진 하나의 계열체임을 지적할 수 있다. 또한 무의미시에서 무의미를 통한 의미의 생산 방식을 모두 계열화라고 지칭할 수 있다. 그런데 후자의 경우는 무의미의 양상에 따라 다양한 갈래로 계열화가 이루어질 수 있다. 무의미 어구들의 양상 가운데 다양한 의미의 갈래로 계열화하는 중심적인 고정점 역할을 하는 '무의미'가 존재한다.15)

즉 고유의 기의로부터 미끄러진 기표들에 의한 무의미의 양상은 전체적인 무의미시의 차원에서 본다면 의미를 생산하는 분기점이 되는 것이다. 이것에 대하여 들뢰즈는 '특이성Singularity'이란 말로서 표현하고 있다. 특이성은 기본적인 두 계열인 기표 계열과 기의 계열을 중심으로 볼 때 각각의 계열들

---

14) Deleuze는 무한 소급indefinite regress의 역설paradox이 모든 다른 역설들이 초래derive되는 기저라고 본다. '소급'은 계열적 형식a serial form을 지니며 전체적 계열을 구성하는 명제proposition 안의 이름들names은 '지시denotation'와 '표현expression'이라는 두 계열을 형성한다. 그는 이 두 계열에 대하여 '사물things'과 '사건events'의 계열 혹은 '기표signifier'와 '기의signified'의 계열이라고 일컫는다.

　Deleuze, Gilles, Sixth Series on Serialization, *The Logic of Sense,* pp.36-41 참조

15) Deleuze, Gilles, Sixth Series on Serialization, The Logic of Sense, pp.36-41 참조

이 나누어지고 서로 공명하고 하위 계열로 가지치는 원천이라고 할 수 있다.16) 즉 사건들의 이웃관계에서 어떤 커다란 변화가 일어나는 지점이다. '특이성이란 보통이나 규칙성의 반대말로서 다른 경우들과 '질적으로 다르다'는 의미를 함축한다.'17) 즉 기표계열과 기의 계열을 중심으로 특이성을 살펴본다면 특정한 특이점이 사라지고 나누어지고 기능의 변화를 겪는 것을 볼 수 있다. 두 계열들은 무의미의 양상과 같은 역설적 요소the paradoxical agent에 의하여 특이성들이 놓여지고 재분배되고 다른 것으로 변화된다.18)

하나의 시편에서 특이점을 이루는 무의미시의 역설적 요소인 무의미들은 다양한 계열화의 중심점을 이룬다.

눈보다도 먼저
겨울에 비가 오고 있었다.
바다는 가라앉고
바다가 있던 자리에
군함이 한 척 닻을 내리고 있었다.
여름에 본 물새는
죽어 있었다.
물새는 죽은 다음에도 울고 있었다.
한결 어른이 된 소리로 울고 있었다.

---

16) 'A singularity is the point of departure for a series which extends over all the ordinary points of the system, as far as the region of another singularity which itself gives rise to another series which may either converge with or diverge from the first.'
   Deleuze, *Difference and Repetition*, Athlone Press, 1994, p.278.
17) 이정우, 「특이성」, 『시뮬라크르의 시대』, , pp.165-204 참고.
18) Deleuze, Gilles, The Logic of Sense, pp.52-54.

눈보다도 먼저
겨울에 비가 오고 있었다.
바다는 가라앉고
바다가 없는 해안선을
한 사나이가 이리로 오고 있었다.
한쪽 손에 죽은 바다를 들고 있었다.
- 「처용단장」 제 1부 4 전문

위의 시편에서 상식적 기대를 깬 어구들이 연속적으로 이어지고 있다. 그 어구들은 '눈이 와야 할 겨울에 비가 내린다', '바다가 있던 자리에 군함이 있다', '물새가 죽은 다음에 울다', '그것도 어른이 된 소리로 울다', '바다가 가라앉다', '해안선에 바다가 없다', '바다가 죽다', '한 사나이가 죽은 바다를 들고 있다', '처용단장'이란 제목 등으로 나타난다.

이와 같이 서술된 거의 모든 시구들이 상식적인 기대와 범주에서 어느 정도씩은 벗어나 있는 무의미의 양상들이다. 즉 사실이나 기대된 상황에 어긋난 '상황의 무의미', 구문론적 구조를 결여한 '언어의 무의미', 의미론적으로 어울리지 않는 '범주적 이탈', '수수께끼적 양상' 등 무의미의 여러 양상들이 혼용된 상태를 보여 주고 있다.

이러한 무의미 어구들의 공통적인 특성을 지적해 볼 필요가 있다. 먼저 무의미 어구들의 중심적인 단어들의 특성에 주목해 보기로 한다. '겨울', '비', '바다', '물새', '죽다', '울다', '가라앉다', '없다' 등에서 볼 수 있듯이 중심적으로 형상화된 단어들은 '소멸', '사라짐', '죽음' 등의 의미와 관련성을 지니고 있다. 그리고 '처용단장'이란 제목을 염두에 볼 수 있다. 즉 처용이 아내를 앗아간 역신을 향해 허탈하고도 허무에 찬 춤과 노래를 불렀다는 사실을 고려해 볼 수 있다. 이러한 처용의 내면 풍경이 이 시의 분위기 형성과 관련을 지닌다. 즉 처용의 허무의식이 이 시편의 전반적인 분위기와 연관되어 있어 수수께끼적인 힌트로 작용하고 있다.

이와 같은 다양한 무의미의 양상 중에서도 특히 역설적 특성을 지닌 무의 미의 어구들은 의미를 다양하게 생산하는 분지점의 역할을 하고 있다. 위 시에서 볼 때 '물새는 죽은 다음에도 울고 있었다./ 한결 어른이 된 소리로 울고 있었다', '바다가 없는 해안선을/ 한 사나이가 이리로 오고 있었다./ 한쪽 손에 죽은 바다를 들고 있었다' 등이 그러한 분지점의 역할을 한다. '물새가 죽은 다음에 울고 있었다'는 것은 명백한 사실에 맞지 않는 '상황의 무의미'이다. 그리고 '해안선에 바다가 없다'는 것 또한 '상황의 무의미'에 속한다. 뿐만 아니라 '한 사나이가 바다를 들고 있다'는 것은 구문론적 법칙에 서 볼 때는 옳은 표현이나 의미론적으로는 어울리지 않는 주어와 목적어를 결합시킨 '범주적 이탈'에 해당된다.

이들 각각의 사건은 그 자체로는 논리적 이치에 맞지 않는 무의미이다. 그리고 이들은 실제적 현실 상황 속에서는 존재할 수 없으며 시인의 상상과 환상을 담지한 언표 속에서만 존속하는 성질의 것이다. 그러나 이들 무의미의 어구는 위 시의 언술들이 의미를 형성하는 것에 하나의 고정점 내지 '특이성' 역할을 한다. 이를 좀더 자세히 살펴 보면 이들 무의미의 어구들은 전체적인 언술들이 이룬 '사건'과 '의미'의 계열체를 소급적으로 순환하도록 한다. 즉 역설적 요소를 지닌 무의미 어구들은 사건과 의미가 이룬 두 계열의 종합적인 분지점을 형성한다.

즉 '물새가 죽은 다음에도 울고 있다'는 사실은 '울고 있다'는 차원을 넘어 선 슬픔과 서러움의 의미를 드러낸다. 이것은 김소월의 '나보기가 역겨워 가실 때에는/ 죽어도 아니 눈물 흘리우리다'에서의 의미 강조와 유사하다.

그리고 '한 사나이가 죽은 바다를 들고 있었다'는 사실에서도 '바다'가 여기서 슬픔과 소멸의 의미를 담고 있다는 측면을 지적할 수 있다. 그런데 그 '바다'가 '죽어 있다'는 사실에서 '바다'로 표상된 '소멸'의 의미가 한층 역설적으로 강화, 진술된다. 게다가 그 '죽은 바다'를 외롭게 서 있는 한 사나이가 그것도 '들고 서' 있는 것이다.

위에서 서술한 두 가지의 문장들은 무의미의 장치에 의하여 '슬픔'이라는 의미의 계열화가 이루어지며 역설적 요소에 의하여 '슬픔'의 의미는 중첩적으로 계열화되면서 그 메시지가 강조된다. 이 두 문장들을 제외한 나머지 시구들은 위의 무의미 어구들이 형성하는 의미 계열체의 그 연속적 맥락 안에서 독해된다. 즉 '왜 겨울에 비가 내리는가', '물새가 왜 울고 있는가', '왜 바다가 가라앉는가' 등의 어구들이 무의미의 어구들로써 역설적 중첩을 형성한 '슬픔'으로 인해 해명된다. 즉 '소멸'로서의 '바다', 그 '바다'의 '죽음', 그리고 그 '죽은 바다'를 한 사나이가 '들고 서 있음'이란 '슬픔'을 점층적으로 강화하는 무의미적 장치에 의해 그 내용적 연장선 상에서 독해되는 것이다. 이와 같이 의미의 고정점이자 특이점을 형성하는 무의미의 어구들은 전체적인 무의미시의 어구가 형성한 계열체를 통과하는 가운데 의미를 중첩적으로 발생하고 강화시킨다.[19)

김춘수의 무의미시에서 이와 같이 무의미가 계열체를 순환함으로써 형성되는 의미는 하나의 내면적인 방향으로 귀결되는 경향이 있다.

ⓐ 날이 저물자

---

19) 김의수는 김춘수의 사고가 이루는 반복적 이미지를 일종의 <계열체>로 간주한다. 그리고 그의 시에서 <꽃-계열체>, <부재-계열체>, <소멸-계열체>, <공간-계열체>, <유년-계열체> 등을 중심으로 이들 계열체적 관계를 상호텍스트적 관련으로 확대, 적용시킨다.
김의수, 『김춘수 시의 상호텍스트성 연구』, pp.63-74 참고.

내 늑골과 늑골 사이
홈을 파고
거머리가 우는 소리를 나는 들었다. - 「처용단장」 제 1부 1 부분

ⓑ 눈이 내리고 있었다.
눈은 아침을 뭉개고
바다를 뭉개고 있었다.
먼저 핀 山茶花 한 송이가
시들고 있었다.   - 「처용단장」 제 1부 5 부분

ⓒ 팔다리를 뽑힌 게가 한 마리
길게 파인 수렁을 가고 있었다.
길게 파인 수렁의 개나리꽃 그늘을
우스꽝스런 몸짓으로 가고 있었다.
등에 업힌 듯한 그
두 개의 눈이 한없이 무겁게만 보였다.   - 「처용단장」 제 1부 9 부분

ⓓ 은종이의 천사는
울고 있었다.
누가 코밑 수염을 달아 주었기 때문이다.
제가 우는 눈물의 무게로
한쪽 어깨가 조금 기울고 있었다.   - 「처용단장」 제 1부 10 부분

ⓐ에서 ⓓ까지의 전체적인 분위기는 울음 및 슬픔과 관련한 것임을 알

수 있다. 그런데 그 울음의 양상은 다양한 형태로 나타난다. ⓐ에서는 내 늑골과 늑골 사이 홈을 파고 '거머리가 우는' 무의미의 상황을 나타내는 어구로서 자신의 슬픔을 객체화시킨다. ⓑ에서는 눈이 그냥 내리는 것이 아니라 '희망'의 표상인 '아침'을 뭉개고 또 바다를 뭉갠다고 표현한다. 물론 '뭉개다'라는 일상적인 용법에서는 부적절한 서술어를 취함으로써 낯설게 하기의 효과를 얻는 측면이 있다. 그런데 의미상으로 '눈'과 '바다'를 '뭉개다'는 것과 그 다음에 '산다화'가 '시들고 있었다'는 사실을 통하여 '눈이 뭉개다'는 것과 '산다화가 시든다'는 현상의 '사건들'이 '슬픔이나 절망'의 '의미'를 생산함을 볼 수 있다.

ⓒ에서는 '팔다리가 뽑힌 게 한 마리'가 '길게 파인 수렁을 지나가'는 현상을 보여준다. 그런데 그 '게'는 '두 개의 눈이 한없이 무겁게만 보'인다. 이것은 '고통과 절망'의 의미를 형상화한다. ⓓ에서는 '은종이의 천사'란 동화적인 제재가 나타난다. 그런데 그 귀여운 천사가 우는 이유는 '코밑 수염'을 달아 주었기 때문이다. 그런데 그 코밑 수염을 스스로 떼지 못하는 은종이의 천사는 자신의 눈물의 무게로 인해 어깨가 기울어지고 있다. 은종이의 천사라는 존재의 설정이나 그 천사가 '코밑 수염'을 단 어울리지 않는 상황 그리고 '눈물의 무게'가 어깨를 기울어뜨릴 만큼이라는 비현실적인 상황 설정을 보여준다. 이러한 상황들의 계열을 통하여 동화 속에 나올법한 순진한 아이가 흘리는 눈물 혹은 슬픔을 보여준다.

이와 같이 김춘수의 무의미시에서는 슬픔이나 절망, 고통 등이 주조적 의미를 형성하고 있다. 그러한 정서는 ⓐ에서처럼 '울음'이란 청각적 심상과 관련한 무의미의 양상으로써 슬픔을 나타내기도 한다. 혹은 ⓑ에서처럼 '뭉개'어지고 '시들다' 등의 표현과 같이 시각적 심상과 관련한 무의미의 양상으로서 '좌절, 절망'의 의미를 나타나기도 한다. 그리고 ⓒ에서처럼 팔다리가 뽑힌 게가 수렁 속을 헤매는 촉각감각적 심상의 형태로서 '고통, 좌절'의 의미를 나타내기도 한다. 또한 ⓓ에서처럼 '은종이의 천사'라는 동화적 재제와 관련지어서 무게와 관련한 무의미의 양상에 의하여 '동화 속 아이가 보여주는 슬픔'으로 나타나기도 한다.

무의미시에서 비현실적이면서 무의미한 상황을 나타내는 어구들은 다양한 감각들의 형태와 결부된다. 이를 통하여 형성된 의미들은 '울음', '좌절', '슬픔', '절망', '고통' 등이다. 즉 '슬픔'이란 하나의 의미를 여러 상황들이 중첩적으로 강조하고 있다. 그런데 무의미시에서 형상화되는 시인의 '우울', '좌절', '절망', '슬픔' 등의 내면 세계는 시인이 체험한 구체적 상황이나 신변적 사실들을 은폐하는 효과가 있다. 무의미의 어구들이 형성하는 내면의 형상화는 그러한 내면을 초래하게 한 원인적 측면을 생략한 채 무의미의 어구로 가득 찬 비현실적 상황만을 제시함으로써 시인이 처한 '구체적인 정황'을 감추고 있다.

김춘수는 내면의 '슬픔'을 형상화하는 비현실적 상황에서 취한 '서술어'의 어미로서 주로 '진행형'을 사용하고 있다.

ⓐ 바다가 왼종일
　새앙쥐 같은 눈을 뜨고 있었다.　　- 「처용단장」 제 1부 1 부분

ⓑ 벽이 걸어오고 있었다.
　늙은 홰나무가 걸어오고 있었다.　　- 「처용단장」 제 1부 3 부분

ⓒ 들창 곁에 욕지 앞바다만한 바다를 하나
　띄우고 있다.　　　　　　　　　　- 「처용단장」 제 1부 6 부분

위의 어구들의 서술어는 각각 '-고 있었다'와 '-고 있다'의 어미를 취하고
있다. 특히 '-고 있었다'란 과거 진행형은 「처용단장」 대부분의 서술어에서
어미의 형태로 나타나는 표현이다. '-고 있었다'란 과거 진행형은 특정한 장
면을 보고 있는 그 당시에는 존재하는 사실이지만 그것을 언어로써 표현한
다음에는 그 특정한 사실을 지칭할 수 없는 성질의 시제이다. 즉 한 장면의
변화 과정을 포착한 것이므로 비물체적인 것의 포착에 적절한 형태라고 할
수 있다.[20]

들뢰즈가 물체의 변화양상을 드러내는 물체의 표면효과를 포착하는 형태
로서 '-어지다'라는 '변화'의 포착 양상에 주목한 것도 김춘수의 서술어의
방식과 상통하는 측면이 있다. '-어지다' 또한 물체적인 것의 변화를 보고
있는 그 당시에는 존재하지만 그것을 언표로써 포착한 다음에는 사라져 버리
는 '사건'의 특성을 담지한 어미이기 때문이다. 이것은 언어의 대상 지시성을
벗어나서 물체적인 것의 표면효과에 대한 언표의 방식이라고 할 수 있다. 마찬
가지로 김춘수가 주로 쓰는 '고 있었다'란 시제역시 언표속에 존속하는 순수
사건으로서의 특성을 드러낸다.

즉 사건의 표지로서의 '-어지다'는 '부정법infinitive의 시간'에 속한다. 부
정법의 시간이란 특정한 상황이나 역사적인 의미를 갖는 실체적인 시간에
대해서 상대적인 것이다. 즉 실제적으로 현실화된 사건을 지칭하지 않고 잠재
적으로 실현될 수 있는 사건을 서술하기에 적절한 형태의 어미라고 할 수
있다. 이러한 의미에서 '-어지다'의 언술들은 비인칭적인 시간에 속한다. 그
리고 특정한 현실적 시간과 공간에 구현된 사건을 드러내는 것이 아니기에

---

20) '이 과거진행의 시제는 액면상 과거를 나타내지만 진행의 의미가 부각되어 실제적으로는
현실적인 생생함의 속성을 그대로 가지면서도 현재 사라져 버려 잡을 수 없는 것들을 잡아
내려 하는 그 독특한 성격 때문에 아련한 여운과 회한 및 애상의 정서까지 불러일으킨다',
이민호, 『현대시의 담화론적 연구』, 서강대박사, 2001, p.61.

비현실적인 것의 시간에 속한다.

들뢰즈는 '부정법의 시간'을 '아이온Aion'과 연관지어 설명한다. 그의 아이온에 관한 서술은 스토아 학파의 시간 개념으로부터 연원한다. 스토아 학파의 두 가지 시간 개념은 '크로노스Chronos'와 '아이온Aion'으로 나눌 수 있다. 크로노스는 물체들의 활동을 측정하는 시간이면서 오직 현재들로만 구성되는 시간으로서 과거와 미래를 흡수하는 시간이다. 반면 아이온은 사건들의 시간이며 과거와 미래만이 존속하며 각각의 현재를 무한히 분할하며 현재를 그들의 공허한 선empty line으로 펼쳐 놓는다. 크로노스는 물리적 physical이면서 원환적cyclical이다. 따라서 그것은 한계지워지고 채워나가는 물질들에 의존하고 유기체의 움직임을 측정한다. 반면 아이온은 모든 물질들로부터 독립적이면서 한계지워지지 않은 빈 형식의 시간의 표면에 있는 순수하게 뻗은 선pure straight line으로 표현된다. 즉 아이온은 부정법의 차원에 속하므로 부정법의 시간이라고 할 수 있다. 그리고 아이온의 시간은 현존하지 않으며 무한한 과거와 미래 속으로 팽창하는 비물체적 순수생성으로서 사건의 시간이다.21)

이런 의미에서 김춘수 무의미시의 장면에서 나타나는 시간은 '아이온 Aion'에 속한다고 할 수 있다. 김춘수의 무의미시에서 나타나는 시간은 과거와 미래를 흡수하여 끊임없이 팽창하는 현재를 보여주는 크로노스의 시간과는 다르다. 무의미시에서 나타나는 시간은 과거와 미래로 무수히 분할될 뿐인 비물체적인 변화를 포착하는 빈 형식으로서의 현재이다. 무의미시에는 주로 서술어에서 '과거 진행형'을 쓰고 있다. 그런데 그 어미에서 의미가 있는 것은 '과거'가 아니라 '진행형'이라는 점이다. 거기서 나타나는 '과거'는 물질적인

---

21) Deleuze, Gilles, The Logic of Sense, pp.61-65.
    R. Bogue, 이정우 역, 『들뢰즈와 가타리』, 새길, 2000, pp.112-113.

시간으로서의 '과거'가 아니라 비물체적인 속성을 보여주는 것으로서의 의미 밖에 지니지 않는다. 즉 물질의 표면 효과로서 사건의 시간을 드러내는 표지로서 '진행형'인 것이다.[22]

즉 김춘수가 형상화한 시의 장면들이란 대체로 비현실적이면서 물질의 표면효과에 대한 포착의 양상을 드러낸다. 비현실적인 것의 형상화이므로 그것은 꿈의 세계나 환상의 영역에 속한다. 그러한 장면 자체는 하나의 비물체적인 것 즉 '사건'의 세계에 속한다고 할 수 있다. 부정법의 시간에 속한 사건들은 물질matter로부터 벗어나 자율적인 존재가 되어 과거와 미래의 두 방향으로 동시에 퍼져 나간다.

이와 같이 무의미의 양상들은 시적 의미를 생산하는 중심적인 역할과 밀접한 관련을 지니고 있다. 이러한 무의미의 양상들이 김춘수의 무의미시에서 다양한 계열체를 형성하고 있다. 무의미의 양상들 중에서 특히 역설적 요소가 강한 어구들은 이러한 계열화의 중심점을 형성한다. 이 중심점은 기표 계열과 기의 계열이 나누어지는 분지점 혹은 기표 계열과 기의 계열 축의 중심적 내용을 형성하는 '특이점'이라고 할 수 있다. 김춘수의 무의미시에서 이러한 특이점 역할을 하는 역설적 요소의 무의미 양상은 전체적인 언술들이 이룬 사건과 의미의 계열체를 소급적으로 순환하도록 한다. 그의 무의미시는 이와 같은 무의미의 양상들이 다양한 감각의 형태와 결부되어 나타나곤 한다. 이들 기표 계열과 기의 계열에서 기의 계열의 의미는 하나의 내면적인 방향을 갖는다. 그 내면적 방향은 '우울', '슬픔', '절망', '좌절' 등의 정서로 요약될 수 있다. 이러한 내면 세계의 강조는 시인이 처한 구체적, 현실적 상황을

---

22) 물론 김춘수 시인의 무의미시에는 과거 진행형만이 나오는 것은 아니다. '현재진행형', '현재형', '과거형' 등의 시제 또한 나타나고 있다. 그러나 이러한 시제들의 형태들은 이미 지나 장면의 변화를 나타내는 하나의 표지일 뿐, 특정한 인칭적인 시제로서의 의미를 획득하지 못하고 있다.

은폐하는 효과가 있다. 그리하여 김춘수의 무의미시는 비현실적 환상 내지 상상의 세계를 보여준다. 따라서 무의미시에서 형상화된 장면들은 실제적이고 인칭적인 시간에 놓여 있지 않는 '아이온'의 시간에 속한다. '아이온'의 시간이란 물질의 표면 효과를 드러내며 '과거, 현재, 미래'의 구체적인 시간의 의미로서가 아니라 비물체적인 속성을 보여 주는 시간의 의미밖에 지니지 못한다.

3. 대상과의 관련에 의한 계열화

1) 대상과의 거리를 유지한 경우

같은 서술적 이미지라 하더라도 寫生的 소박성이 유지되고 있을 때는 대상과의 거리를 또한 유지하고 있는 것이 되지만, 그것을 잃었을 때는 이미지와 대상은 거리가 없어진다. 이미지가 곧 대상 그것이 된다. 現代의 무의미 詩는 詩와 대상과의 거리가 없어진 데서 생긴 현상이다.[23]

김춘수는 서술적 이미지를 '대상과의 거리를 유지한 경우'와 '대상과의 거리를 상실한 경우'로 나누어 서술한다.[24] 그리고 '대상과의 거리를 상실 혹은 초월한 경우'를 무의미시의 전형으로 본다. 여기서 '대상과의 거리'라고 할

---

23) 김춘수, 『김춘수전집2』, p.369.
24) 근대 논리학에서는 언어를 두 부류로 구분한다. '대상'에 관해 언급하는 '대상 언어object language'와 '언어'에 관하여 언급하는 '메타 언어meta language'가 그것이다. 김춘수는 무의미시론에서 주로 '대상 언어'의 측면에서 '대상object'과 '언어language'와의 거리 문제를 논의하고 있다.
Jakobson, Roman, 신문수 역, 『문학속의 언어학』, 문학과지성사, 1995, p.58.

때 그가 대상으로부터 의미를 탈각시킨다는 논의를 한 것으로 보아 이때의 거리는 일차적으로 '언어와 대상과의 거리'를 없앤다는 뜻이다.

그런데 그가 무의미시의 유형으로 본 이상의 「꽃나무」를 염두에 둔다면 '주체와 대상과의 심리적 거리'를 없앤다는 의미로 해석이 가능하다. 두 경우 모두 그가 말하는 '사생적 소박성'을 시에서 탈각하고자 한 경우라고 할 수 있다. 그가 사생적 소박성을 무의미시에서 어느 정도 드러내면서도 이를 탈각하고자 하는 것은 그림의 비유로서 그는 제시하는데 자신의 시가 사실화에서 반추상, 추상화로 나아감을 지향한다는 것이다. 사생적 소박성의 탈피란 구체적으로 '언어의 대상지시적 기능의 약화'와 '주체와 대상의 융합' 형태로 나타난 것이다.

대상을 사실적으로 표현한다는 것은 재현대상의 특성을 독자에게 전달하는 것이어야 한다. 즉 사실적 재현은 스토리와 특정한 의미를 전달하여 관습적인 이해에 묶일 수 있으나 사실성의 탈피는 의도의 무매개성에 의하여 독자에게 좀더 직접적이고 자유로운 상상을 가능하게 한다.

그는 「처용단장」에 대하여 세잔느풍의 추상과 잭슨폴록의 액션페인팅을 보여주고자 하였다고 밝힌 바 있다. 이것으로 보아서 그가 현대 추상화가 독자에게 주는 무매개적 직접성을 무의미시에서 구현하려고 한 것이며 그가 말하는 '순수한 예술성' 혹은 '이미지 자체의 추구'란 이런 맥락에서 이해될 수 있다.

서술적 이미지에서 분류했던 대상과의 거리를 유지한 경우와 대상과의 거리를 상실 혹은 초월한 경우도 이러한 무매개적 예술에 도달하기 위한 의식적 노력의 단계이다. 그리고 대상과의 거리 유지라는 것은 후자에 비해 상대적인 의미를 담고 있다. 그에게 대상과의 거리를 유지했다는 말은 서술적 이미지로서 추상적 표현이 잘 드러나지 않은 시편이라는 뜻과도 통한다. 그의 시가 사실적 묘사의 시에서 추상적 표현의 시로 나아간다고 할 때 대상과의 거리를 유지한다는 것은 화자가 대상에 몰입되거나 대상으로 인하여 자유로운 연상에 넘나들지 않고 대상과 정서적 거리를 어느 정도 유지한 채 묘사한다는 뜻이다. '대상과의 거리를 유지한 경우'란 김춘수가 설명한 서술적 이미지로 논의하자면 그가 분류한 '장면 묘사적 서술적 이미지'와 '심리 묘사적 서술적 이미지' 중에서 '장면 묘사적 이미지'의 어구들로 계열화된 시를 뜻한다고 할 수 있다.

이 경우의 구현된 시세계는 대상, 세계에 충실한 측면을 보여준다. 그리고 이들 시구들은 의미상 연속적 흐름을 유지하며 '일상적 풍경 묘사'와 관련을 지닌다.

새장에서 새똥 냄새도 오히려 향긋한
저녁이 오고 있었다.
잡혀 온 산새의 눈은
꿈을 꾸고 있었다.
눈 속에서 눈을 먹고 겨울에 익는 열매
붉은 열매,
봄은 한 잎 두 잎 벚꽃이 지고 있었다.
입에 바람개비를 물고 한 아이가
비 갠 해안통을 달리고 있었다.
한 계집아이는 고운 목소리로
산토끼 토끼야를 부르면서
잡목림 너머 보리밭 위에 깔린
노을 속으로 사라지고 있었다.

거짓말처럼 사라지고 있었다.

                              - 「처용단장 7」 전문

위의 시는 저녁 무렵 산새의 모습과 눈 속에 익는 붉은 열매, 그리고 해안통을 달리는 한 아이와 노래를 부르는 계집아이 등이 나타나 있다. 즉 해안통을 달리는 아이와 노래를 부르는 아이의 모습이 묘사되어 있다. 이들을 둘러싼 풍경은 하나의 영화 속 장면을 연상시킨다. 이것은 시인이 대상을 매개로 한 자신의 자유로운 연상 영역을 넘나듦을 자제하고 비교적 대상이나 풍경에 충실하게 의미를 계열화시킨 경우에 속한다고 할 수 있다. 각각의 시구들은 의미상으로 볼 때 연속적인 흐름을 유지하면서 서술되고 있다.

이러한 무의미시편들의 특징으로는 시인의 정서를 드러내는 것을 금기시한다는 점을 지적할 수 있다. 김춘수의 다음 시편과 이것에 관한 그의 평에서 이를 단적으로 볼 수 있다.

ⓐ 눈 속에서 초겨울의
   붉은 열매가 익고 있다.
   서울 근교에서는 보지 못한
   꽁지가 하얀 작은 새가 그것을 쪼아 먹고 있다.
   월동하는 인동 잎의 빛깔이
   이루지 못한 인간의 꿈보다도
   더욱 슬프다.

                              - 「인동잎」

ⓑ 이 시의 후반부는 관념의 설명이 되고 있다. 관념과 설명을 피하려고

한 것이 어중간한 데서 주저앉고 말았다. 매우 불안한 상태다. 나의 창작 심리를 그대로 드러내주고 있다. 여태까지의 오랜 타성이 잠재 세력으로 나의 의도에 저항하고 있었다는 사실을 알게 되었다. 갈등의 해소책을 생각 아니 할 수 없게 되었다. 나는 의식과 무의식의 詩作에서의 상관관계를 천착하게 되었다. 타성(무의식)은 의도(의식)을 배반하기 쉬우니까 詩作 과정에서나 시가 일단 완성을 본 뒤에도 타성은 의도의 엄격한 통제를 받아야 한다.

寫生에 열중하다 보면 자기도 모르는 사이에 설명이 끼게 된다. 긴장이 풀어져 있을 때는 그것을 모르고 지나쳐 버린다. 한참 뒤에야 그것이 발견되는 수가 있다. 〈id〉는 〈ego〉의 감시를 교묘히 피하고 싶은 것이다. 〈ego〉는 늘 눈 떠 있어야 한다. 이러한 트레이닝을 하고 있는 동안 寫生에서 나는 하나의 확신을 얻게 되었다.[25]

「인동잎」은 초겨울 새 한 마리가 붉은 열매를 쪼아 먹는 풍경을 묘사적으로 표현한 작품이다. 이 작품에 대하여 ⓑ에서 '이루지 못한 인간의 꿈보다도 더욱 슬프다'란 부분이 들어간 것에 관한 불만을 이야기하고 있다. 그는 이 마지막 구절에 대하여 '이드'와 '에고'와의 관련을 통하여 논의한다. 즉 이 마지막 구절에 나타난 자신의 감정표출은 '이드'의 측면이며 이러한 이드의 표출을 '에고'가 감시하여야 한다는 결론을 내리고 있다. 그는 감정을 표출하려는 '타성'과 그것을 자제하려는 '의도'를 각각 '무의식'과 '의식' 혹은 '이드'와 '에고'라는 것으로 대체시킨다. 여기서 무의미시에 나타난 하나의 모순적 상황을 발견할 수 있다. 그것은 그의 무의미시가 하나의 내면 혹은 무의식적 장면을 지향하려고 한 것이라고 할 때 이러한 표현에 나아가는 과정에서 매우 의식적인 측면을 보여 준다는 것이다.

---

25) 「의미에서 무의미까지」, 『김춘수 전집』, 민음사, 1994, pp.505-506.

즉 그는 무의식적 장면 혹은 환상적 장면에 이르는 시편을 쓰기 위하여 묘사적 이미지 그의 표현에 따르자면 서술적 이미지를 그 나름대로 연습하였다. 그 연습의 일 단계에 해당되는 것이 '대상과의 거리를 유지한 경우'의 서술적 이미지라고 할 수 있다. 결국 이것은 '대상과의 거리를 소멸 내지 초월한 경우'의 서술적 이미지로 나아가기 위한 밑그림의 단계라고 할 수 있다. 그런데 그가 궁극적으로 나아가고자 하는 '무의식적 혹은 상상적인 추상화와 같은 장면'의 표현은 그가 자신도 모르게 서술하는 그의 감정 표현 혹은 '이드'와 그의 '무의식'에 대하여 '에고'로 표상되는 그의 '의식'에 의하여 철저하게 통제되는 상황에서 이루어진다는 점이다. 즉 그의 시에 나타난 무의식의 장면은 철저한 의식에 의하여 계산된 무의식과 흡사한 장면의 표현이다.

이런 측면에서 볼 때 그가 30년대 이상과 '삼사문학' 동인과 같은 초현실주의 모더니즘의 시인들과 구분되는 부분이 뚜렷해진다. 즉 김춘수의 시편들은 프로이트식 욕망 표현을 보여주는 자동기술적인 의식의 흐름을 반영한 시편들과는 어느 정도 다른 자리에서 출발한다는 점을 지적할 수 있는 것이다. 그리고 그가 표현하고자 한 무의식적 장면의 표현은 주로 무의미의 장치에 의하여 이루어진다는 점도 지적할 수 있다.

이와 같이 김춘수는 서술적 이미지를 두 가지 유형으로 분류하였는데 장면 묘사적 이미지와 심리 묘사적 이미지가 그것이다. 그는 이것에 대해서 사실화에서 추상화로 나아가는 미술학도처럼 '장면 묘사적 이미지'와 '심리 묘사적 이미지'를 연습하였다고 말한다. 그런데 그가 이러한 이미지의 연습 과정을 통하여 궁극적으로 나아가고자 한 방향은 무의식적 장면의 재현이라고 할 수 있다. 즉 '서술적 이미지'의 두 유형을 설정하고 이를 연습하는 것 그 자체가 하나의 의도성을 드러내고 있는 셈이다. 「인동잎」에 관한 에고와 이드의 설명에서 알 수 있듯이 그는 의식과 전략에 의해서 '무의식의 장면'을 연출하려고 하였고 그 연습의 일 단계로서 형상화된 무의미시의 한 형태가 '대상과의 거리를 유지한 경우' 즉 '사생적 소박성을 유지한' 서술적 이미지의 계열화라고 할 수 있다.

2) 대상과의 거리를 소멸한 경우

대상과의 거리를 초월한 계열화에 의한 의미생산은 언어의 대상 지시적 기능 약화와 주체와 대상과의 심리적 거리의 소멸, 초월 형태로 나타난다. 대상과 현실을 재현하지 않으므로 비현실적 상황이 연출되고 주체와 대상과의 심리적 거리가 소멸되므로 꿈의 세계처럼 대상에 욕망이 엉킨 장면이 나타나며 일관되고 통일된 의미를 포착하기 어렵다.

주체와 대상의 심리적 거리가 소멸되므로 '사생적 소박성'이 탈각되고 대상에 주체의 욕망이 투사된 비현실적 상황이 나타난다. 이러한 시편이 무의미시의 주류를 이루는데 이들은 집중된 의미를 향하지 않고 개별적으로 흩어져 의미를 발산한다. 즉 김춘수가 자신의 무의미시를 분류한 '대상과의 거리를 유지한 경우'와 '대상과의 거리를 소멸한 경우'란 재현적 이미지의 계열화와 비재현적 이미지의 계열화로 설명할 수 있다. '비재현적 장면'은 주로 다양한 무의미의 양상에 의하여 이루어지고 있다.

김춘수는 대상과의 거리 소멸의 계열화를 선호한다고 할 수 있는데 그 이유는 그것이 그가 지향하는 '순수한 예술성' 및 '이미지 자체의 추구'를 드러낼 수 있기 때문이다. 대상의 사실적 재현은 스토리와 특정한 의미를 전달하여 관습적 이해에 묶일 수 있다. 그러나 사실성의 탈피는 의도의 무매개성에 의해 독자에게 직접적, 자유로운 상상을 가능케 한다. 김춘수가 세잔

느뜽의 추상과 잭슨폴록의 액션페인팅을 시에서 보여주려 하였다고 한 것은 바로 현대추상화가 독자에게 주는 무매개적 직접성을 구현하고자 한 것이다.

무매개적 직접성을 추구한 무의미시의 무의미 어구들은 구체적이고 현실적인 상황을 제시하는 것에는 비효율적인 방식이다. 그러나 심리적인 양상이나 감정의 깊이를 보여주는 데에는 효과적으로 작용하고 있다. 김춘수의 무의미시에서 특별한 구체적인 내용항이 없이도 시편들이 절망의 깊이, 슬픔의 깊이, 혹은 내면의 깊이 등을 형상화하는 것에 탁월한 것도 이러한 무매개적 직접성을 구현한 무의미의 표현들이 나타내는 효과와 관련한 것이다.

이러한 정서적 측면의 제시는 김춘수의 무의미시에서 무의미가 나타내는 '의미'에 해당된다. 무의미의 어구들은 다양한 의미 생산의 분지점 즉 특이점을 형성한다. '특이점'의 무의미로부터 생산된 '의미'는 이들을 중심으로 다른 어구들을 순환적으로 소급하게끔 한다. 무의미가 생산한 '의미'의 소급적 독해를 통하여 시적 의미 내지 내면의 정서가 좀더 구체적이면서 풍부한 양상으로 생성되는 것이다.

이와 같이 특이점의 역할을 하는 무의미의 어구가 다른 어구를 '지시'하면서 그 자체의 '의미'를 생성하는 방식에 대하여 들뢰즈는 '소급적 종합'이라고 일컫는다. '소급적 종합regressive synthesis'은 들뢰즈가 '신조어esoteric words' 예를 들면 'Snark'를 설명하면서 논의한 것이다. 즉 'it', 'thing' 등의 '빈 말blank word'이 '신조어'에 의해 지시될 때 빈 말 혹은 신조어의 기능은 두 이질적인 계열을 생성시킨다. 즉 신조어는 역설적인 요소로서 '말word'이자 동시에 '사물thing'인 것이다. '빈 말'은 '신조어'를 '지시denote'하고 '신조어'는 '빈 말'을 '지시denote'하면서 이들은 '사물'을 '표현express'하는 기능을 갖는다. 동시에 '사물'을 '지시'하면서 그것의 '의미'를 표현하는 것이다. 그는 의미를 부여받은 이름들의 정상적인 법칙이 그들의 의미가 오로지 다른 이름에 의해서만 지시되는 것(n1-〉n2-〉n3…)이라는 점에서 그 자신의 의미를 말하는 이름은 '무의미'라고 말한다.

들뢰즈는 신조어의 또다른 예로서 '새로운 합성어portmanteau words'를 들고 있다. 이 '새로운 합성어'의 사례 또한 '스나크'의 경우와 마찬가지로 Lewis Carroll의 저작에 나오는 말에서 빌어와 설명한다. '새로운 합성어'는 두 개 단어의 결합 형태를 이룬 것에 해당되는데 그 자체가 그것이 이루는 두 단어의 선택 원리를 보여준다. 예를 들면 'frumious'란 단어는 'fuming + furious' 또는 'furious + fuming'의 결합 형태로 나타난 신조어이다. 들뢰즈는 '빈 말'을 '지시'하면서 '사물'을 '표현'하는 계열을 생산하는 신조어의 형태와 두 개념의 결합으로 이루어진 '새로운 합성어'가 생산하는 여러 계열들의 형태에 주목한다. 들뢰즈는 의미를 부여받은 이름들의 또 다른 원칙은 그들의 의미가 그들이 맺게 되는 대안 관계를 결정할 수 없다는 점에서 '새로운 합성어'는 하나의 '무의미'라고 말한다. 그는 이 두 가지 무의미의 유형에 대하여 각각 '소급적 종합regressive synthesis'과 '선언적 종합disjunctive synthesis'이라고 지칭하고 있다.[26]

'소급적 종합'과 '선언적 종합'의 무의미가 지닌 공통점은 '사물'을 지칭하는 동시에 '의미'를 생산하는 계열을 형성한다는 점이다. 그리고 이 두 가지를 구분하는 기준이 되는 것은 사물을 지칭하는 기표 계열과 의미를 생산하는 기의 계열이 합쳐지거나 나누어지는 분지점과 관련이 깊다.[27] 즉 '소급적

---

26) Deleuze, Gilles, The Logic of Sense, Eleventh Series of Nonsense, pp.66-68 참조

27) 들뢰즈는 주로 Lewis Carroll의 『이상한 나라의 앨리스』에 나타난 신조어에 주목한다. 그 작품에서 무의미의 양상을 보여주는 몇 가지 단어들은 그가 '사건event'과 '의미sense'를 설명하는 핵심적인 사례로 작용하고 있다. 들뢰즈의 논의에서 뿐만 아니라 루이스 캐럴의 저작에 출현하는 신조어들과 무의미의 어구들에 관한 논의는 현대 무의미 문학에 관한 논의나 철학 사전에서 무의미에 관한 개념적 정의를 다루는 사례에서 주요하게 나타나는 경우에 해당된다.

종합'의 사례인 '스나크Snark'의 경우 이 단어는 'shark+snake'의 복합적인 말로서 한편으로는 '환상적인 동물'을 지칭하며 '스나크'의 내용은 그것을 이어 받는 다른 문장들을 통하여 하나의 환상적 동물과 '비물체적인 의미'라는 두 가지의 계열을 만든다. 그리고 '선언적 종합'으로 설명될 수 있는 '제버워키'는 'jabber+wocer'의 복합적인 말이다. 여기서 'jabber'는 '수다스런 토론'을 의미하며 'wocer'는 '새싹, 과일'을 뜻한다. 즉 '제버워키'는 '식물적 계열'과 표현 가능한 의미에 관련되는 '언어적 계열'을 포함한다.[28]

이와 같이 들뢰즈는 무의미의 유형으로서 '신조어'와 관련하여 '소급적 종합'과 '선언적 종합'에 대하여 설명하고 있다. 그런데 이 두 가지 유형은 역설적 요소로서 하나의 무의미가 그것을 받는 다른 어구들과의 관계에서 포착된 것이다. 즉 하나의 무의미가 '사물'을 '지시'하고 '의미'를 '표현'하는 계열축에 있어서 '의미'를 종합하거나 생성하는 측면에 초점을 맞춘 것이다. 즉 역설적 요소로서의 무의미는 이전 계열들의 의미를 종합하는 동시에 또 다른 계열들을 생산하는 측면을 지닌다. 이를 통하여 그 무의미는 기표 계열과 기의 계열을 변화시키거나 새로운 계열을 형성하거나 두 계열 축 속에서 이리저리 자리를 옮겨 다닌다.

ⓐ 책상 밑은 밤이다. 안쪽 다리의 모서리를 손이 하나 더듬적거린다. 뭘 빠뜨렸나? 서울의 하늘처럼 밤이 와도 책상 밑에는 별이 뜨지 않는다. 손등에서 정맥이 볼록볼록 숨을 쉰다. 그 소리가 들린다. 그러나 손은 이내 안쪽 다리의 모서리를 돌아나간 듯하다. 어둠이 그의 궤적을 지우려 한다.

　　손은 분명히 손목에서 잘려 있었다. 손목에서 잘려나간 손은

---

28) Deleuze, Gilles, The Logic of Sense, pp.44-45.

지금쯤 어디를 더듬적거리며 헤매고 있을까?　　　 -「손」전문

ⓑ 하늘수박은올리브빛이다바보야

　　　　　　'

　　역사는
　　바람이 자는가 자는가 하더니
　　눈이 내린다 바보야
　　우찌살꼬 ㅂㅏ ㅂㅗㄴㅑ

　　　　　　'

　　ㅎㅏㄴㅡㄹㅅㅜㅂㅏㄱ ㅡㄴ한여름이다ㅂㅏ ㅂㅗㄴㅑ

　　　　　　'

　　올리브 열매는 내년 ㄱㅏ ㅡㄹㅣ다ㅂㅏ ㅂㅗㄴㅑ

　　　　　　'

　　ㅜㅉㅣㅅㅏㄹㄲㄴㅂㅏ ㅂㅗㄴㅑ
　　ㅣ바보야,
　　역사가 ㅕㄱㅅㅏ ㄱㅏ 하면서
　　ㅣ ㅂㅏ ㅂㅗㄴㅑ
　　　　　　　　　　　　-「처용단장」제 3부 39 부분

　　　　　　'

　　김춘수의 무의미시에서 대상과의 거리를 소멸한 비재현적 장면들은 주로
무의미 어구에 의하여 형성된다. 그리고 무의미시는 다양한 무의미의 양상에
의하여 특징지워진다. 무의미 어구의 양상에 따라서 김춘수의 무의미시에서

나타나는 장면들은 반추상적(半抽象的) 혹은 추상적 모습을 지닌다. 즉 무의미시에서 무의미 어구는 사실적 맥락의 어구들과 관련을 맺고 있거나 혹은 이러한 어구들과의 관련을 넘어선 형태로 존재한다. 위에서 인용한 ⓐ의 경우는 그 전자에 해당된다. 즉 책상 밑을 더듬는 손의 모습이 첫 번째 단락에서 형상화되는데 마지막 부분에서 '손은 분명히 손목에서 잘려 있었다. 손목에서 잘려나간 손은 지금쯤 어디를 더듬적거리며 헤매고 있을까?'로 종결되는 것에 유의할 필요가 있다. 여기서 일상적인 '손'의 의미가 비물체적이면서 괴기스러운 의미로 '전이'되거나 혹은 추상적인 것으로 확장되는 측면을 보여준다. 즉 '손'이라는 일상적 '기표signifiant'가 지닌 '기의signifi é'가 그로테스크하면서 추상적인 '기의'로 변화한다.29) 이러한 전환이 이루어지는 것은 실제의 사실이나 기대에 맞지 않는 '상황의 무의미'에 의해서이다. 즉 '손은 분명히 손목에서 잘려 있었다'라는 '특이성' 역할을 하는 무의미 구절 때문이다. 이 구절은 실제의 사실이나 기대에 맞지 않는 '상황의 무의미'에 해당된다. 김춘수의 시에서 사실적 회화의 특성을 띠는 시편들은 이와 같은 '역설적 요소'에 의하여 반추상적 특성을 지닌다.

다음 ⓑ에서 인용된 시구들은 사실상 시 전체가 다양한 무의미의 연속으로 이루어졌다고 해도 과언이 아니다. 그런데 이 시편에서 '하늘수박은올리브빛

---

29) '기표signifiant'와 '기의signifi é '는 각각 '개념'과 '청각영상'을 뜻하는 소쉬르의 용어이다. 그런데 들뢰즈는 '기표'와 '기의'가 고정적인 관계에 놓여 있지 않고 명제의 항들 속에서 유동적인 두 계열축을 형성하는 것에 주목하였다. 즉 주로 '사물'을 지시denotation하는 '기표'와 '의미'를 표현express하는 '기의'는 명제의 항들 속에서의 상대적 위치, 혹은 관점에 따라서 서로 '자리바꿈'하기도 하는 가변적인 것이다. 그런데 바르뜨에 의하면 '기표'는 사물의 정신적 표상과 관련되므로 기의까지 포함한 것으로 지칭된다고 논의한다.
Ferdinand de Saussure, 최승언 역, 『일반언어학 강의』, 민음사, 1997, pp.83-85, Deleuze, Gilles, The Logic of Sense, pp.36-38, R. Barthes, Elements of Semiology, Hill and Wang, 1994, pp.42-48 참고.

이다바보야'란 구절에 유의할 필요가 있다. 이 시구는 '역사'에 대한 우회적 비판의 형태를 갖추고 다양한 방식으로 해체, 반복된다. 즉 '하늘수박', '올리브빛', '바보야'란 단어들이 각각 또다른 형태로 나타나기도 하고 음운을 해체시킨 형태로 나타나기도 한다. 여기서 '하늘수박은 올리브빛이다'란 구절에서 '하늘수박'은 시인이 만든 '신조어' 구실을 한다. 독자는 이 단어로부터 그 기의를 구체적으로 알 수 없으므로 이것은 그 자체로 무의미이면서 텅빈 기표인 셈이다. 그리고 뒤에 이어지는 구절에서 알 수 있듯이 '올리브빛'이란 기표의 '기의' 또한 별다른 구실을 하지 못한다. 왜냐하면 하나의 단어는 이와 어울리는 다른 문장성분과의 호응관계에 의하여 고유의 '의미'를 드러내는데 여기서는 이들 어구의 무의미한 반복이 유의성을 지니기 때문이다. 이와 같이 '하늘수박은올리브빛이다바보야'의 첫구절이 다양한 방식으로 반복, 해체되는 것을 볼 때 이 구절은 이어지는 다른 무의미 어구들의 의미를 '생성'하는 분지점 역할을 하고 있다.

앞에서 살펴본 바와 같이 기표 계열과 기의 계열의 축에서 분지점 구실을 하는 '특이성'을 중심으로 살펴볼 때 ⓐ의 시편이 의미를 '전이하거나 종합'하는 무의미 어구의 양상을 보여준다면 ⓑ의 시편은 무의미한 어구들의 반복, 해체를 '생성'하는 무의미 어구의 양상을 보여준다. ⓑ의 연장선상에서 무의미 어구의 연속적 계열체로서 무의미 어구들이 서로 간에 모순되고 독자적인 의미를 형성하는 경우가 있다. 이때 무의미 어구들은 상호 작용하면서 또다른 의미를 형성하는데 그중 '역설적 요소'가 강한 무의미 어구들은 기표 계열과 기의 계열의 축에서 중심적인 의미의 맥락을 형성한다. 그리고 이들 무의미 어구의 비중과 빈도에 따라서 시편은 대상과의 거리를 소멸한 비재현적 특성을 강하게 드러낸다.

나는 왜 그런 데에 가 있었을까,
목이 잘룩한
오디새같이 생긴 잉크병 속에
나는 들어가 있었다.
너무 너무 슬펐는데
사람들은 나를 웃고 있었다.
꿈에 신발 한짝이 없어졌다.
없어진 신발 한짝을 찾는 동안
기차는 떠났다.
잠을 깨고도 눈앞이 썰렁했다.
며칠 뒤에 내가 優美館에서 본 것은
분명 그런 줄거리의 신파극이다.
입이 씁슬했다.
나는 한때 一錢짜리 우표였다.
가슴이 벅찼다.
어디로 갈까 어디로 갈까 하다가
해는 지고
나는 그만 거기 주저앉고 말았지만,
조카녀석은 二錢짜리 우표가 됐다. 단숨에
멀리 오르도스까지 가버렸다.

-「거지주머니」 전문

위 시에서 '나'는 잉크병 속에 있는 존재이다. 그리고 '나'는 없어진 신발 한 짝을 찾고 있는 동안 기차를 떠나보낸다. 또한 '나'는 잠을 깨고 눈앞이 썰렁해진다. 그리고 '나'는 우미관에서 신파극을 본다. 또한 '나'는 일전짜리 우표 이다. 나는 그만 거기 주저앉을 동안 조카녀석은 이 전 짜리 우표가 되어 오르도스로 날아가버린다. 이 시에서 '나'는 다양한 양상으로 지칭되며 존재한다. '나'는 잉크병 속의 '소인'이 되었다가 몇 십 년 전 어린 시절의 '아이'가 된다. 그리고 다시 현재의 '어른'이 되었다가 '일 전 짜리 우표'가 된다. '나'의 모습은 현실에서는 있을 수 없는 비현실적인 모습으로 이어지고 있다.

위 시에서 '오디새같이 생긴 잉크병 속에/나는 들어가 있었다', '없어진 신발 한짝을 찾는 동안/기차는 떠났다', '며칠 뒤에 내가 優美館에서 본 것은/분명 그런 줄거리의 신파극이다', '나는 한때 一錢짜리 우표였다', '해는 지고/나는 그만 거기 주저앉고 말았지만' 등은 사물이나 현상을 나타내는 기표 계열을 형성한다. 사물이나 현상을 나타내는 기표 계열 각각의 어구 뒤에서 이어지는 어구들은 다음과 같다. 그것은 '너무 너무 슬펐는데', '잠을 깨고도 눈앞이 썰렁했다', '입이 씁쓸했다', '가슴이 벅찼다', '주저앉고 말았지만' 등이다. 즉 이 어구들은 앞서 나왔던 '사물'이나 '현상'을 나타내는 어구들 각각의 '의미'를 나타내는 기의 계열에 해당된다.

즉 비현실적인 장면이나 사물을 보여주는 이질적인 '사물'을 지칭하는 계열의 축이 중심적으로 형성되면서 그 각각의 비물체적인 상황의 '의미'를 나타내는 '의미'의 계열축이 형성된다. '사물'의 계열축이 '기표'를 형성한다면 '의미'의 계열축은 '기의'를 형성하고 있다. 그런데 다양한 현상을 드러내는 '기표'들은 개별적인 '기의'를 형성하기보다는 '기표들'이 계열화하는 '차이'에 의하여 유사한 내용의 '기의'를 형성한다. 구체적으로 잉크병 속에 갇힌 존재로부터 신발 한 짝을 잃고 기차를 떠나보내며 일전짜리 우표가 되어 주저앉는 다양한 '기표'의 양상들과 그 차이가 '슬프다', '썰렁하다', '주저앉다' 등의 유사한 '기의'를 형성하면서 강조한다. 이를 통해서 볼 때 기의 계열에 비하여

기표 계열이 과잉의 양상을 보인다고 할 수 있다.[30)]

이와 같은 기표 계열과 기의 계열의 상호 관련성을 구체적으로 살펴보기 위해서는 '나'의 변신의 양상과 관련한 '특이성'의 어구들에 관하여 주목할 필요가 있다. '소인', '아이', '어른', '우표'는 모두 '나'의 다양한 변신으로 나타난다. 그런데 이들은 각각 그 자체로 볼 때 전후의 관계 설정이 논리적 이치에 닿지 않는 무의미의 어구들이다. 특히 '잉크병 속 소인'이 된 '나' 혹은 '일 전 짜리 우표'가 된 '나'는 '역설적인' 측면이 두드러진 부분이다. 그런데 이 '잉크병 속 소인'의 '나'는 다른 사람들에게 비웃음을 받고 있는 모습으로 나타난다. 즉 '잉크병 속 존재'로서의 '나'는 하나의 '사물'이면서 동시에 '비웃음'이라는 '의미'를 나타낸다. 그리고 '일 전 짜리 우표'로서의 '나'는 '이 전 짜리 우표'가 되어 오르도스까지 날아가 버린 '조카녀석'에 비하면 보잘 것 없이 주저앉는 존재이다. 즉 '일 전 짜리 우표로서의 나'는 하나의 '사물'이면서 '가벼운 존재감'이란 '의미'를 드러낸다. 다시 말해 역설적 측면이 두드러진 위의 두 구절은 각각의 '사물'을 표시하면서 동시에 '비웃음' 내지 '가벼운 존재감'이란 '의미'를 나타낸다.

그런데 위 시에서 '사람이 잉크병 속 소인이 된다'든지 '사람이 일 전 짜리 우표가 된다'든지와 같이 현실적인 이치와 큰 거리를 지닌 무의미의 서술은 시에서 전체적인 '의미' 생산의 중심축을 형성하는 측면이 있다. 즉 이 무의미 어구들을 중심으로 하여 위 시에 나타난 다양한 '나의 변신'의 양상들을 다시 조망해 볼 수 있다. 즉 이러한 역설적 어구들은, '없어진 신발 한짝을 찾는 나', '잠을 깨고 눈앞이 썰렁해진 나', 그리고 '우울한 신파극을 보는 나' 등이 보여 주는 '현상'과 '의미'의 계열축 속에서 한편으로는 각각의 '의미'를 역설

---

30) '두 계열series 중의 기표signifier 계열은 다른 계열the other에 비하여 과도함excess을 드러낸다', Deleuze, Gilles, The Logic of Sense, p.40.

적으로 강조하면서 한편으로는 각각의 '의미'를 중첩적으로 통합하는 구실을
한다. 즉 역설적 성향이 강한 위의 무의미 어구들이 형성하는 '위축감', '존재
의 가벼움' 등을 중심점으로 하여 '나의 변신 양상'이 보여주는 기표의 계열화
는 '우울', '좌절', '슬픔' 등의 '의미'를 강조하면서 중첩적으로 하나의 우울한
내면을 드러내고 있다.

이와 같이 김춘수의 무의미시에서 무의미 어구들은 기표 계열의 과잉에
비하여 기의 계열이 중첩 혹은 빈약한 측면을 보여 준다. 그리고 기표 계열의
과잉은 '빈 기표'의 양상을 보여 주기도 한다. 즉 빈 기표가 기의 계열을
끊임없이 떠도는 방식을 보여주는 것이다. '빈 기표'의 자리옮김에 의하여
기의 계열 축의 변화가 일어나므로 이것은 일종의 '특이점'이다. 위 시에서는
'잠을 깨고도 눈앞이 썰렁했다./ 며칠 뒤에 내가 優美館에서 본 것은/ 분명
그런 줄거리의 신파극이다.'의 구절에 주목해 볼 수 있다. 이 구절에서 '잠'은
신파극의 '그런' 줄거리로 이어져 지시된다. 그런데 '그런' 줄거리와 '잠'의
내용이 무엇을 뜻하는지는 애매한 측면이 많다. 즉 '잠'의 내용이 앞의 장면들
즉 '잉크병 속 소인으로서 비웃음을 당하는 나'와 '신발 한 짝을 찾다 기차를
놓친 나'를 둘 다 지칭하는지 아니면 후자만을 지칭하는 지가 명확히 드러나
지 않는다.

그리고 '잠'의 내용이 '그런' 줄거리의 신파극이라는데 그 신파극이 무엇인
지 밝혀져 있지 않고 '그런'이란 애매한 표현을 쓰고 있다. 또한 '그런'이 앞에
서 말한 '잠'의 내용을 말하는 것인지 아니면 신파극 속 '뻔한' 이야기라는
것에 초점이 맞추어져 있는 지도 애매하다. 즉 '잠', '그런' 등과 같이 그 자체
의 고유 의미를 지니지 못하는 지시적인 어구들은 이들이 가리키는 기의들의
표면에서 끊임없이 미끄러질 수 있다. 그리고 이러한 기의의 미끄러짐 가운데
서 '의미'를 생성한다. '잠', '그런'과 같은 '빈 기표'에 의한 무의미 양상은

'n1, n2, n3 … 등'의 형식으로 지시어에 의해 계속적으로 이어지는 문장들이 있을 때 하나의 기표가 지닌 의미를 드러내 보이지 않으면서 'n1, n2, n3 …' 등에 속한 지칭어들을 이리저리 옮겨 다니는 존재와 같은 역할을 한다. 그 특이성의 어구는 그 자체로는 의미를 지니지 않으면서 계열체의 순환을 통하여 의미를 생산한다는 점에서 '무의미'의 한 양상에 속한다.31) 이와 같이 기표 계열과 기의 계열의 분지점을 형성하는 '특이점'의 양상은 다양한 방식으로 나타날 수 있다.

위 시는 기표 계열과 기의 계열에서 역설적 요소의 역할과 관련한 '특이성' 양상 뿐만 아니라 '나의 변신', '내가 겪은 사건', '시구의 서술어', '나와 타인의 모습 대비' 등 다양한 시각과 제재 등을 기준으로 하여 다양한 계열화 방식이 나타날 수 있다. 이러한 계열체들에 관한 고찰은 무의미시에 나타난 주제 의식이나 심리 현상 등의 복합적이면서 구체적인 갈래를 좀더 세밀하게 들여다 볼 수 있도록 한다. 구체적으로 위 시의 '서술어'를 중심으로 살펴 보기로 하자. 즉 위 시는 '들어가 있다', '비웃음을 당하다', '없어지다', '나다', '썰렁하다', '씁슬하다', '벅차다', '주저앉다', '가버리다' 등의 서술어를 취한다. 이들

---

31) 이러한 무의미의 양상을 잘 드러내는 경우로서 '애드가 앨런 포우'의 「도둑맞은 편지」의 '편지'를 들 수 있다. 「도둑맞은 편지」의 내용은 '여왕'이 '왕' 몰래 연애한 상대에게서 온 편지에 관한 것이다. '여왕'은 '연인'으로부터 온 편지를 자신의 처소에 숨겼다. 그런데 그것을 '대신'이 찾아 자신의 집으로 가져갔다. 그런데 '대신'이 자신의 집에 숨긴 그 편지를 다시 '뒤팽'이 훔쳐낸다는 줄거리이다. 여기서 '편지'라는 것은 내용을 알 수 없는 빈 기표이다. 그런데 이 빈 기표는 여기저기 자리를 옮겨 다닌다. 그리고 '편지'로 표상되는 빈 기표는 권력의 주체 및 그 관계망을 형성하는 것에 매우 중요한 역할을 한다. 다시 말해서 그 편지를 '왕', '여왕', '대신', '뒤팽' 등의 인물들 중에서 누가 차지하느냐에 따라서 세력의 중심이 달라지며 동시에 이야기가 초점적으로 계열화되는 양상도 달라지는 것이다. 이 '편지'의 역할과 유사한 방식으로 위의 시에서는 '그런'이나 '잠' 등의 '빈 기표'에 의한 '기의의 미끄러짐' 양상을 보여 준다. 그리고 이들은 여러 갈래의 의미를 생산하는 고정점을 이루고 있다.

서술어의 어휘가 형성하는 의미는 '밀폐', '비웃음', '소멸', '상실', '쓸쓸함' 등과 관련한 '행위' 및 '감정'이며 특히 서술어의 양상, 즉 '당하다', '-어지다', '-버리다' 등의 피동적 표현은 이러한 정서를 더욱 강화하는 역할을 한다.

또한 서술어를 중심으로 한 계열화에 의하여 생산된 '의미' 뿐만 아니라 위 시는 '자신'과 '타인'의 대비 및 '과거'와 '현재'의 대비를 통하여 이루어진 계열화에 의해서도 그 주제적 양상이 나타난다. 즉 자신은 일 전 짜리 우표로 서 주저 앉았는데 자신보다 겨우 일 전 더 가치가 나갈 뿐인 조카녀석이 오르도스로 날아가 버린 것에 주목할 수 있다. 또한 며칠 전 꿈 속에서 신발 한 짝을 잃은 '나'와 며칠 뒤 우미관에서 쓸쓸한 내용의 신파극을 보는 '나'에 주목해 볼 수 있다. 전자에서 심리적인 '상대적인 박탈감'을 볼 수 있다면 후자에서는 '상실감의 연속'이라는 점을 지적할 수 있을 것이다. 이처럼 '과거 의 사건과 현재의 사건' 혹은 '자신의 모습과 타인의 모습' 등이 대비되는 기표의 계열화를 통하여 '박탈감'과 '상실감'의 '의미'가 구체화되는 양상을 고찰할 수 있다.[32]

'대상과의 거리를 소멸한 경우'의 무의미시는 심리묘사적, 추상적, 환상적 이미지의 형성과 관련이 깊다. 심리 묘사적 이미지는 무의미의 어구에 의해서 형성된다. 김춘수의 무의미시에서 꿈의 세계와 같은 시편들은 주류를 이룬다. 이러한 시편들은 하나의 집중된 의미를 향해 구성되지 않고서 개별적으로 흩어져서 낱낱이 의미를 발산시키는 것이 특징이다. 이러한 심리적 장면의 묘사는 김춘수가 그의 시론에서 논의한 '무매개적 직접성'을 구현하려고 한 것과 관련이 있다. 들뢰즈는 신조어와 관련하여 무의미의 유형으로서 '소급적 종합'과 '선언적 종합'을 설명하였는데 이들의 주요한 특성은 기표 계열과

---

32) '특이성'과 관련한 기표 계열과 기의 계열의 분석에 관해서는, Deleuze, Gilles, The Logic of Sense, pp.44-54 참고.

기의 계열의 분지점과 관련한 것이다. 무의미의 다양한 양상들이 바로 이러한 의미 생산의 '특이점'을 형성한다.

대상과의 거리를 소멸한 경우의 무의미시편들은 '특이점' 구실을 하는 무의미 어구의 존재 방식에 따라 세 가지로 나눌 수 있다. 즉 무의미 어구가 의미를 '전이, 혹은 종합'한 경우, 무의미 어구가 의미를 '생성'하는 분지점이 되는 경우 그리고 다양한 무의미 어구들의 상호 작용 속에서 '역설적 요소'가 강한 무의미 어구가 의미를 '생성 내지 중첩'하는 경우 등으로 요약할 수 있다. 시편 내에서 무의미 어구의 비중과 빈도는 '비재현성' 내지 '추상성'의 정도와 조응한다. 대체적으로 무의미시에서 '기표 계열과 기의 계열의 분지점'을 형성하는 무의미에 의한 '특이점'은 기표 계열의 과잉과 기의 계열의 빈약 내지 중첩 경향을 보여 준다. 즉 무의미의 어구가 생산한 '의미'는 기표와 기의의 다양한 계열화 방식을 생산하는 가운데 무의미시가 드러내는 '내면의 정서'를 중첩적으로 구체화한다.

무의미의 의미생산과

사상적 기저

1. '괄호 속 존재'로 표상된 자전적 트라우마

무의미시에서 기표 계열과 기의 계열의 변화 지점을 형성하는 것이 '특이점'이며 이것은 역설적 요소, 즉 무의미에 의하여 주로 나타난다. 무의미시의 이치에 닿지 않는 무의미의 어구들은 텍스트 의미를 다양한 방식으로 계열화한다. 이러한 무의미의 의미생산이 나타내는 것은 주로 우울한 분위기, 좌절감, 허무의식 등이다. 이러한 정조는 그의 무의미시 대부분의 주제에서 공통적으로 나타나는 것이다. 이러한 정조는 전반적으로 추상적인 언술이나 비유적인 표현의 형태를 빌어서 무의미한 발언의 반복을 통하여 나타난다.

돌려다오.
불이 앗아 간 것, 하늘이 앗아 간 것, 개미와 말똥이 앗아 간 것,
여자가 앗아 가고 남자가 앗아 간 것.
앗아 간 것을 돌려다오.
불을 돌려다오. 하늘을 돌려다오. 개미와 말똥을 돌려다오.

여자를 돌려주고 남자를 돌려다오.

쟁반 위에 별을 돌려다오.

돌려다오.

- 「처용단장」 제 2부 1 전문

위 시에서 구체적인 상황의 제시나 세부적인 내용을 기대하기는 어렵다.
'무엇을 돌려 다오'라는 메시지만 반복적으로 이루어질 뿐이다. '돌려다오'란
서술어는 처음부터 끝까지 모든 문장의 끝에서 서술될 뿐만 아니라 반복적으
로 강조된다. 이것은 시인이 보여주는 강한 '피해의식'의 표현이라고 할 수
있다. '돌려다오'란 것은 '빼앗김'을 전제로 하는 것이기 때문이다. 그런데
이러한 '빼앗김' 의식은 언뜻 보아서는 무의식적인 발언 속에서 나오는 것으
로 보인다. 그러나 위 시에서 '돌려다오'라고 말하는 대상 즉 빼앗은 주체들을
눈여겨 볼 필요가 있다. 빼앗은 주체들은, '불', '하늘', '개미와 말똥', '여자',
'남자'이다. 그런데 화자가 돌려달라고 말하는 빼앗긴 대상들도 '불', '하늘',
'개미와 말똥', '여자', '남자'이다. 여기에다 '쟁반 위에 별'만 추가되어 있을
뿐이다.

즉 빼앗은 주체가 곧 빼앗긴 대상과 거의 일치하는 것이다. 이것은 그의
말처럼 무의식적 표현의 형태를 취하였으나 시인이 치밀한 계획과 의도를
계산한 뒤에 이 시를 썼다는 말이 된다. 다시 말해 무의미 어구들 뒤에는
시인이 무언의 메시지를 전달하려는 계획적인 전략이 숨어 있는 것으로 이해
된다. 그렇다면 왜 빼앗은 주체들과 빼앗긴 대상들이 일치하는 것일까. 먼저
그 대상들의 성격을 살펴 볼 필요가 있다. 이들 제재들을 융의 원소론과 연관
시켜 생각해 보기로 한다. 구체적으로 '불'은 '불', '하늘'은 '공기', '개미와
말똥'은 '대지'의 상징에 속한다. 그리고 '여자'와 '남자'는 '사람'이다. '불',

'공기', '대지'는 지구를 구성하는 주요한 원소이며 '사람'은 지구의 구성요소를 인식하는 주체이다. 이렇게 볼 때 위에 언급된 제재들은 '세상의 모든 것'이라는 말이 된다.

그러면 세상을 대표적으로 표상하는 모든 대상이 시적 화자에게서 무엇을 빼앗아갔다는 말일까. 그런데 역설적이게도 빼앗는 주체가 동시에 빼앗기는 대상들이라는 것에 주목해 보아야 한다. 이것 또한 사실에 어긋난 표현이면서 구문론적으로는 무리가 없으나 의미론적으로 말이 되지 않는 '상황의 무의미'와 '범주적 이탈'에 속하는 무의미의 양상이라고 할 수 있다. 빼앗는 주체들이자 빼앗기는 대상들은 '세상'을 표상하는 주요한 것들이면서 동시에 시인과 더불어 살아가는 '남자'와 '여자' 즉 사람들이다. 이것은 시인의 세상에 대한 양면적이면서 이중적인 의식을 드러내는 부분이라고 생각된다. 그리고 동시에 인간이 지닌 본성적인 특성과 관련이 있다. 세상의 사람들은 빼앗는 주체이자 빼앗기는 대상이 동시에 될 수 있다. 현대인은 소외된 실존적 존재이면서도 동시에 혼자서 지낼 수 없는 사회적 존재인 것이다.[1]

시인은 이러한 역설이 보여주는 진리를 마지막 구절에서 '쟁반 위에 별'을

---

[1] Ronald Granofsky는 트라우마Trauma 문학에서 대지Earth, 공기air, 불fire, 물water의 네 가지 원소는 상징적 의미symbolic meaning을 갖는다고 한다. 그는 이러한 생각의 토대를 Heraclitus가 논한 끊임없는 흐름flux과 범주화의 논리적 대조antithesis에 둔다. Heraclitus는 '물'과 '대지'에 대한 '불'의 우위성을 말하면서 '불fire'은 '대지earth'로, '대지'는 '바다sea'로, '물'은 다시 '불'로 변화하는 변형의 흐름을 논의했다. 즉 각 요소의 전이적 흐름flux은 비록 혼란confusion이나 광기madness를 이끄는 범주적 현실categorical reality의 붕괴에 있으나 그것이 유익한 변형beneficial transformation으로 이끄는 잠재적이고 긍정적인 측면을 지니고 있다는 것이다. Ronald Granofsky, The Trauma Novel, American university studies ; Ser 3, Comparative literature ; Vol 55, Peter lang Publishing, 1995, pp.65-66 참조

김춘수의 위의 시에서 주요한 제재인 '불', '공기', '대지' 등의 요소들도 시인에게 '피해의식'과 결부된 트라우마를 가져온 '주체'로 작용한다. 그러나 동시에 역설적으로 그 트라우마를 '해소'시키는 '대상'으로 상징화되어 있다.

돌려달라는 것에서 드러내고 있다. '쟁반 위에 별'은 위의 제재들과 나란히 나오기는 했으나 빼앗긴 대상일 뿐 빼앗는 주체는 아닌 것이다. 시인이 추구하고 진정하게 돌려 받고자 하는 것의 표상이 바로 '불'도 아니고 '하늘'도 아니고 '개미와 말똥'도 아니고 '남자'와 '여자'도 아닌, '쟁반 위에 별'임을 알 수 있다. 다른 시어들이 주체이자 대상으로서 시에서 동일한 순서로 반복적으로 나타나는 것에 비하여 '쟁반 위에 별'이란 어구는 '이질적인' 특성을 지닌다. 즉 이 어구는 시의 문맥에서 의외의 출현이라는 점에서 기대에 맞지 않는 '상황의 무의미'라고 할 수 있다. 어구들이 형성하는 맥락의 단순성을 벗어나려는 이러한 이질적 어구에 시인의 의도와 욕망이 가중되어 있다. 그렇다면 '쟁반 위에 별'이란 무엇을 상징할까. '쟁반'은 부엌에 있는 일상적인 사물이면서 동시에 빛을 비추어낼 수 있는 대상이다. 그리고 '쟁반 위에 별'이란 일상적인 대상인 '쟁반'에 비친 '빛'의 종류를 비유적으로 표현한 것이다. 다시 말해서 '쟁반위에 별'이란 일상적인 생활 속의 빛, 내지 희망 등의 의미로 범주화할 수 있을 듯하다.

이와 같이 시인은 무의미의 어구들로 이루어진 무의미시를 통하여 자신의 시적 전략을 내비치는 동시에 무의식의 세계도 보여준다. 즉 그는 이 시를 통하여 '돌려다오'라는 무수한 반복을 통하여 시인의 '피해의식'을 보여준다. 그리고 빼앗김의 주체와 대상이 일치하는 모습을 통하여 현대인으로서 혹은 인간으로서 지닌 실존적인 양면적 특성을 보여주고 있다. 또한 화자가 진정으로 돌려 받기를 바라는 '쟁반 위에 별'을 통하여 시인이 일상적인 삶 속에 내재한 희망 내지 삶의 윤기 등을 내재적으로 욕망하고 있음을 드러내고 있다. 무의미의 어구 속에 내재적으로 나타나는 '세상에 대한 양면적 태도' 그리고 '그가 소망하는 일상적 희망' 등은 '피해의식'이라는 그의 주요한 테마 속에서 세부적으로 나타나는 형국이다.

그의 무의미시에서는 이러한 '피해 의식'과 함께 '은폐 의식'이 주요하게 나타나고 있다. 이러한 의식 또한 전반적으로 볼 때는 추상적인 언술이나 비유적인 표현을 통하여 나타나는 경우가 많다.

모난 것으로 할 까 둥근 것으로 할까
쭈뼛하니 귀가 선 서양 것으로 할까, 하고
내가 들어갈 괄호의 맵시를
생각했다. 그것이 곧
내 몫의 자유다.
괄호 안은 어두웠다.
불을 켜면
그 언저리만 훤하고 조금은
따뜻했다.
서기 1945년 5월,
나에게도 뿔이 있어
세워 보고 또 세워 보고 했지만
부러지지 않았다. 내 뿔에는
뼈가 없었다.
괄호 안에서 나서 괄호 안에서
자랐기 때문일까 달팽이처럼.

　　　　　　　　　　　- 「처용단장」 제 2부 40 中

'숨음 의식' 및 '피해 의식'의 양상은 그의 현실에 대한 '허무 의식'의 다른 표현이다. 그의 '숨음 의식'은 주로 '유폐의식'으로 나타나는데 '괄호 속 존재'

라는 형태로 구체화된다. '괄호 속 존재'에 관한 언급은 그의 이러한 고립적 유폐감을 단적으로 드러낸다. 그는 자신이 숨는 방식, 즉 '괄호의 맵시'를 고르는 것이 '내 몫의 자유'일 뿐이라고 말한다. '모난 것', '둥근 것', '쭈뼛하니 귀가 선 서양 것' 등의 괄호의 맵시란 말그대로 〈 〉, ( ), { } 등을 말한다. 그는 괄호속과 같은 자신만의 영역 속에서 따뜻함과 평온함을 느낀다. 위 시또한 사람이 괄호속에 숨는다는 의미에서 하나의 무의미 어구를 형성한다. 그런데 다른 무의미시편에 비하여 '괄호'에 관한 언급이 지속적이면서도 구체적인 측면이 있다.2)

위 시에서 '괄호'로 표상된 자신의 보호막 내지 방어막이 사회적 격동기 속에서 얼마나 쉽게 벗겨지는 '달팽이 껍질'과 같은 것인지를 보여주고 있다. '괄호'는 그가 숨는 방식의 표상이자 그가 숨는 고립적 현재가 얼마나 浮動적인 것인지를 보여준다. 그는 자신이 안주하는 '괄호'의 깨어지기 쉬움에 대하여 이것을 '관념'과 연관지어 설명하기도 한다.

내 입장에서 본다면 〈우리〉는 括弧 안의 〈우리〉일 뿐이다. 즉, 觀念이 만들어낸 어떤 抽象일 뿐이다. 觀念이 박살이 날 수밖에는 없는 어떤 절박한 사태를 앞에 했을 때도 〈우리〉를 말할 수 있는 사람에게만 括弧를 벗어난 우리가 있게 된다.3)

---

2) '괄호', '뿔', '뼈' 등은 외부의 압력 때문에 깨어지기 쉬운 연약한 '내적 방벽'의 이미지로서 김춘수 시에서 주요하게 나타나고 있다. '눈물과 모난 괄호와/ 모난 괄호 안의/ 무정부주의와' -「처용단장」3-48, '뿔이니까, 달팽이뿔에는/ 뼈가 없으니까, 또 니까, 다. 그렇지」「처용단장」4-1, '모난 괄호/ 거기서는 그런대로 제법/ 소리도 질러 보고/ 부러지지 않는/ 달팽이뿔도 세워 보고' -「처용단장」4-17, '괄호 안에서 멋대로 까무러쳤다 깨났다 하면 된다' -「어느 날 문득 나는」, '모난 괄호를 만나면 모난 괄호가 되고 둥근 괄호를 만나면 둥근 괄호가 되고…(중략) 괄호만 있고 나는 없다' - 「善」 등.
3) 『김춘수전집2』, p.352.

여기서의 '괄호'란 '우리'라고 믿고 있는 '허상적 관념'을 말한다. 그는 앞의 시에서 그의 실존적 '괄호'가 깨지기 쉬운 것은 달팽이처럼 '뼈'가 없기 때문이라고 하였다. 마찬가지로 '우리'라는 것이 허상을 벗어날 수 있는 계기는 바로 관념이 박살날 수밖에 없는 어떤 절박한 사태를 극복한 경우에 한에서 '괄호'가 '허상적 관념'을 벗어날 수 있음을 보여 주고 있다. 위 시에서 자신이 '괄호 속에서 나서 괄호 안에서 키워졌기' 때문에 자신에게는 '뿔'이나 '뼈'가 없다라고 비유적으로 나타낸 것은 중요한 의미를 지닌다. 그는 이 시 마지막 부분에서 그의 '괄호속 존재의식'의 근원에 대한 힌트를 보여 주고 있다. 그것은 '서기 1945년 5월' 그가 괄호의 '뿔'을 세워보려 한 시기로 표상되어 있다. 1945년 5월의 사건이란 그가 겪었던 일제 때 감옥체험의 고통과 관련한 것이다. '뿔'이나 '뼈'를 세워보지 못했다는 것은 그의 관념과 의지가 '고통'앞에 여지없이 무너져 버렸던 실존적 고백에 해당된다고 할 수 있다.

ㅋㄱㅅㄱ헌병대가지빛검붉은벽돌담을끼고달아나던 ㅋㄱㅅㄱ헌병대헌병軍曹某T에게나를넘겨주고달아나던포승줄로박살내게하고木刀로박살내게하고욕조에서氣를絶하게하고달아나던 創氏한일본姓을등에짊어지고숨이차서쉼표도못찍고띄어쓰기도까먹도달아나던식민지반도출신고학생헌병補ㅏㅈㅎ某의뒤통수에박힌 눈 개라고부르는인간의두개의 눈 가엾어라어느쪽도동공이없는

                     -「처용단장」제 3부 5 전문

무의미시에서 띄어쓰기를 하지 않고 무의식적 언술에 가깝게 자동기술적 글쓰기를 보여준 유일한 경우에 해당되는 시이다. 위 시는 일단 통상적인 구문론적 규칙에서 벗어난 '언어의 무의미'를 보여주는 경우에 해당된다. 이

러한 무의식적 국면을 드러내는 무의미의 어구들은 시인의 무의식을 잘 드러내는 형태라고 할 수 있다. 혹은 그가 전략적으로 이러한 글쓰기를 취했다 하더라도 그 자신의 내면을 자유롭게 토로하고자 한 장치에 해당된다. 이 시는 그의 무의식에 내재한 그의 자전적 트라우마trauma를 들추어 내고 있다. 프로이트에 의하면 트라우마란 '방어 방패를 꿰뚫을 정도로 강력한 외부의 자극'에 대해서 칭하는 말이다. 이때 '방어 방패'란 자극에 대해서 효과적으로 대처하는 장벽의 의미이다.4) 내면의 '방어 방패'에 대하여 시인은 앞의 시에서는 '괄호' 내지 '뿔'이란 것으로서 상징적으로 나타내었다.

이 시는 그 '괄호'가 무너지게 된 계기에 관하여 서술하고 있다. 즉 일본 유학시절 시국에 대한 자신의 불평을 듣고 이를 헌병대에 밀고한 한국인 동료 고학생에 관한 묘사 부분이다. 시인은 그의 시에서 주로 나타나는 '고통 콤플렉스'만큼이나 이 고학생에 대한 분노를 강렬한 정서를 담아서 표현하고 있다. 이러한 미움은 그로테스크한 뒤틀기의 형상을 통하여 표현된다. 이러한 방식은 그의 시에서는 드문 양상이다. 대상의 비틀기식 표현은 현실의 이면에 내재한 공포스럽고 억압적인 부분을 드러내는 것에 효과적이다. '뒤통수에 눈'이 있고 또한 '어느 쪽도 동공이 없는' 것이란 매우 혐오스러운 모습이다.

그러나 이러한 괴상한 외양 묘사와 함께 나타나는 자동기술적 표현 방식은 시인이 과거 겪었던 감옥의 고통체험이 자전적인 트라우마로 작용하고 있음을 보여준다. 즉 자신의 내부의 방어방벽을 깨뜨린 '외상'은 언술적으로는 통상적 글쓰기를 불가능하게 만든 측면이 있다. 또한 이렇게 자신의 내부 방어체계를 혼란시킨 장본인의 모습을 왜곡되고 기괴한 형상으로 나타내어서 자신의 정체성 혼란에 대한 정신적 보상을 받고자 한다. 그 고학생은 자신을 1년간 감옥에서 고통받게 했던 장본인이면서 '동공이 없는 인간'으로 나타

---

4) 프로이트, 박찬부 역, 『쾌락 원칙을 넘어서』 열린책들, 1997, p.41.

난다. 김춘수의 트라우마 체험의 원인은 그가 과거 받았던 '포승줄', '목도', '욕조' 등으로 기절당했던 끔찍한 고문과 관련된다. 그의 자전적 수필에서도 드러나듯이 그는 통영의 큰 부잣집에서 할머니와 어머니의 각별한 보호를 받으며 유년시절을 평온하게 자랐다.

그런 그가 일제치하에 일본타국에서 이유없이 당했던 1년간의 육체적, 정신적 고통은 그에게 평생 씻을 수 없는 치욕적인 상처로 작용하였다. 그 체험은 그에게 역사로 인한 '피해 의식'의 대명사로 자리잡는다. 구체적으로는 '괄호 속 존재'에 숨는 방식으로 나타난다. 이러한 의식은 김춘수가 무의미시에서 형상화한 무의미 언술들의 주조적 주제와 분위기 즉 허무 의식, 피해 의식, 슬픔, 우울 등과 관련되기도 한다.

김춘수의 무의미시에서는 이러한 무의미의 언술들이 나오는 중간중간에 구체적인 의미를 드러내는 언술이 나오기도 한다. 그럴 때면 김춘수는 그가 당했던 피해나 역사 속에서 자신이 행했던 행위를 합리화한 내용을 노출시키기도 한다.

잠깐, 생각 좀
해 보자.
대자보 따위는 한 번도 본 일이 없는데
대자보에 이름이 얹힌
나다.
최루탄에 눈물 안 나고
화염병에 눈 데지 않은
나다
서기 1950년 7월.

죽어 가는 한 여자의 음부를
열 마리 스무 마리
구더기가 파먹는 것을 본
나다.
죽은 제 어미의(죽은 줄도 모르고)
젖을 빠는
아이,
울음을 죽인다고
우는 아이를 삼킨
임진강의 물살을 본
나다.
잠깐, 숨부터 우선 좀 돌리고
생각해 보자.

- 「처용단장」 제 3부 47 전문

위 시는 무의미시에서 무의미의 어구들을 거의 드러내지 않는 시에 속한다. 이것은 그가 그만큼 자신의 현실적 의향을 드러내는 발언에 치중하고자 한 의도를 드러낸다고 할 수 있다. 위 시의 전체적 내용은 '대자보에 얹힌 자신의 이름'을 보면서 자신의 억울함을 독백적으로 토로하는 양상이다. 여기서 초점이 놓인 것은 '대자보에 어떠한 내용이 씌어졌는지'가 초점이 아니라 '자신이 과거 어떠한 체험을 했는가' 하는 것이다. 그 구체적 내용항으로서 '1950년 죽어가는 한 여자의 음부를 구더기가 파먹는 것을 본 것', '죽은 제 어미의 젖을 빠는 아이를 본 것', '울음을 죽인다고 아이를 떠보낸 임진강의 물살을 본 것' 등을 들고 있다.

이 내용은 어떤 의미에서는 과거 자신의 정치적 행적과 관련한 실제적 사실에 토대한 측면이 있다. 그런데 그는 대자보에 적힌 자신의 행적에 대한 사실의 부당성을 지적하지 않고서 자신이 과거 역사를 통해 고통받았던 체험을 토로하고 있다. 이것은 논리적으로 볼 때 하나의 '무의미'한 물음과 대답의 양상이라고 할 수 있다. 주목할 것은 그의 자기합리화 양상이 아니라 선문답적 대답의 형식 속에서 나타나는 그의 의도이다. 그는 자신의 정치적 행위에 대한 대자보에 씌인 부정적 평가가 자신에게 억울한 것임을 호소하고 있다. 그리고 자신이 기성세대로서 겪어야만 했던 수난의 역사를 6.25 체험과 관련하여 서술하고 있다. 6.25 체험은 매우 비극적인 시각적 형상으로서 위 시에서 제시되고 있다.5)

6.25 전쟁은 강대국이 개입된 남과 북으로 표상된 '이데올로기' 대립의 극단적인 양상이다. 그는 일제치하에 그가 겪었던 감옥속 고통 체험이 부정적

---

5) 김춘수는 일제때 감옥체험과 6.25 전란을 겪은 당시의 50년대에는 그 자신이 역사적 폭력으로부터 받은 트라우마에 관한 언급을 하지 않는 편이다. 그런데 60년대에 들어서 「처용」으로 대표된 그의 역사적 고통 체험을 반복적으로 부각시키는 것은 Freud의 '사후성 deferred action ; afterwardsness'과 관련이 깊다. 'Freud의 '엠마 케이스Emma Case'에서 엠마는 새로 획득한 서사적 시각을 통해 과거의 사건을 비춰 보게 되었다. 그러자 발생 당시에는 그다지 큰 의미는 없이 스쳐버린 가게 주인의 행위가 성폭력에 해당한다고 생각하게 되었다. 즉 사건은 <사후적으로> 그녀에게 깊은 정신적 상처, '트라우마'를 유발시킨 것이다'(박찬부, 『현대정신분석비평』, 민음사, 1996, 「정신분석학과 <근원>의 문제」 참고) 김춘수의 경우도 그의 서술에 따르면 그의 트라우마가 내재한 시기인 일제시대와 6.25를 겪은 당시나 50년대에는 고통 체험에 관한 서술이 보이지 않았다. 그러다가 60년대부터 사회 참여시의 경향이 사회에 팽배해지고 '역사', '이데올로기' 등의 문제가 부각되는 시기에 김춘수는 '사후적으로' 그의 과거 고통체험이 '역사', '이데올로기'의 불합리성에서 근본적으로 근원한 것임을 생각하게 된 것으로 보인다. 그리고 이러한 근거에 기반한 그의 고통체험은 '역사', '사회'로부터 거리를 둔 그의 '순수시'를 옹호하는 주요한 근거로서 작용하게 된 것이다. 즉 그의 사후성에는 시간의 개입에 따른 시각 및 서사적 진술의 차이에 의하여 실제적 사실과 결부된 일정한 '허구성'이 개입된 것이라고 할 수 있다.

인 '역사'의 흐름과 연관된 것이라고 생각한다. 그리하여 그는 그가 억울하게 받아야만 했던 '그의 고통'의 근본적 뿌리가 '역사', '이데올로기' '관념' 등과 같은 것으로 생각한다. 이것은 그에게 베르쟈예프의 '〈여태까지는 역사가 인간을 심판했지만 이제부터는 인간이 역사를 심판해야 한다〉를 평생의 화두로 삼'[6]는 계기가 되었다.

개인이 역사로부터 받은 억울한 고통은 김춘수의 자전적 트라우마로 자리잡고 있다. 그리고 그의 무의미시에서 그가 토로하고자 한 무언의 테마로 작용한다. 무의미시의 주요 대상으로서 김춘수는 '처용', '이중섭', '도스토예프스키', '예수' 등을 취하였다. 그리고 이들에 관하여 '연작'의 형태로서 여러 편의 시를 발표하였다. '연작'의 형태를 취했다는 것은 그 대상에 대한 일관되고도 끈질긴 관심을 보여준다는 뜻이 된다.

시에서 형상화된 이들의 삶 역시 부정적인 역사의 흐름이나 거대한 권력 또는 힘이 초래한 개인의 비극적 삶과 관련이 있다. 그리고 이러한 비극적 인물상들에 관하여 주요하게 형상화한 장면을 보면 그들이 육체적, 정신적 고통을 당하는 순간 내지 죽음을 맞이하는 순간의 문제를 다루고 있다. 그에게는 일제치하의 부정적 '역사', 6.25 전쟁을 초래한 폭력적 '이데올로기' 그리고 이후 정권 혼란기 속에서 그가 겪었던 부정적인 '권력' 등이 의식적으로 동일한 연속선상에 있다. 그리고 이러한 것들로부터 그가 받았던 자전적 상처의 토로는 무의미의 언술들 속에서 주요하게 형상화되고 있다.

---

6) 조영복, 「여우 장미를 찾아가다」, 『작가세계』, 1997, 여름호, p.30.

2. 이성, 역사에 대한 비판과 '이승의 저울'

역사로부터 받은 억울한 고통은 김춘수의 자전적 트라우마로 자리잡고 있다. 부정적 역사나 거대한 힘이 초래한 개인의 비극적 삶이란 주제는 그가 연작의 형태로 꾸준한 창작을 보여준 '처용', '이중섭', '예수', '도스토 예프스키' 등의 시편에서도 주요하게 나타난다. 감옥체험으로 대표되는 그의 자전적 트라우마는 역사나 폭력적 이데올로기로부터 개인이 겪는 피해와 결부되면서 억압의 대상에 대한 비판적 논조를 지닌다.

ㅕㄱㅅㅏㄴㅡㄴ
눈썹이없는아이가눈썹이없는아이를울린다.
역사를
심판해야한다ㅣㄴㄱㅏㄴㅣ
심판해야한다고 니콜라이 베르자에프는
이데올로기의솜사탕이다
바보야

하늘수박은올리브빛이다바보야

,

역사는
바람이 자는가 자는가 하더니
눈이 내린다 바보야
우찌살꼬 ㅂ ㅏ ㅂㅗㅑ

,

ㅎ ㅏ ㄴ ㅡ ㄹ ㅅ ㅜ ㅂ ㅏ ㄱ   ㅡ ㄴ 한여름이다 ㅂ ㅏ ㅂㅗㅑ

,

올리브 열매는 내년 ㄱ ㅏ   ㅡ ㄹ ㅣ ㄷ ㅏ ㅂ ㅏ ㅂㅗㅑ

,

ㅜ ㅉ ㅣ ㅅ ㅏ ㄹ ㄲ ㄴ ㅂ ㅏ ㅂㅗㅑ
ㅣ 바보야,
역사가 ㅕ ㄱ ㅅ ㅏ ㄱ ㅏ 하면서
ㅣ   ㅂ ㅏ ㅂㅗㅑ

- 「처용단장」 제 3부 39 부분

,

위 시는 '역사'와 '바보'라는 말을 주로 반복, 변용하면서 서술이 전개되고
있다. '눈썹이없는아이가눈썹이없는아이를울린다', '니콜라이 베르자예프는/
이데올로기의 솜사탕이다', '하늘수박은 올리브빛이다' 등은 무의미의 여러
양상들을 드러낸다. 그리고 후반부에서는 무의미의 어구들을 음운으로 해체
하면서 표현하고 있다. 이들 무의미의 특징적인 측면을 지적한다면 주로 주어

에 어울리지 않는 서술어를 사용하는 '범주적 이탈'과 음운을 해체하여 낯선 어휘의 방식을 보여 주는 '언어의 무의미'의 양상을 보여준다는 것이다. 즉 마음속 의미를 전달하되 그것이 익숙한 구문론적, 어휘적 질서에 맞지 않게 표현된다는 것이다. 이것은 극도의 당황, 혹은 불안, 혹은 초조 속에서 무의미한 말들이 나오는 상황을 상기시키는 측면이 있다. 그러한 상황 속에서의 발언들은 자신의 무의식적 내면을 드러내는 단어들이 나오되 그것들은 의식적 질서를 거칠 여과를 아직 마련하지 못한 듯한 효과를 준다.

이러한 무의미의 어구들이 담고 있는 주요한 어휘들은 '눈썹이없는아이', '울린다', '역사', '이데올로기의 솜사탕', '니콜라이 베르자예프', '하늘수박', '올리브빛', '바보', '우찌살꼬' 등으로 나타난다. 그런데 이러한 단어들은 '역사'와 '바보'라는 두 어휘의 반복을 중심으로 이루어지는 것임을 알 수 있다. 그리고 이 시에서 그 자체로 보면 무의미 어구의 형태를 갖추지 않은 표현인 '역사를 심판해야 한다'는 구절에 주목할 필요가 있다. 혹은 이 구절은 뜻하지 않은 맥락에서 출현하므로 기대된 상황에 맞지 않는 무의미라고 할 수 있다. 그런데 이 구절 뒤에는 '니콜라이 베르자예프'가 이어진다. 즉 위의 시는 무의미의 어구들의 계열체 가운데 하나의 메시지를 강조하는 측면이 있는데 그것이 바로 '역사를 심판해야 한다'는 베르자예프의 생각이라고 할 수 있다. 그것은 동시에 김춘수의 역사, 이데올로기에 대한 생각의 반영이기도 하다.[7]

---

7) 위 시에 나타나는 단어의 반복 및 음운의 해체 경향은 일종의 '언어의 무의미'에 해당된다. '언어의 무의미'는 다른 무의미의 유형에 비하여 단어, 음절, 음운 등 언어의 최소 구성요소마저 해체하려는 경향이 강하다. 달리 말하면 무의미가 토대한 의미를 적극적으로 와해시키는 경우이다. 이러한 양상에 대하여 Kristeva는 '역사', '이성'의 표상인 통상적인 언어질서를 뒤집는 자아의 무의식적 충동인 '세미오틱Semiotic'이 작용한다고 논한다. 문학 텍스트 내에서 '세미오틱'은 무질서한 리듬, 소리 연쇄 등의 형태로서 나타난다.

Julia Kristeva, Revolution in Poetic Language, Columbia Univ, 1984, pp. 21-42.

즉 역사의 폭력성 앞에서 개인은 한없이 나약한 존재일 수밖에 없으며 '바보'일 수밖에 없는 것이다. 그리고 그 개인은 '하늘수박은 올리브빛이다', '우찌살꼬', '올리브 열매는 내년 가을이다'라든지 이들 무의미의 문장들을 다시 해체하는 발언밖에 할 수 없는 상황에 놓인 존재이다. 역사와 이데올로기의 폭력성 앞에서 무기력할 수밖에 없는 개인은 그 자신을 '바보'라고 느끼기에 충분한 이유가 된다.

그런데 위 시에서 '역사'와 '이데올로기'가 동일한 범주에 놓여 있음을 볼 수 있다. 즉 '역사를/ 심판해야 한다 ㅣㄴㄱㅏㄴㅣ/ 심판해야한다고 니콜라이 베르자에프는/ 이데올로기의솜사탕이다'이라는 구절에서 '니콜라이 베르자에프'의 생각인 '역사를 심판해야 한다'는 구절을 다시 '이데올로기의 솜사탕이다'라는 비유적 표현으로서 구체화하고 있는 점에 주목할 필요가 있다. '역사에 대한 심판'이란 구절이나 '이데올로기'를 '솜사탕'에 비유하는 것은 '역사', '이데올로기'에 대한 비판을 보여 주면서 그 두 개념이 시인의 사고에는 한 가지로 묶여 있는 것임을 알 수 있다.

그리고 그가 무의미시론에서 그의 무의미시를 설명할 때 '관념', '이데올로기', '역사', '이성' 등을 유사한 범주로 쓰고 있음을 볼 수 있다. 이러한 개념들의 공통적이면서 부정적인 어떤 특성이 김춘수의 사고에 내재해 있음을 알 수 있다. 그는 1960년대에 무의미시를 표방하면서 그가 50년대에 쓴 의미 지향의 대표작인 「꽃」의 내용 중에서 핵심적인 부분에 해당되는 '의미'란 단어를 '눈짓'으로 바꾸어 놓은 바 있다.[8] 이것은 그의 무의미시론의 주요 내용인 '의미', '대상'의 부정이라는 측면과 초기시의 의미 지향을 일관된 방향으로 만들어 보려는 노력의 흔적이라고 말할 수 있다. 그의 '의미'에 대한 부정은 결국 초기시의 주요 테마인 '이데아', '관념'에 대한 부정과도 상통한

---

8) 이것에 관한 구체적 상황에 관해서는 오세영의 앞의 글 참고.

다.

이런 측면에서 김춘수가 무의미시에 대한 논의로서 쓴 무의미시론에서 의미와 대상, 현실이 없다는 서술은 기실 그의 무의미시를 쓰기 시작한 그 자신의 가치관의 반영이다.

ⓐ 처용 설화를 나는 폭력, 이데올로기, 역사의 삼각관계 도식의 틀 속으로 끼워 맞추었다. 안성맞춤이었다. 처용은 역사에 희생된 (짓눌린) 개인이고 역신은 역사이다. 이 때의 역사는 역사의 악한 의지, 즉 악을 대변한다.[9]

ⓑ 관념·의미·현실·역사·감상 등의 내가 지금 그것들로부터 등을 돌리고 있는 말들이 어느 땐가 나에게 복수할 날이 있겠지만, 그때까지 나는 나의 자아를 관철해 가고 싶다. 그것이 성실이 아닐까?[10]

이러한 범주화의 이면에는 이들 개념들이 지닌 고유 특성과의 관련성을 먼저 생각할 수 있다. 그가 지향했던 초기시의 '의미'는 '이데아', '관념', '이성' 등과 결부된 개념이다. '관념', '이성', '역사', '이데올로기' 등의 공통적 특성은 경험적인 현실로부터 통합을 통하여 하나의 체계 및 질서를 추구한다는 측면을 지닌다는 점이다. 즉 김춘수의 입장에서 이들이 지닌 '초월적', '무매개적', '통합적' 특성은 인간이 처한 구체적 현실과는 동떨어져서 개인을 지배하는 논리로서 비추어진다. 즉 개인을 조정하고 누르는 '거대한 힘'으로서 인식되는 것이다. 이러한 관점은 칸트가 비판한 오용된 이성의 맥락과 유사성을 지닌다. 칸트는 경험을 초월한 '신', '영혼' 등의 선험적 관념에 대하여 기존

---

9) 김춘수, 「장편 연작시 「처용단장」 시말서」, 『김춘수시전집』, p.523.
10) 김춘수, 「의미에서 무의미까지」, 위의 책, p.510.

합리론적 '이성'에 의한 무제약적 통합 원칙의 추구 경향을 비판하였다. '오용된 이성'은 무조건적인 통일 원칙을 추구하려는 자연적 성향이 있어서 완전한 존재 속에서 모든 경험대상들에 대한 무제약적인 통합을 추구한다.11) 즉 기존 이성의 무제약적인 통합 추구라는 본질적 특성은 현실의 구체성과 사실을 은폐하는 측면을 지닌다.

김춘수에게 이성, 역사, 이데올로기 등의 개념은 '이데올로기'의 부정적 측면에서의 개념의 의미이상을 지니지 못한다. 즉 현실적으로 해결되지 않는 사회적 모순을 표면상으로나 이론상으로 통합, 해결하는 듯한 양상을 보이는 논리로서 이해되는 것이다. 역사나 이데올로기 혹은 초월적 힘 앞에서 무기력하기만 한 개인의 모습은 그가 연작 형태로 지속적으로 탐구했던 '처용', '이중섭', '도스토예프스키의 인물' 등이 처한 주요한 상황을 이룬다. 즉 이들 연작의 내재적인 주제 의식이 바로 '이성', '역사', '이데올로기', '권력' 등에 대한 부정, 비판인 것이다. 단적으로 「처용단장」의 '사바다'란 인물은 멕시코의 농민 운동을 지휘하다 부조리한 역사의 소용돌이 속에서 권력에 의해서 억울하게 죽임을 당하는 인물이 묘사되고 있다.

그의 이러한 비판, 부정 대상의 반대편에 그가 옹호하는 대상이나 상황이 자리잡고 있다. 그것은 한 마디로 '인간적 모럴'이라고 할 수 있다. 그가 어떠

---

11) '신', '영혼' 등은 '선험적 이념transcendental ideas'에 속한다. Kant에 의하면 오성은 감각 직관 자료에 순수개념 혹은 범주를 적용시킨다. 그러나 단순히 경험에서 뽑아낸 추상도 아니면서 감각직관 자료에 적용될 수 없는 즉 오성으로 파악될 수 없는 선험적 이념들이 있다. 그 '이념들'은 어떠한 대상도 그에 대응하는 경험 내에서 주어지지 않으며 주어질 수도 없다는 의미에서 경험을 초월한 것이다. 즉 정신적 원칙으로서의 '영혼'과 '신' 등의 관념이 그러하다. 그러나 '이성'은 무조건적인 통일 원칙을 추구하려는 자연적 성향이 있어서 완전한 존재 속에서 모든 경험대상들에 대한 무제약적인 통합을 추구한다. 칸트는 이러한 이성이 선험적 이념, 실제들에 대한 이론적 인식의 원천이 될 수 없다고 비판한다. F. 코플스톤, 임재진 역, 『칸트』, 중원문화, 1986, pp.76-79 참고

한 상황에 대한 가치 평가를 할 때 그는 매우 인간적인 관점에서 이를 바라보는 측면이 있다.

> 대심문관 언젠가 당신은
> 당신 어머니를 저만치 손가락질하며
> 이 여자여!
> 하고 부르지 않았소?
> 그러나
> 마리아, 그녀
> 당신 어머니는 당신을 위하여
> 아직도 처녀로 있소. 장소를 가리지 않고
> 누구 앞에서나
> 그렇게 부르지 마시오.
> 이승에는
> 이승의 저울이 있소.
>
> — 「대심문관」 부분12)

위 시의 구절은 대심문관이 예수를 찾아온 날 밤, 예수가 전부인 어머니, '마리아'를 '이 여자여'라고 부르지 말라고 이야기하는 부분이다.13) 이러한

---

12) 「대심문관」의 원천은 도스토예프스키의 『까라마조프의 형제들』 중에 나타나는 이반의 소설 「대심문관」이다. 「대심문관」은 16세기 세빌리아를 배경으로 하여 그리스도의 재림을 다루고 있다.

13) 대심문관은 감옥에 있는 예수를 찾아온다. 그는 예수의 사업을 정정하려는 자신의 시도에 대해서 열띤 논의를 하지만 예수는 침묵을 지킨다. 그는 그리스도가 인간을 너무 높이 평가하고 인간에게서 너무 많은 것을 기대했다고 비난한다. 인간에게 부여한 선악 선택의 자유는 인간으로서는 무거운 것이어서 이것은 재앙이라고 말한다. 선택된 몇몇의 인간만이

윤리적 측면은 '이승의 저울'이라는 말로 지칭된다. '이승의 저울'은 수식어와 피수식어의 범주가 맞지 않는 '은유'의 형태로서의 '범주적 이탈'의 무의미이다. 위 시 전체에서 유일한 비유이자 무의미인 이 어구는 이 시의 전체적인 의미의 중심을 형성하는 '특이성' 역할을 하고 있다.

'이승의 저울'은 이승의 규범, 혹은 인간적인 기준 내지 모럴이다. 김춘수가 '대심문관'에 관한 언급에서 '예수'와 대립적인 입장이지만 어느 쪽에 대해서도 존중하는 태도를 취하는 것도 그가 이러한 인간적 규범의 입장에 서 있기 때문이다('내가 보기에는 그(대심문관)는 극적 인물이다. 예수와 나란히 세워놓고 보면 더욱 그런 느낌이 든다. 그는 예수와 아이러니컬한 입장에 선다. 말하자면 예수와 그는 겉으로는 대립적인 입장이다. 그럴수록 어느 쪽도 어느 쪽을 무시 못한다'14)).

그리고 김춘수는 예수에 관하여도 지상적 존재로서 매우 인간적인 시각으로 해석하는 경향이 있다. 예수가 인간처럼 변기 뚜껑을 열고 소변을 보는 장면이라든지 위 장면에서 그것이 단적으로 나타난다. 김춘수의 〈예수〉를 중심으로 한 시편에서도 '민중이 겪는 모든 아픔을 물리칠 수 없는 人間的인 예수의 모습이고 庶民과 함께 살아간 예수의 모습'15)을 드러내고 있다. 이와 같이 인간적인 모럴을 중시여기는 그의 관점은 「이중섭 4」에서도 나타난다. 그것은 구체적으로 이중섭과 아이들을 두고 일본으로 떠난 이중섭의 '아내'를 모델로 하여 '아이들이 오륙도를 바라고 돌팔매질을 하는' 행위로 나타

지상의 빵이 아닌 그리스도가 약속한 하늘나라의 영혼을 위해 그리스도의 뒤를 따를 수밖에 없다는 것이다. 대심문관은 힘이 없는 사람들의 편에 서서 그리스도에 항의한다. 그는 영혼의 불멸을 믿지 않으며 그의 목적은 천상이 아닌 인간의 세상에서 신의 왕국을 이루는 것이다.

14) 김춘수, 「책 뒤에」, 『들림, 도스토예프스키』, p.93.
15) 양왕용, 앞의 글, p.247.

나기도 한다.[16]

　그러나 위 시에서처럼 '대심문관'과 '예수'를 나란히 세워 나타낼 때는 두 인물들이 표상하는 것의 '차이성'으로써 각 인물이 특징지워진다. 즉 대심문관이 인간의 '현실적인 고통' 문제에 있어서의 대변격이라면 예수는 '정신적인 구원'과 관련을 맺는 것이다. 그리하여 시인은 대심문관에게 예수와 거의 동등한 이해의 폭을 보여야 한다고 생각하는 것이다. 여기서 '대심문관'은 지상의 빵이 필요한 대다수 사람들에게 선악 선택의 순간을 부여하고 천상의 영혼을 위하여만 살라고 하는 것은 그들에게 너무나 곤혹스러운 것이라고 주장하고 있다. 그리하여 인간 세상에서 통용될 수밖에 없는 현세적 가치로서의 '이승의 저울'을 강조하는 것이다.

엘리엘리라마사막다니,
그건
당신이 하느님을 찬미한 이승에서의
당신의 마지막 소리였소.
내 울대에서는 그런 소리가 나오지 않아요.
끝내 왜 한마디도 말이 없으시오?

대심문관은 감방으로 다가가더니 감방 문을 한 번 주먹으로 내리친다.

대심문관 그럴 수 있다면
맘대로 하시오.

---

16) '五六島를 바라고 아이들은/ 돌팔매질을 한다./ 저무는 바다./ 돌 하나 멀리멀리/ 아내의 머리 위 떨어지거라.' -「이중섭 4」후반부

가고 싶을 때 가고 싶은 곳으로 가시오.

대심문관은 꼿꼿한 자세로 천천히 무대 밖으로 걸어나간다.
그날 밤 사동은 꿈에서 본다. 어인 산홋빛 나는 애벌레 한 마리가 날개도
없이 하늘로 날아오르는 것을,(사동의 이 부분은 슬라이드로 보여주면 되리
라.)

- 「대심문관」 끝부분

'엘리엘리라마사막다니'는 '신이시여 나를 버리시나이까'라는 뜻으로 예수
가 십자가에서 임종하기 직전에 하느님을 찬미한 이승에서의 마지막 말씀이
다. 그런데 대심문관은 자기에게는 그런 소리가 나오지 않을 것임을 말하고
있다. 그리고 대심문관이 무대 밖으로 걸어나간 후 사동이 꿈에서 '산홋빛
나는 애벌레 한 마리가 날개도 없이 하늘로 날아오르는 것'을 보게 된다.
그러면 '산홋빛 나는 애벌레 한 마리가 날개도 없이 하늘로 오르는 것'이란
어떤 의미를 지니는가.[17]
　'산홋빛'은 김춘수가 '스타브로긴적인', 즉 '신성적인 것과는 어느 정도 거
리가 있는'의 의미로 주로 사용한 것이다. 여기서 '산홋빛 애벌레'는 '대심문
관'의 상징물이다.[18] 이 시에서 묘사된 대심문관은 가치가 전도된 혼란스런

---

17) 이것은 「도스토예프스키 연작」의 전편에서 보여지는 시인의 내적 지향과 관련지어 이해
　　할 필요가 있다. 이 연작에 나타나는 전편의 시는 도스토예프스키 작품들 즉 『까라마조프
　　의 형제들』, 『죄와 벌』, 『악령』 등의 작중 인물의 내면을 드러내는 시적 변용을 보인
　　다. '이반', '라스코리니코프', '스타브로긴', 그리고 '이반'의 허구적 인물인 '대심문관'
　　등은 가치가 전도된 혼란스런 세상을 개척해 나가고자 하는 인간의 정신과 의지를 보여
　　주는 인간상이다.
　　졸고, 「산홋빛 애벌레의 날아 오르기 -김춘수론」, 대한매일신춘문예 2002 참고.
18) '산홋빛'이란 「소치 베르호벤스키에게」에서 스타브로긴이 쓴 편지글 형식의 시편에서

세상을 개척하고자 하는 인간의 의지와 정신을 보여주는 인간상이다. 그의 관점에서 '신'이란 대다수 민중의 현실적 고통과 너무도 동떨어져서 존재하는 대상으로만 보인다. 그리고 '신성'과 욕망어린 존재와의 사이에서 내적으로 갈등한다. 이러한 대심문관의 모습은 김춘수가 주요하게 형상화했던 '처용', '이중섭', '예수' 등의 형상화와 유사한 측면을 지닌다. 이것은 '역신'의 횡포 속에서 비극적 상황을 초월하려 했던 '처용'이나 '가난과 현실적 제약' 속에서 '예술적 혼'을 불태웠던 '이중섭' 그리고 너무나 인간적인 모습을 한 예수 등의 형상화에서 단적으로 나타난다.

위 시의 대심문관은 인간적인 이들의 고뇌를 인정하고 이를 옹호하는 목소리를 내는 것이다. 그리고 시의 마지막 부분에서 대심문관의 형상이 '산홋빛 나는 애벌레'가 되어서 '날개도 없이 하늘로 날아오르는' 것으로 귀결되는 것에 유의할 필요가 있다. 즉 인간적인 모럴과 선의 구현은 결국 신이 지니는 사랑의 영역과 합치된다는 시인의 생각을 나타내는 것이다('당신에게는 사랑이/ 오직 사랑이 있었을 뿐인데, 「대심문관」 부분).

이와 같이 민중의 현실적인 고통과 동떨어져 존재하는 '초월적인 신'보다 민중의 고통을 대변하는 '대심문관'에 대한 옹호는 무의미시의 저변에 나타나는 김춘수의 의식과 관련을 지닌다.[19] 그런데 그의 「대심문관」 극시가 '신'

도 나타나는 표현이다. 거기에서는 스타브로긴이 어린 소녀에게 행한 자신의 파렴치함을 뜻할 때 쓰인 것으로 '산홋빛 발톱'이란 표현으로 되어 있다. 김춘수 시인의 '눈'의 의미가 천사의 신성적 영역의 의미로 주로 쓰이는 것('레온 세스토프의 책에는 <천사는 전신이 눈으로 돼 있다>는 말이 나온다. 이 말은 아직까지 화두가 되고 있다.' 김춘수, 『꽃과 여우』, p.104.)처럼 '산홋빛'이란 스타브로긴적인 즉 신성적인 것과는 거리가 어느 정도 있지만 인간적인 고뇌를 지니고 있는 존재와 관련지어 사용되고 있다.

19) 『죄와 벌』의 시적 변용에서는 자신의 의지를 통하여 부패한 인간의 세상을 청산하겠다는 순수한 한 젊은 청년 '라스코리니코프'의 내면을 보여준다. 또는 그런 생각을 머릿속에서 지니고 있다가 본의 아닌 의도로 인한 결과에 고뇌하는 『죄와 벌』에서 '이반'의 내면을 보여주기도 한다. 이 연장선 상에서 고뇌 끝에 미쳐버린 '이반'이나 마침내 자수하고

과 '대심문관'의 팽팽한 긴장과 그 양자의 인정 속에서 끝을 맺고 있는 점에 주목할 필요가 있다. 즉 그는 '신'을 부정하지는 않으나 민중의 고통과 동떨어진 '신'에 대해서는 비판을 가하는 입장인 것이다. 왜냐하면 '민중의 고통과 동떨어진 신'이란 결국 김춘수가 비판했던 '이성', '역사', '이데올로기' 등의 초월적이면서 무제약적이고 부정적인 특성과 연관되어 있기 때문이다.

이와 같이 김춘수의 「처용단장」, 「이중섭」, 「예수시편」, 「도스토예프스키」 등의 대표적 무의미시 연작에 나타난 주제적 공통점을 지적할 수 있다. 그것은 현실, 민중과 동떨어진 '신', '역사', '이성', '권력' 등에 대한 우회적 비판이다. 그리고 여기서 강조되는 것은 그가 과거 고통을 통해 깨달았던 '이승의 저울' 즉 '인간적 모럴'이다.

참회한 '라스코리니코프'와는 달리, 끝까지 人神 사상을 고수할 뿐 아니라 위악적 행위까지 서슴지 않았다가 결국 비장한 최후를 맞게 된 '악령'의 스타브로긴이 모습을 드러낸다.

3. '키리로프'적 고통 넘어서기

김 춘수가 형상화하는 인물들은 주로 비극적인 인간형이다. 아리스토텔레스에 의하면 비극은 인물이 처한 무자비하고 비극적인 운명에 의하여 특징지워진다. 그리고 그 인물들은 비극적 운명을 스스로 감수한다. 그리고 그들은 그 운명에 의해 파멸될지라도 그것으로 인하여 더욱 고귀하고 용감한 모습을 보여준다.[20] 비극적인 운명에 처한 인물들은 신과 단절된 듯한 현실에 대해서도 그리고 비극적인 운명 뒤에 숨어 버린 신에 대해서도 그 어느 쪽도 긍정할 수 없는 상황에 처한다. 김춘수의 무의미시에서 형상화된 주요한 인물들의 경우 그들에게 신은 현존하지만 부재한 존재이며 그들이 맞닥드린 고통에 찬 현실에 개입하지 않는다. 다시 말해서 경험적인 세계와 부재로 감지되는 신 사이에서 고통받는 인간의 모습 즉 비극적 운명에 처하여 어찌할 바를 모르는 인간의 모습을 보여준다. 즉 이들은 신과 세계 사이에서 힘겹게 스스로 중심잡기를 하는 심리적 갈등을 보여준다.[21]

---

20) 이경식, 「아리스토텔레스의 시학과 비극관」, 『아리스토텔레스의 시학과 신고전주의』, 서울대출판부, 1997 참고.
21) L. Goldman, 정과리 외역, 『숨은 신 -비극적 세계관의 변증법』,

ⓐ 그대는 발을 좀 삐었지만
　하이힐의 뒷굽이 비칠하는 순간
　그대 순결은
　型이 좀 틀어지긴 하였지만
　그러나 그래도
　그대는 나의 노래 나의 춤이다.　　　　　- 「처용 三章」1 전문

ⓑ 忠武市 東湖洞
　눈이 내린다.
　옛날에 옛날에 하고 아내는 마냥
　입술이 젖는다.
　키 작은 아내의 넋은
　키 작은 사철나무 어깨 위에 내린다.
　밤에도 운다.
　閑麗水道 南望山.
　소리내어 아침마다 아내는 가고
　忠武市 東湖洞
　눈이 내린다.　　　　　　　　　　　- 「이중섭 5」 전문

　　ⓐ에서 하이힐을 신고 걸어가다 비칠하는 여인의 모습과 여인의 순결을
관련지우면서 다시 여인을 긍정하는 내용을 보여주고 있다. 여기서 '하이힐의
뒷굽'은 '여인의 순결'로 비유되는데 이것은 '범주적 이탈'의 무의미이다. 그
리고 이 무의미 구절을 중심으로 시의 의미 형성이 시작된다. 그리고 '하이힐

　　연구사, 1986 참고.

의 뒷굽이 비칠하는 모습'은 '여인 순결의 상실'과 연관되며 이것은 다시 이 시 제목인 '처용'과 관련되므로써 '수수께끼'의 무의미를 보여준다. 즉 '처용' 이라는 제목을 통하여 역신의 횡포 속에 아내를 빼앗긴 비극적 상황이라는 측면과 위 시의 본문을 연관시킬 수 있는 것이다. 이렇게 본다면 위 시에서 나오는 '그대는 나의 노래, 나의 춤'이라는 무의미의 어구가 '처용이 역신과 아내 앞에서 춤과 노래를 부른 상황'과 연관됨을 알 수 있다. 범주적 무의미와 수수께끼의 양상을 통해 중심적으로 형상화되는 위 시의 내용은 처용이 자신 에게 맞닥드린 비극적 운명을 춤과 노래로써 '초월'한다는 것이다.

ⓑ에서 형상화된 '이중섭' 연작의 경우는 아내와 행복했던 시절을 회상하 는 장면을 보여준다. 그런데 위 시에서 가장 역설적 요소가 두드러진 무의미 의 어구는 '소리내어 아침마다 아내는 가고'란 부분이다. 여기서 「이중섭」 시편이 일본으로 떠나버린 이중섭의 아내를 상정하고 쓴 시라는 점을 감안할 때 '소리내어 아침마다 아내가 간'다는 것은 '아침마다 아내가 결혼한'다는 것과 마찬가지로 기대된 상황에 맞지 않는 무의미이다. 그런데 이미 가버리고 없는 아내에 대하여 '아침마다 아내는 가고'란 표현, 그것도 '소리내어'란 어 구를 덧붙임으로써 아내가 떠나는 상황을 끊임없이 반복하는 무의미의 양상 을 보여준다. 이것은 화자가 처한 비극적 상황에 대하여 무의미의 표현과 결부된 문장을 반복적으로 토로함으로써 스스로를 위로하려는 심리적 메커 니즘을 보여준다고 할 수 있다.22) 즉 자신이 처한 비극적 운명을 반복적으로

---

22) 김춘수는 「이중섭 연작」의 주요 테마로서 기다림과 그리움, 그리고 두려움의 정서를 감각적 형상을 통하여 드러내었다. 그것은 회화적인 구도를 보이면서 구체적으로는 아내라 는 대상을 지향하는 것으로 나타난다. 아내의 가출과 그에 대한 그리움이란 주제는 「이중 섭 연작」의 대부분에 걸쳐서 반복적으로 나타나는 경향이 있다('지금 아내의 毛髮은 구름 위에 있다./ 아내가 두고 간 바다' 「이중섭 2」, '아내가 두고 간/ 부러진 두 팔과 멍든 발톱과 「이중섭 3」, '아내의 신발 신고/ 저승으로 가는 까마귀' 「이중섭 4」, '키 작은 아내의 넋은/ 키 작은 사철나무 어깨 위에 내린다. 「이중섭 5」, 아내의 손바닥의 아득한

토로함으로써 '위안'받고자 하는 것이다. 이와 같이 김춘수는 대표적인 연작 주인공들의 상황을 나타낸 무의미의 어구를 통하여 신이 부재한 혹은 신이 숨어버린 듯한 비극적 상황에 가로놓인 인간의 대응 양상을 보여 준다. 그것은 위 시들의 경우처럼 비극적 운명에 대한 '초월의 방식'을 보여주기도 하고 혹은 그 운명에 대한 '위안의 방식' 등을 보여주기도 한다.

그런데 김춘수가 형상화한 비극적인 운명에 처한 작품 속 인물들의 대응 방식은 주로 비극적 운명이 주는 '고통'을 감내하는 것으로 나타난다.23) 「처용단장」에서 '처용'이라는 존재는 역신에게 아내를 빼앗긴 부조리한 현실 상황 속에서 신을 수용하지도 현실을 수용하지도 못하는 자의 비극적인 고통을 형상화하고 있다.24) 그리고 「이중섭」에서는 아내가 떠나 버리고 가난 속에서 예술을 추구해야 했던 이중섭의 모습이 형상화되고 있다. 이 연장선상에서 도스토예프스키적 인물들의 방식이 존재한다. 즉 김춘수가 형상화한 도스토에프스키 인물들은 '비극적 현실을 개척하려는 의지'를 보여 주고 있다. 구체적으로 '대심문관', '이반'은 신이 없다면 인간이 인간을 심판해도 된다는 의식, '스타브로긴'은 이러한 현실에 대한 저항으로서의 위악적 행위와 허무의식, 그리고 '키리로프'는 '죽음' 즉 고통을 넘어섬으로서 '절대'를

하늘' 「이중섭 7」, '아내는 毛髮을 바다에 담그고/ 눈물은 아내의 가장 더운 곳을 적신다.' 「이중섭 8」, '진한 어둠이 깔린 바다를/ 그는 한 뼘 한 뼘 지우고 있었다./ 동경에서 아내는 오지 않는다고' 「내가 만난 이중섭 9」).

23) 전이적 언술행위는 화자가 상상계, 상징계, 실재계를 분류화하고 자신의 현실을 연약하게나마 재축조할 수 있는 기초를 제공한다.
   Julia Kristeva, *Tales of Love*, Columbia Univ, pp.7-12 참조

24) 김준오는 처용의 <가무이퇴>와 김춘수의 詩作이 인욕, 극기를 공통 기반으로 삼는다는 점, 외적 상황을 배제한 고립주의를 지닌다는 점, 초월적 경지의 조화와 질서를 지향한다는 점, 실제 삶의 진지한 양식과 대립되는 유희 양식을 띤다는 점, 외적 상황과 대결하는 탈의 기능을 한다는 점에서 동질성을 지닌다고 지적한다.
   김준오, 「처용시학」, 『김춘수 연구』, p.267.

이루려는 의지를 보여 주고 있다.

그런데 여기서 김춘수적인 모습은 그에게 이러한 고통의 감내란 정신적이고 논리적인 것만의 차원에서는 큰 의미가 없다는 것이다. 그것은 자신의 전 존재를 건 모험으로써 고귀하게 지켜진 그 무엇이라야 하는 것이다. 이러한 맥락에서 김춘수가 무의미시 연작에서 특히 '예수', '사바타', '키리로프' 등 죽음에 처한 인물들의 상황에 관심을 지닌 이유를 알 수 있다. 즉 '고통'의 극한적 형태는 '죽음'인 것이다.

ⓐ 사바다는 그런 함정이 자기를 기다리고 있는 것을 전연 알지 못했다. 희망을 가지고 계까지 갔지만, 이상하다고 느꼈을 때는 이미 늦어 있었다. 창구와 옥상에서 비 오듯 날아오는 총알은 그의 몸을 벌집 쑤시듯 쑤셔 놓고 말았다. 백마가 한 마리 눈앞을 스쳐 갔을 뿐 아무것도 생각할 틈이 없었다. 그 뒤에 일어난 일들은 그의 알 바가 아니다. 그의 시신은 말에 실려 가 그의 동포들의 면전에 한 벌 누더기처럼 던져졌을 뿐이다.

---보아라, 사바다는 이렇게 죽는다.

「처용단장」 제 3부 36 부분

ⓑ 골고다 언덕에는 해가 막 지려고 하고 있었다. 예수는 등 뒤에 지는 해를 따갑게 느끼고 있었다. 그때, 예수는 또 한번 옆구리와 손바닥에 통증을 느꼈다. 그의 한쪽 무릎은 조금 치켜 오려지고, 마음속으로는 손이 그리고 내려가고 있었다. 아픈 곳은 무릎이 아니지만, 그의 고개는 땅 쪽으로 떨어지고 있었다. 얼굴을 가까스로 받치고 있던 어깨로부터 갑자기 힘이 빠져 갔다. 심한 갈증이 오고 온몸이 가렵다. 누가 이 가려움을 긁어 줄까?

이윽고 해가 지고, 등뒤로부터 어둠이 밀려오고 있었다. 땅에서 열기가

조금씩 가시어지고 있었다. 그때다. 예수는 자기의 눈 앞이 자기를 가만히
바라보는 하나의 눈으로 왼통 채워져 가는 것을 보았다.

「처용단장」제 4부 13 부분

ⓐ에서 사바다는 맥시코에서 농민운동을 지휘하다 함정에 의해 피살당하
는 인물이다.[25] 위 시는 사바다가 함정에 빠져 비 오듯 날아오는 총알에
맞아 숨지는 장면을 묘사하고 있다. 그의 시신은 누더기처럼 던져진다. 여기
서 '---보아라, 사바다는 이렇게 죽는다'는 구절은 위 시에서 볼 때 예기된
문장이 아니라는 점에서 하나의 무의미의 형태라고 할 수 있다. 그런데 이
구절에 의하여 사바다의 고통스런 최후는 더욱 보잘 것 없는 비참한 형태로
바뀐다. 여기서 사바다의 죽음은 역사, 이데올로기에 의한 희생을 보여주는
예라고 할 수 있다. 그리고 그의 죽음은 스스로의 의지와 직접적으로 관련한
것이라기보다는 음모에 의한 것임을 생각해 볼 필요가 있다.

이에 비해 ⓑ에서 형상화된 예수의 최후를 보도록 하자. 예수가 골고다
언덕에서 십자가에 못박히며 고통을 겪는 장면은 매우 구체적으로 형상화되
고 있다. 이러한 죽음의 고통은 심한 갈증과 온몸의 가려움 그리고 갑자기
힘이 빠지는 증세로 나타난다. 그런데 위 시의 마지막 구절인 '예수는 자기의
눈 앞이 자기를 가만히 바라보는 하나의 눈으로 왼통 채워져 가는 것을 보았
다'에 주목할 필요가 있다. 이 구절 역시 김춘수의 다른 무의미시와 유사한
방식으로 무의미의 형태를 지니면서 시의 전체적인 의미의 중심을 형성하고
있다. 그 내용이란 예수가 자기를 바라보는 '하나의 눈'으로 표상된 하나님에
의해 구원받는다는 것이다.

이와 같이 사바다의 죽음과 예수의 최후는 무의미의 어구와 결부된 시의

---

25) 『김춘수 전집3』, pp.52-54 참고.

형상화 양상을 비교해 볼 때 매우 큰 차별성을 지닌다. 그것은 사바다의 죽음 상황이 수동적이면서 피할 수 없는 억울한 것이라면 예수의 죽음은 그가 믿음을 지키기 위하여 선택한 것이자 능동적인 성격의 것으로 부각된다는 점이다. 죽음을 맞이하는 측면에서의 이러한 질적 차이 때문에 그는 위 시들의 끝부분에서 대조적인 모습의 무의미의 어구를 형상화한 것이다. 즉 사바다의 죽음을 조롱하는 타인의 말 '---보아라 사바다는 이렇게 죽는다'라는 것과 '예수는 자기의 눈 앞이 자기를 가만히 바라보는 하나의 눈으로 왼통 채워져 가는 것을 보았다'는 것으로 나타난다. 이것은 '역사'에 의해 조종당하는 한 개인의 억울한 종말과 '구원'을 위해 스스로 죽음을 선택한 자의 신성한 헌신으로서 특징지울 수 있다.

'죽음 상황'으로 표상된 '고통' 혹은 그러한 고통을 맞이하는 방식에 대한 그의 관심은 '키리로프'에 관한 묘사에서 더 구체적으로 반영된다. 키리로프는 인간이 죽음을 극복한다면 스스로가 선택한 극한적 고통을 통해 신이 될 수 있다고 생각한 도스토예프스키의 작중 인물이다. 그가 죽음을 맞이하기 직전에 떠올린 상념들은 도스토예프스키 연작에서 빈번하게 나타난다.

불에 달군 인두로
옆구리를 지져봅니다.
칼로 손톱을 따고
발톱을 따봅니다.
얼마나 견딜까,
저는 저의 상상력의 키를 재봅니다.
말도 많고 탈도 많은 그것은
바벨탑의 형이상학

저는 흔듭니다.

자살직전에

미욱한 제자 키리로프 올림.

- 「존경하는 스타브로긴 스승님께」中

위 시는 인간이 죽음을 극복한다면 스스로가 선택한 극한적 고통을 통하여 '신'이 될 수 있다고 생각한 '키리로프'가 그에게 그런 人神 사상을 심어 준 '스타브로긴'에게 쓰는 편지글 형식을 갖추고 있다. 스타브로긴은 도스토예프스키의 소설인 『악령』의 주인공이다. 그는 무신론과 人神의 관념을 지닌 인물로서 끊임없이 자의지를 추구하지만 그 완성된 귀결점을 찾지 못하고 파멸해 가는 비극적 양상을 보여 준다.

키리로프는 실제 도스토예프스키 작품 속에서 자살을 감행한 인물로 나온다.26) 키리로프의 죽음 직전에 떠오른 상념에 관한 묘사는 도스토예프스키 연작에 걸쳐 빈번히 나타난다. 우리는 흔히 형이상학 즉 정신적인 것이 육체적인 것보다 고귀하다고 믿고 있다. 그러나 몹시 심한 복통이나 두통 등에 시달린 경험을 해 본 사람이라면 그 고통 때문에 그 순간 이러한 말의 가치조차도 떠올릴 수 없는, 생각의 텅빔 상태를 떠올릴 수 있을 것이다.

인간이 육체적인 고통이라는 것을 얼마나 견딜 수 있을까 하고 시인은 상상력으로 이를 가늠해 본다. 그리고 키리로프와 같은 인물들이 겪었던 육체

---

26) 「도스토예프스키 연작」의 전체적 맥락 속에서 제 3부의 중심적 인물인 『악령』의 스타브로긴은 제 1부와 제 2부의 중심 인물인 『까라마조프의 형제들』의 이반이나 『죄와 벌』의 라스코리니코프의 다른 한 형상으로 이해된다. 즉 스타브로긴은 이반과 라스코리니코프 사상의 극단적 형태로서의 人神 사상을 보여준다. 그리고 키리로프는 스타브로긴의 이러한 관념을 실제 '죽음'으로써 실현하였다는 점에서 이들이 지닌 관념의 연속적 극단에 존재한다.

적 고통을 참는 의지가 얼마만한 힘을 내재한 것일까 생각해 본다. 어쩌면 육체적 고통을 참는다는 것 자체 혹은 위 시처럼 하나하나의 육체적 고통을 천천히 견딘다는 것 그 자체가 정신적 힘과의 큰 상관관계를 지니고 있을 법도 하다. 육체적 고통과 그 견딤에 관한 생각은 그의 수필집인 『꽃과 여우』에서 시인의 자전적 체험과 결부시켜 어떤 인물을 평가하는 데에 중요한 것으로 작용하고 있다.

김춘수는 그가 일본 감방에 있었을 때 사회주의 운동을 한 존경받는 교수가 보인 행동에 관해 언급한 일이 있다. 열악한 감옥생활에서 굶주린 자신 앞에서 돌아서서 빵을 다 먹어버린 교수에 관한 자신의 굴욕적인 체험을 그는 밝힌 바 있다. 그리고 그 사람이 사회주의 운동을 한 저명한 사람이라는 사실에서 그는 사회적 평가라는 것에 대한 불신 내지 괴리감을 느꼈던 것이다. 또한 '베라 피그넬'이라는 아나키스트 여인이 자신의 안락을 포기하고 자발적으로 감옥에서 오랜 세월을 보낸 일에 대해서 김춘수는 매우 큰 가치를 부여한다.[27]

이와 같이 김춘수가 작중 인물이나 실존 인물의 상황 속에서 읽어내는 주요한 부분이 '고통'과 관련한 것이다. 고통받는 자를 향한 끈질긴 시선은 실상 김춘수 자신의 내적 고뇌를 '전이transfer'[28] 하여 반추한 것이라고 할

---

27) 김춘수, 『꽃과 여우』, pp.121-124.
28) '전이'라는 말은 프로이트의 『히스테리 연구』에서 처음 나온 것이다. '전이'는 피분석자가 분석 내용에서 소망대상을 분석자에게 사적으로 위치시키는 것을 일컬어 프로이트가 지적한 것이다. 그런데 이때 그는 이를 잘못된 연결이라고 칭하며 이를 방어하려는 태도를 취한다(프로이트, 김미리혜 역, 『히스테리 연구』, 열린책들, pp.404-405 참고). 그런데 분석 현장에서 전이 문제가 본격적으로 부각된 것은 프로이트의 「도라 케이스」가 처음이다(박찬부, 『현대 정신분석 비평』, 민음사, p.242). 「도라 케이스」에서 피분석자인 도라는 아버지에 대한 사랑을, K씨 그리고 정신 분석자인 프로이트에게서 전이적으로 경험한다. 이때 '전이'란 피분석자가 그를 둘러싼 주요 상황에 대한 상대자로서 분석자를 상상하게 되는 현상을 가리킨다. 이와 같이 '전이'는 분석적 상황에서 생기며 환자의 유아기적

수 있다. 그는 『꽃과 여우』에서 주로 서술하였듯이 안온했던 유년시절을 지낸 다음, 고향을 떠난 경성에서의 외로운 유학 생활과 그에 이은 경기중학 자퇴 등으로 순조롭지 못했던 시절을 체험하였다. 그리고 학업으로 인하여 건너간 일본 동경에서 뜻하지 않게 1년 간 억울하게 감옥 생활을 하였다. 그 후 의사인 형이 객사하는 일을 체험하였고 그리고 만석군이었던 집안의 몰락 과정을 경험하였다. 무엇보다도 오랜 기간의 인내 끝에 안정된 직장에 발을 디딘 것으로 나타난다. 그의 시에서 늘 나타나는 비극적인 시선의 실체 는 아마도 이러한 그의 자전적 체험과 결부되어 있지 않나 생각된다. 특히 만석군 집안에서 할머니와 어머니의 각별한 보호를 받으며 유년시절을 풍요 롭고 행복하게 보냈던 연약하고 섬세한 기질의 그가 그 뒤에 감당해야 했던 일련의 사건들은 그에게 모두 '고통'으로 각인되었을 것이다.

이 중에서 무엇보다도 그에게 크고 치명적인 영향을 미친 것은 동경에서 감옥 생활의 고통이 그에게 주었던 육체적, 정신적 피해이다.[29] 이것은 '감방 이란 희한한 곳이다. 사람을 비참하게 만들고 자신감을 죽이는 이상으로 재기 불능의 상처를 남긴다'는 그의 서술에서 단적으로 드러난다. 그는 그때 인간 이 육체적 고통이라는 것에 얼마나 무력해질 수 있는가를 깊이 체험한 듯하 다. 그의 실존에 관한 의식도 이러한 체험과 깊은 관련성을 지닌다.

나는 아주 초보의 고문에도 견뎌내지 못했다. 아픔이란 것은 우선은 육체

희망들이 분석가에게 무의식적으로 투사projection되면서 존재한다. 이 과정은 정상적으로 분석가와 어린 시절 중요한 인물과의 동일시를 통해 이루어진다(엘리자베스 라이트 편, 박찬부 역, 『페미니즘과 정신분석학 사전』, 한신문화사, 1997, p.681). 이러한 '전이'의 개념을 확장시켜 본다면 김춘수가 형상화하는 작중 인물 혹은 실존 인물이 처한 상황 및 심리와 시인의 그것과의 '조응 관계'를 유추할 수 있다.

29) 『꽃과 여우』, p.190.

적인 것이지만 어떤 심리 상태가 부채질을 한다. 그렇게 되면 사람의 육체적
조건은 한계를 드러낸다. 손을 번쩍 들고 만다. 사람에 따라 그 한계의 넓이에
차이가 있겠지만 그 한계를 끝내 뛰어넘을 수는 없을 듯하다. 한계에 다다르
면 육체는 내가 했듯이 손을 번쩍 들어버리거나(실은 내 경우에는 민감한
상상력 때문에 지레 겁을 먹고 말았지만) 까무러치고 만다. 그러나 까무러칠
때까지 버틸 수 있는 사람은 극히 적은 수일 뿐이다. 그런 사람은 자기의
그 육체의 한계를 뛰어넘었다고 생각할 것이다. 그것을 또한 정신력이라고
말하기도 한다.[30]

그는 어떠한 인물에 대한 평가에 있어서도 육체적 고통을 감내하면서까지
자신의 의지를 끝까지 견지한 인물들에 높은 존경심을 표한다. 김춘수의 '예
수'에 관한 시편에서도 십자가에 박힌 인간적인 고통의 모습에 관심을 지닌
다. 또한 자살을 통하여 인간이 신이 될 수 있다고 한 '키리로프'에 관한
묘사도 이러한 맥락에서 이해된다. 즉 '키리로프는 신이 존재한다면 모든
것은 신에 달려 있으며 우리들은 신의 의지에 반대하여 아무것도 할 수 없지
만 만약 신이 존재하지 않는다면 모든 것은 인간에게 달려 있다는 신념을
실현하기 위하여 자살한 인물이다.'[31] 그런데 김춘수는 키리로프가 지향한
이러한 관념내용의 '구체성'보다도 키리로프가 하나의 신념을 위해서 '자발적
으로' '절대적'인 고통을 감내했다는 측면에 관심을 지닌다. 김춘수가 소크라
테스나 정몽주 그리고 베라 피그넬 등을 두려워하고 존경하는 이유는 정신적
인 고귀함을 위해서 그들이 거부할 수도 있는 육체적인 고통을 감당해 낼
수 있었기 때문이다('나는 예수를 두려워하고 소크라테스를 두려워하고 鄭夢

---

30) 『꽃과 여우』, pp.189-190.
31) Albert Camus, 이가림 역, 『시지프의 신화』, 문예출판사, 1996, pp.149-156.

周를 두려워한다. 理念 때문에 이승의 생을 버린 사람들을 나는 두려워한다').[32] 뿐만 아니라 정신적 고귀함을 위해서 한 인간이 까무러칠 때까지 어쩌면 '죽음'까지도 감당해낼 수 있다면 그것은 정신적인 힘의 극한이다. 이러한 정신적인 힘의 극한이야말로 그는 '절대'라고 말한다. 그리하여 김춘수는 그러한 과정으로 맞이하는 인간의 죽음을 형이상학으로 끌어올린다('죽음은 형이상학입니다.' - 「追伸, 스승님께」).

김춘수는 인간이 고통이라는 것에 얼마나 나약한 존재인지를 체험적으로 습득하고 있다.[33] 그에게서 이러한 '고통'의 문제는 그의 정신적 영역에서 아주 큰 부분을 차지하고 있다. 그는 그가 감당해야 했던 아니 감당하기 어려웠던 바로 그 고통의 문제를 극복해 갈 수 있는 인간이 위대하다고 믿는다. 그 '고통의 넘어서기'가 바로 '정신의 힘'이라고 믿는다. 즉 인간의 육체적 고통을 감내하고 태어난 고귀한 정신에 가치의 비중을 두는 것이다. 그것은 단순히 '육체'와 '정신'의 대비로서가 아니다. 고귀한 정신은 육체의 고통을 견뎌내는 '정신', 정신을 지켜내려는 '육체'의 힘으로서인 것이다.

이러한 점에서 볼 때 「도스토예프스키 연작」에서 창녀의 몸으로서 '라스코리니코프'를 신성으로 이끈 '소냐'에게 쓴 편지글 형식이 연작의 첫 장을 차지한 맥락이 이해될 수 있다.

지난해 가을에는 낙엽 한 잎
내 발등에 떨어져

---

32) 김춘수, 「베라 피그넬」, 『김춘수 전집3』, p.77.
33) '하느님의 말씀, 예수의 말씀이 간혹 내 가슴을 우비는 때가 있다. 그 아픔은 그러나 내가 어릴 때 겪은 손톱앓이에 비하면 아무것도 아니다. 내가 50대 초에 위 수술을 하고 난 직후에 겪은 통증에 비해서도 그렇게 말할 수가 있다. 육체의 아픔이 압도적으로 더 크다는 것을 나는 깨달을 수밖에 없었다.' 『꽃과 여우』, p.174.

내발을 절게 했다.
누가 제몸을 가볍다 하는가,
내 친구 셰스토프가 말하더라.
천사는 온몸이 눈인데
온몸으로 나를 보는
네가 바로 천사라고,
1871년* 2월
아직도 간간이 눈보라치는 옴스크에서
라스코리니코프.

　　　　　　　　　　　　　　　　　　- 「소냐에게」 부분

위 시에서 무의미의 어구를 보여주는 부분은 '낙엽 한 잎이 떨어져 내
발을 절게 했다'와 '천사는 온몸이 눈'이라는 구절을 들 수 있다.34) 전자의
경우 구문론적으로는 맞는 표현이나 의미론적으로 모순을 일으키는 무의미
의 양상을 보여준다. 즉 '낙엽 한 잎'을 통하여 작은 일에도 괴로와하는 감성
의 섬세한 무게를 나타내었다. '낙엽 한 잎'의 무게가 내 발을 절게 할 정도로
불균형의 상태를 만들어낸다는 것, 그것은 시인으로서 자신 감성의 촉각을
드러낸 것이기도 하면서 '고통'에 민감하고 나약한 시인의 모습을 보여준다.
그런데 그러한 유약한 자신을 바라보는 '온몸이 눈'인 '천사'가 있다. '온몸이
눈인 천사'란 시인이 그러한 '고통'을 감내할 수 있는 지향점 즉 '善 의지'를
보여준다. 그것의 구체적인 형상은 '라스코리니코프'를 구원으로 이끈 여인
'소냐'로 나타나고 있다.35)

---

34) 류순태는 '눈' 표상이 초월적 존재 및 인간 존재를 비롯한 모든 것들의 존재론적 속성을
　　보여 준다고 논한다.　류순태, 앞의 글.

소냐는 창녀의 신분임에도 천사의 모습을 지닐 수 있었다. 그것이 김춘수가 의아해 하면서도 가치를 부여하는 善에 관한 감각이다. 그가 가치를 두는 선이란 '선과 악은 갈등하고 있는 것이 사실이지만 선은 악을 압도해야 한다'36)고 그가 파악한 '도스토예프스키론의 핵심'('선과 악은 갈등하고 있는 것이 사실이지만 선은 악을 압도해야 한다고 그는 가치관, 즉 이념의 차원에서 말하려고 한다'37))처럼 현실에 가로놓인 '고통' 속에서 치열한 내적 갈등을 감내한 자의 비극적인 시선과 관련이 있다.

---

35) 이 시의 각주에는 '* 1866년에 도스토예프스키의 『죄와 벌』이 나왔다'라는 구절이 있다. 또 편지글 형식의 이 시에서 '라스코리니코프'라는 발신인을 밝히는 부분에서는 '1871년'을 표기하고 있다. 이것은 1866년과 1871년이라는 5년 간의 시간적 간극을 고려해 볼 때 소설이 발표된 시점, 즉 라스코리니코프가 시베리아에서 유형을 받고 있는 소설의 결말에서 좀더 나아간 시간으로 설정된 것이다. 이와 같이 단지 보낸 이의 연도 명기 뿐 아니라 각주와 차이를 보이는 연도 표기 방식은 「도스토예프스키」 첫 장의 이 작품과 두번째 작품인 「아료샤에게」만 나타난다. 소설 속 시간에서 좀더 나아간 시간 설정에서 작중 인물이 편지를 쓰는 설정은 편지를 쓰는 주인공의 정서적 성숙과 내적 깊이를 끌어 올리고자 한 시인의 의도로 이해된다.

36) 김춘수, 「책 뒤에」, 『들림, 도스토예프스키』, 민음사, 1999, p.91.

37) 김춘수, 위의 책, 같은 쪽.

4. 이데아 추구의 좌절과 시뮬라크르의 추구

무의미를 중심으로 한 의미생산의 주요 내용항에는 김춘수의 고통에 관한 것이 많은 부분을 차지하였다. 그리고 김춘수는 '이성', '이데올로기', '관념' 등을 그 고통의 근본 원인으로 생각하는 경향이 있다. 그가 '이성', '이데올로기', '관념' 등에 대하여 취한 입장은 어떤 측면에서는 단순한 성향이 있음을 지적할 수 있다. 왜냐 하면 김춘수에게 이들 개념은 변별력을 상실하기 때문이다. 그가 생각하는 이들 개념에 대한 생각은 '이데올로기'에 관한 부정적 입장에서의 정의를 지니고 있다. 즉 '사회, 현실을 왜곡하고 현실적으로 해결되지 않는 사회적 모순을 상징적으로 해소하려는 잘못된 표상형식' 정도의 의미를 지니는 것이다. 이러한 그의 입장은 그가 일제시대, 6.25전쟁 그리고 한국 정국의 혼란을 겪으면서 체험한 역사, 이데올로기 등의 폭력적 횡포에 대한 인식과 긴밀한 관계를 지닌다. 그리고 '역사', '이데올로기' 등에 관한 이와 같은 그의 인식은 이성, 관념, 이데아 등에 대한 불신과 연결된다.

그런데 주지하다시피 그의 초기시에서는 이와 정반대의 입장을 추구한 그의 주제의식을 생각해 볼 수 있다. 1950년대 김춘수가 '꽃'을 중심으로 한 관념적 경향의 시를 쓸 때 그는 플라톤적 이데아, 영혼, 신 등의 세계를 추구하며 이것에 가치를 부여하는 시 경향을 지니고 있었다. 이러한 경향은 초기시편들에서 '영혼'이나 '신의 눈짓', '의미의 세계' 등에 관한 관심으로 나타난다. 즉 '신', '영혼', '보이지 않는 것', '본질', '무한' 등의 추구는 초기시의 주요한 테마이다. 현상 너머에 있는 '무엇'에 관한 관심은 그의 정신세계가 플라톤적 '이데아'의 세계와 맞닿아 있음을 보여준다. 그리하여 그는 '의미', '관념' 추구의 시인이라는 상징적 대명사로 과거 각인되었다. 그런 그가 무의미시를 통하여 대조적인 변모를 겪게 된 원인에 대해서는 다음과 같이 요약할 수 있을 것이다.

첫째 무의미시 창작은 그가 초기 의미 지향의 시를 통해서 관념적인 것, 본질적인 것의 세계를 추구한 것에 관한 반성이다. 이러한 경향은 그가 경험적으로 인식했던 언어가 지닌 한계의 체험 혹은 언어를 통한 관념 추구에 대한 절망에 기인한다. 이로 인하여 그는 이후 무의미시에서 언어로부터 의미와 관념의 요소를 끊임없이 탈각하고자 하는 반동적 경향을 보이는 것이다.

둘째 그의 급진적 변모는 그가 체험했던 동경 감옥 체험과 같은 '역사'로부터의 실존적 피해나 6.25 그리고 이후 정권 혼란기에 체험했던 '이데올로기'의 허구성 등과 관련이 있다. 그리고 그는 '역사', '이데올로기'와 '관념' 등을 동일한 선상에서 생각하는 경향이 있다. 즉 그가 쓴 글들에서 김춘수는 이들을 한 무리로 묶어서 같은 의미의 범주로 다룬다. 그는 '역사', '이데올로기', '관념', 그리고 '이성' 등을 같은 범주로 묶어 이들에 대한 불신을 보여준다. 뿐만 아니라 그가 '역사'로부터 받았던 직접적이고도 실존적 피해를 '이성' 및 '완전하고 조화로운 세계'에 관한 절망과 연관짓는다.

셋째 당대 60년대라는 문단적 상황에서 참여와 순수의 대립국면을 생각해 볼 수 있다. 민중적 의식이 팽배해 있었던 당시 문단의 분위기와 비평의 전반적 지향을 고려해 볼 때 수세에 몰려 있던 김춘수 시인의 입장을 생각해볼 수 있다. 그는 자신이 산문과 시의 내용을 달리하여 산문에서는 현실적인 문제에 대한 비판을 다루지만 시는 그러한 것의 영역과 달리 미적인 부분을 다루어야 함을 강조하고 있다.[38] 이러한 상황에서 그가 지향한 순수시에 관한 하나의 방법적 입지점을 마련해야 할 필요성이 있었다. 구체적으로는 당대에 영향력을 지녔던 김수영과의 대타 의식을 들 수 있다.[39]

넷째 그가 60년대부터 최근까지 주로 탐독했던 대상 작품들과의 관련성이다. 단적으로 그가 1999년도에 발표한 『들림, 도스토예프스키』의 경우를 보더라도 그가 얼마나 도스토예프스키의 전 작품을 꼼꼼히 읽고 사색에 잠겼던가를 확인할 수 있다. 이러한 사실은 그가 지속적으로 관심을 지니고 창작의 결과물로서 천착했던 '처용', '이중섭', '베르쟈예프' 등에서도 확인할 수 있다. '이데올로기'와 '역사'의 허구성 및 부조리한 현실에 대한 그들의 인식은 김춘수의 의식적 전환에 큰 몫을 한 것으로 보인다.

이와 같이 그가 직면한 내, 외적 상황들은 김춘수에게 '이데올로기', '이념', '역사' 등의 폭력성과 관련한 '고통'으로서 인식된다. 이러한 '고통'의 문제는 그의 의식적인 측면에서 커다란 부분을 차지하고 있다. 그에게 현상을 보는 가치 기준으로서 '고통'이 존재하는 것이다. 그가 어떠한 인물을 평가하거나 어떠한 이념을 평가하거나 어떠한 상황을 생각할 때 그는 육체적, 정신적 고통의 문제와 늘 밀접하게 관련하여 생각한다. 이것은 또한 김춘수가 지닌 사유의 독특함이라고 할 수 있다. 이러한 김춘수의 '고통 민감성'은 그가 체험

---

38) 김춘수, 「시인과 도덕적 욕구충족」, 『김춘수전집3』, pp.279-281.
39) 김윤식, 「내용없는 아름다움을 위한 넙치눈이의 만남과 헤어짐의 한 장면」, 『현대문학』, 2001.10 참고.

한 역사, 이데올로기 등의 문제와 결부되면서도 개인적이면서 사적인 영역에 맞닿아 있는 것이 또한 특징적이다. 이와 같은 '고통'으로부터 탈피하거나 혹은 '고통'을 위로하는 시의 형식이 이성적 질서로부터 벗어나는 통상적 글쓰기로부터의 이탈이었고 그것의 외현적 형식이 '무의미'인 것이다. 김춘수가 그의 대표 작품격인 「꽃」의 일부 즉 마지막 연의 핵심적 시어인 '의미'를 '눈짓'으로 바꿀 만큼 그는 그의 무의미시에 관한 동조적 입장을 확고히 했다. '의미'란 그에게 '관념', '이성' 등과 관련된 것이며 무의미시를 쓰는 당시 그의 세계관적 입장과는 어느 정도 거리가 있는 개념이기 때문이다.

즉 그가 60년대부터 최근까지 줄곧 써온 '무의미시'는 그가 지닌 세계관을 전형적으로 드러낸다고 할 수 있다. '무의미'는 이미지의 차원에서 볼 때 엉뚱하면서도 환상적이며 또한 파편적인 장면 형상화와 깊은 관련을 지닌다. 그리고 통상적인 질서나 이성 등과 거리가 있음을 상징적으로 보여주는 장치인 것이다. 김춘수는 자신의 시 「처용」에 관한 짤막한 설명의 앞부분을 차지하는 발언에서 「처용」이라는 무의미시의 기저가 '스토이시즘'이라고 밝히고 있다.40) '스토이시즘stoicism'이란 고대 그리스의 스토아 철학 또는 스토아 학풍의 정신적 태도와 연관되어 있다. 즉 김춘수가 말한 '무의미시의 기저'는 그가 초기에 지향했던 플라톤적 본질 중시의 태도와 대비되는 것이다.

하나의 현상에 대하여 대조적인 두 가지 관점이 있을 수 있다. 즉 하나의 현상에 대해서 그것을 이데아의 실현으로서 불변하는 형상의 측면에서 해석하는 것이 플라톤적 '이데아'의 관점이다. 그리고 그 하나의 현상을 물체의 표면효과로서 변화하는 '시뮬라크르'의 측면에서 해석하는 것이 스토아적 관점이다. 하나의 과일이 플라톤에게는 영혼 또는 형상의 모사체로 이해될 수 있으나 스토아 학파에게는 과일을 구성하는 무수한 세포들의 배열과 변화의

---

40) 김춘수, 『김춘수전집2』, p.460.

결과로서 인식될 수 있다. 그의 무의미시에서 주요하게 다루는 서술적 이미지가 이룬 세계는 한 마디로 '시뮬라크르Simulacre'[41]의 세계이다. 즉 사물이나 현상이 우리를 자극함으로써 발생하는 찰나적 순간이나 환상의 세계와 관련을 맺는다. 또한 무의미시는 이러한 환상의 순간들에 기반한 '감각적' 특성을 지닌다. 그리고 '시뮬라크르'의 언어적 표현 방식은 '무의미'를 통하여 이루어진다.[42]

비물체적인 것의 세계란 일관된 조리로 이루어진 '의미'의 언어가 아니라 모순되고 역설적인 것으로 가득 찬 '무의미'의 언어를 통하여 현상에 내재한 진실을 더욱 잘 포착할 수 있다. 무의미의 언어들은 환상적인 영역 내지 내면

---

41) '시뮬라크르simulacre'는 'phantasia'에 어원을 둔다. 스토아 학파는 플라톤이 열외시했던 'phantasia'에 적극적 의미를 부여하였고 들뢰즈는 스토아 학파의 이러한 논의를 수용, 발전시켜 '사건event' 논의를 전개하였다. 들뢰즈가 전개시킨 '사건'은 기존 의미론을 보완하면서 그 밑바탕이 되는 개념이다. 기존의 '명제proposition'의 관계는 실증주의적 '지시 작용denotation'에 기반한 의미론, 현상학적 '현시 작용manifestation에' 기반한 의미론 그리고 구조주의적 '기호 작용signification'에 기반한 의미론으로 나누어진다. 실증주의적 지시 작용이 언어가 대상을 지시하는 측면에 주목한 것이라면 현상학적 현시 작용은 주체의 시각과 욕망에 주목한 것이다. 그리고 구조주의적 기호 작용은 기표의 체계에 초점을 둔 것이다. 그런데 실증주의적 지시 작용에서 '지시'란 일정한 대상의 개별화를 전제로 한다. 그렇게 때문에 '붉음'에서 '푸름'으로 변화하는 '생성 자체'를 지시할 수 없는 한계가 있다. 현상학적 현시 작용에서 의미는 주체에 의해 구성된다기보다는 존재로부터 '솟아오르는' 것이라는 점을 지적할 수 있다. 그리고 구조주의적 기호 작용에서 사건은 존재 세계에서 발생한 것이고 기호 체계 바깥의 '무엇'을 요청한다는 점을 주목할 수 있다. 이와 같은 문제점들을 보완하는 측면에서 들뢰즈는 '지시 작용'과 '현시 작용' 그리고 '기호 작용'이 성립되기 이전의 차원이면서 이 세 가지 작용이 성립하는 근원적 차원으로서 '의미sense'를 제시한다.

Deleuze, Gilles, Third Series of the Proposition, The Logic of Sense 참조.

42) Baudrillard는 '시뮬라크르' 자체의 독자성에 주목하였다. 즉 시뮬라크르는 실제로는 존재하지 않는 대상을 존재하는 것처럼 만들어 놓은 인공물로서 이미지가 원 실체를 가정하지 않고 스스로 실체인 이미지 혹은 모델을 만드는 것이라고 규정한다.

Jean Baudrillard, 하태환 역, 『시뮬라시옹』, 민음사, 1993, pp.9-11 참고.

에서 명멸하는 잔상들을 포착하는 탁월한 표현 형식인 것이다. 무의미의 어구들은 언어의 기표와 기의 관계에서 본다면 고유의 기의로부터 미끄러진 기표들의 모습이나 이러한 기표들의 체계로서 독자적인 의미망을 형성하기도 한다. 그리고 무의미의 어구들은 기표 계열과 기의 계열의 축을 계열화하는 중심적 역할을 하기도 한다. 즉 기표들의 결합관계를 중심으로 이루어진 역설적인 어구들은 그 시편의 다른 어구들을 소급적으로 독해하게 함으로써 새로운 '의미'의 계열을 형성하는 중심적 역할을 한다. 이와 같은 무의미 어구들의 특성은 현대시에 나타난 시적 언어 특히 낯설게 하기의 특성과 연관되는 측면이 있다. 시적 언어가 일상적인 언어를 낯설게 하고 또 문법적 일탈을 통하여 환상의 세계를 도모하는 것과 마찬가지로 무의미의 어구들도 그러한 역할을 하고 있는 것이다. 무의미의 어구들은 하나의 지배적 정조나 분위기 혹은 단조로운 주제의식을 드러내는 데에 적합하다. 그러나 이러한 무의미 어구들은 구체적인 상황이나 특정한 이야기의 전달에는 비효율적인 표현 방식이다.

그런데 김춘수의 무의미시는 무의식의 '표출'로서의 '무의미'가 아니라는 점을 지적할 수 있다. 그의 무의미시는 무의식을 드러내는 데 탁월한 형식인 '무의미'를 중심으로 하여 무의식과 심리를 '표현'하려고 한 것이다. 이것은 그의 무의미시론에서도 볼 수 있듯이 그가 우리나라의 현대시에 대하여 이미지를 중심으로 한 형태론으로서 고찰한 결과, 자동기술적 경향의 이상 작품에 매료된 것과 관련이 있다. 그는 ① 비유적 이미지와 ② 서술적 이미지를 구분하고 서술적 이미지를 다시 ㉠ 대상과의 거리를 유지한 경우와 ㉡ 대상과의 거리를 소멸한 경우로 나누었다. 그리고 그는 ①-〉②-〉㉠-〉㉡의 순서로 무의미시 창작을 연습하였다. 그런데 ①과 ② 그리고 ㉠과 ㉡으로 나아가는 기준은 '자유로운 방심상태'의 정도이다. 그는 이것에 대하여 자신이 사실화에서 반추상 그리고 추상화로의 시적 뎃생 기간을 지녔다고 한 바 있다.

그런데 먼저 김춘수가 초기시에서 보여준 시의 경향에 관하여 생각해 볼 필요가 있다. 그는 「꽃」 중심의 시편에서 보듯이 의식적이면서 이성적인 시작 방식을 지녔음을 보여 주었다. 무의미시를 쓸 무렵 그는 이와 같은 그의 시 체질을 보여주는 경향과는 대조적인 국면에 있는 '자동기술적 심리묘사'의 시편을 선호하였다. 즉 무의식적 방심 상태의 표현은 1960년대 당시 그의 시에 관한 지향을 보여주는 것이다. 그의 시에 관한 지향은 '순수시' 및 '무매개적 직접성'의 구현과 관련된다. 이러한 상황에서 '무의미'라는 언어적 장치는 그가 지향한 시세계를 보여주는 매우 유효한 방식에 해당한다. 즉 그의 무의미시는 무의식을 표현하기 위한 시적 장치이며 이러한 방식을 통하여 그는 '무의식의 방심상태'를 표현하고자 하였다. 즉 무의식의 표현으로서 '무의미'의 언어 그 자체를 목적으로 하는 '무매개적 순수 예술성'을 성취하려한 것이다.

'무의식'을 드러내는 시편들에 그가 이렇게까지 노력과 연습의 여러 단계를 거치면서 무의미시를 지향한 내적 기저는 무엇일까. 이것은 그가 무의미시의 기저로 논의한 '허무 의식'과 관련지어 설명할 수 있다. 그는 무의미시론에서 그의 시가 '대상', '현실'이 없다라고 서술하였다. 이것은 그의 무의미시가 현실, 세계에 대한 강한 부정에 기반한 것임을 드러낸다. 그가 무의미시를 쓸 무렵은 4.19 이후의 사회변화와 맞물려 사회 참여 시인들이 시문단에서 중심적인 활동을 한 시기이다. 이것의 대척점에서 그는 시는 그 자체로 '순수'해야 한다는 의식을 확고히 하게 된다. 그리고 다른 참여파 시인이 창작한 시 내용에 있어서 결벽적일 정도로 시인으로서의 진실성을 따지는 면모를 보여준다. 그가 말하는 '순수시'란 '무의미시'의 형태로 나타난 것이다. 그런데 그가 무의미시에서 대상과 현실을 다루지 않으려는 의도는 결국 자신을 둘러싼 모든 것을 부정하는 것이다. 이것은 하나의 시편이 시인의 내적 산물이라는 점을 생각할 때 무의미시가 시인을 감추는 '가면의 전략'임을 말해준다.[43] 구체적으로 그는 무의미시에 나타난 심리나 상황에 대하여 김춘수 자신의 것이 아닌 '처용', '이중섭', '예수', '도스토예프스키' 인물들의 그것을 다룬다. 바꾸어 말하면 무의미시는 무의미 어구나 기표들의 결합을 통하여 자신의 의식세계를 감추고 작품 속 인물들을 드러내는 것에 중점을 두는 것이다. 무의미의 언어를 구사하고 그 무의미의 내용항마저 타인의 것을 취하는 시적 전략인 것이다.

이와 같이 김춘수의 무의미시는 초기시와 언어적 형식에서 뿐만 아니라 사상적 기저에서도 대조적인 측면을 드러낸다. 그 이질성의 원인으로는 첫째 언어를 매개로 한 '의미' 추구에 대한 한계성 인식, 둘째 그가 체험한 역사, 이데올로기의 허구성 인식, 셋째 60년대 참여, 순수의 대립 국면에서 방법적 입지 찾기, 넷째 '처용', '이중섭', '베르쟈예프' 등의 탐독대상 작품내용과의 관련성 등을 들 수 있다. 이러한 내외적 상황들은 김춘수에게 '고통'의 문제와 연관되며 이러한 '고통'으로부터 탈피, 혹은 위로하는 언어의 형식이 바로 '무의미'이다. '무의미' 중심의 시쓰기는 사물의 현상, 환상의 세계 및 무의식의 표현과 밀접한 관련을 맺는다. 특기할 것은 그의 무의미는 무의식의 '표출'로서의 '무의미'가 아니라 무의식을 '표현'하기 위한 시적 장치라는 점이다. 그의 무의미시론에서 단적으로 드러나듯이 '무의식적 방심상태'는 그의 시에 대한 지향점과 관련이 있다. 그리고 무의미의 언어적 형식 이면에는 김춘수의

---

43) '그의 시를 살펴볼 때 그는 아주 섬세한 감정으로 무엇인가를 부끄러워하며, 무엇인가를 감추려고 한다는 것을 눈치챌 수 있다. 그러한 수줍음, 은폐의 노력은 필경 이 시인의 의식이 과거, 그것도 유년시절에의 추억을 일종의 콤플렉스로 지니고 있는 것이 아닌가 하는 추측을 가능케 한다'
   김주연, 「명상적 집중과 추억 -김춘수의 시세계」, 『처용』, 민음사, 1974, p.165.

현실, 세계에 대한 부정, 허무 의식이 강하게 자리잡고 있다. 즉 무의미시는 허무 의식을 기저로 하여 자신을 감추는 '가면의 전략'인 것이다.

결 론

6 　무의미Nonsense'는 시편에서 단순히 '의미 없음'이나 '어리석음'의 차원이 아니라 새로운 시적 의미를 생산하는 주요한 원천이다. 주요한 시적 장치인 '역설', '비유', '상징' 등을 살펴 보면 '무의미' 양상과 밀접하게 결부된 것임을 알 수 있다. 그리고 무의미 어구는 의미의 맥락을 차단, 재구성함으로써 추상적, 환상적 비전을 보여준다. 김춘수의 무의미시는 이와 같은 무의미의 어구들로서 구성되며 이들은 개별적으로 시적 의미를 생산하는 가운데 다양한 의미의 계열체를 이룬다. 무의미 어구가 형성하는 '시뮬라크르Simulacre'의 세계는 김춘수의 초기시와 대비되는 의식적 기저를 드러낸다.

　김춘수가 무의미를 지향하게 된 기저에는 '무한', '영원성', '이데아' 등에 대한 추구의 좌절이 놓여 있었다. 구체적으로 그러한 추구의 매개항으로서의 '시적 언어'에 대한 한계성 인식이 자리잡고 있다. 그리고 이것은 초기시의 '이데아 추구'에서 무의미시의 '시뮬라크르' 즉 '사건'의 세계로 나아가는 계기가 되었다. '사건'이란 현상적, 찰나적 세계와 관련을 맺고 있으며 이것을 언어로서 포착한 상태는 '무의미'의 양상을 띤다. 그런데 김춘수가 스스로 표방한 무의미시론과 그의 무의미시 사이에는 큰 괴리가 있다. 무의미시와 무의미시론에 관한 논의 중에서 가장 대조적인 측면을 지적하자면 그의 무의미가 의미와 대상의 없음이라는 일반적 개념의 것이 아니라는 점이다. 무의미시에서 '무의미'는 다양한 의미의 산출 지점인 것이다.

　김춘수의 무의미시론에서 무의미시의 주요한 방식으로 설명한 '서술적 이미지'는 장면 묘사적 이미지와 심리 묘사적 이미지로 분류할 수 있다. 그는 심리 묘사적 이미지 구사를 궁극적 관심에 두고 있는데 이것은 그가 이상의 「꽃나무」와 같은 무의식의 '방심상태'를 지향하기 때문이다. 그러나 무의미시는 '방심상태의 위장'과 깊은 관련을 지닌다. 즉 자유로운 심리의 세계를 구현하려는 것과 자신을 감추려는 의식적인 퍼소나의 양립적 상태를 보여준다. 구체적으로 시적 언어에서 자신과 현실을 드러내는 부분을 은폐하기 위하여 '무의미'의 어구를 만들어낸다. 그 무의미 어구들을 통하여 자신이 보여주고자 하는 환상과 상상의 세계를 포착하려는 것이다. 그런데 그 세계는 다시 자신이 감추고자 했던 자아와 현실의 모습을 우회적으로 보여준다.

'무의미'는 의미를 와해시키면서도 의미를 생산하는 특성을 지닌다. 이러한 관점에 입각하여 무의미의 유형은 다음과 같이 범주화할 수 있다. 먼저 '상황의 무의미'는 사실에 맞지 않는 발언이나 기대된 상황에 맞지 않는 발언이나 행동을 말한다. 그리고 '언어의 무의미'는 구문론적 구조를 결여한 발언, 알아볼 수 없거나 혹은 낯설거나 번역될 수 없는 어휘, 그리고 순수한 무의미로서 전혀 알아볼 수 없는 발언을 포함한다. '범주적 실수'는 구문론적으로 옳으나 의미론적 법칙에 위배된 경우를 말한다. '수수께끼' 양상은 그 자체로는 무의미이나 이들이 결합관계를 형성함으로써 그 맥락에 따라 의미를 형성하는 경우이다. 무의미의 여러 유형은 그 자체로는 '무의미'이나 시적 의미 형성과 시의 분위기 조성에 중요한 부분으로 작용한다. 그리고 무의미 양상은 '역설', '비유', '상징' 등과 같은 시적 장치를 포괄한다.

'무의미'와 '무의미'를 통한 의미의 생산 방식이 '무의미'의 '계열화mis en serie'이다. 무의미의 계열화란 다층적 의미를 지닌다. 먼저 무의미시가 무의미의 연속으로 이루어진 하나의 계열화임을 지적할 수 있다. 그리고 무의미시에서 무의미를 통한 의미의 생산 방식을 모두 계열화라고 지칭할 수 있다. 즉 무의미의 양상에 따라 세부적인 갈래의 계열화가 나타날 수 있다. 무의미시에서 무의미의 어구는 시적 의미를 생산하는 중심적인 역할을 하며 다양한 계열체를 형성하고 있다. 무의미의 양상들 중에서 특히 역설적 요소가 강한 어구들은 이러한 계열화의 중심점을 형성한다. 이 중심점은 기표 계열과 기의 계열이 나누어지는 분지점 혹은 기표 계열과 기의 계열 축의 중심 내용을 형성하는 '특이점'이다. 역설적 요소의 무의미 어구는 전체적인 언술들이 이룬 사건과 의미의 계열체를 소급적으로 순환하도록 한다. 기표 계열과 기의 계열에서 무의미 어구가 이루는 의미는 하나의 내면적인 방향을 갖는다. 그것은 '우울', '슬픔', '절망', '좌절' 등의 정서로 요약된다. 이러한 정서의 강조는 시인이 처한 구체적, 현실적 상황을 은폐하는 효과가 있으며 비현실적 환상 내지 상상의 세계를 나타낸다. 이 환상의 세계는 실제적이고 인칭적인 시간에 놓여 있지 않는 '아이온Aion'의 시간에 속한다.

김춘수는 무의식적, 환상 장면을 보여주는 시편을 쓰기 위하여 '묘사적 이미지' 그의 표현에 따르자면 '서술적descriptive 이미지'를 연습하였다. 그 처음 단계에 해당되는 것이 '대상과의 거리를 유지한 경우'의 시편들이다. 이것은 '대상과의 거리를 소멸한 경우'로 나아가기 위한 밑그림의 단계이다. 김춘수는 궁극적으로 대상과의 거리 소멸의 계열화를 지향하는데 그것은 '순수한 예술성' 및 '무매개적 직접성'을 드러낼 수 있기 때문이다. '대상과의 거리를 소멸한 경우'는 '심리 묘사적 이미지'의 계열을 중심으로 한 것이다. 이것의 주요한 장치는 무의미 어구이며 꿈의 세계와 같은 시편들은 김춘수의 무의미시에서 주류를 이룬다. 이러한 시편들은 하나의 집중된 의미를 향해 구성되지 않고서 개별적으로 흩어져서 낱낱이 의미를 발산하는 것이 특징이다. 이 시편들은 '특이점Singularity' 구실을 하는 무의미 어구의 방식에 따라 몇 가지로 나눌 수 있다. 즉 무의미 어구가 의미를 '전이, 혹은 종합'하는 경우, 무의미 어구가 의미를 '생성'하는 분지점이 되는 경우 그리고 다양한 무의미 어구들의 상호 작용 속에서 '역설적 요소'가 강한 부의미 어구가 의미를 '생성 혹은 중첩'하는 경우 등으로 요약할 수 있다. 여기서 무의미 어구의 비중 및 빈도는 '비재현성' 내지 '추상성'의 정도와 조응한다. 무의미시는 기표 계열의 과잉 경향과 기의 계열의 빈약 내지 중첩 양상을 보여 준다. 즉 무의미 어구는 기표와 기의의 다양한 계열 방식을 생산하는 가운데 '내면의 정서'를 중첩적으로 강조한다.

　무의미의 어구가 계열화하는 주요한 의미는 김춘수의 '자전적 트라우마'와 관련된다. 이것은 '괄호 속 존재'라는 형태로 반복적으로 구체화된다. '괄호 속 의식'의 근원은 일제 때 그가 겪었던 '감옥 체험'과 깊은 관계가 있으며 이것은 그의 시에서 심리적인 '방어 방패를 꿰뚫을 정도로 강력한 외부의 자극' 즉 '외상'의 형태로 자리잡고 있다. 무의미의 의미 생산이 나타내는 것은 '우울한 분위기', '좌절감', '허무 의식' 등이다. 김춘수의 자전적 트라우마는 역사나 폭력적 이데올로기로부터 개인이 겪는 피해와 결부되면서 억압의 대상에 대한 비판적 논조를 띤다. 그는 '역사', '이성', '이데올로기' 등의 개념에 대하여 '이데올로기'의 부정적 의미를 부여한다. 즉 그는 이러한 개념들에 대하여 현실적으로 해결되지 않는 사회적 모순을 표면상, 이론상으로 통합, 해결하는 듯한 양상을 보이는 논리로서 이해한다. '초월적 힘' 앞에서 무기력한 개인의 모습은 그가 연작 형태로 지속적으로 탐구했던 '처용', '이중섭', '도스토예프스키의 인물' 등이 처한 주요한 상황을 이룬다. 이러한 비판, 부정 대상의 대척점에는 그가 옹호하는 대상이나 상황이 자리잡고 있는데 그것은 인간적 모럴로서 '이승의 저울'로 구체화된다.

　인간의 현실적 고통을 대변하는 '인간적 모럴'에 대한 옹호는 무의미시의 저변에 나타나는 김춘수의 의식과 관련을 지닌다. 이것은 그의 「대심문관」 극시가 '신'과 '대심문관'의 팽팽한 긴장과 그 양자의 인정 속에서 끝을 맺고 있는 점에 주목하여 생각해 볼 필요가 있다. 즉 그는 '신'을 부정하지는 않으나 민중의 고통과 동떨어진 '신'에 대해서는 비판을 가하는 것이다. 이때 '민중의 고통과 동떨어진 신'이란 결국 김춘수가 비판했던 '이성', '역사', '이데올로기' 등이 내포하는 부정적인 개념 즉 초월적이면서 무제약적인 통합의 특성과 연관되어 있다. 무의미시 연작에 나타난 주제적 공통점은 현실, 민중과 동떨어진 '신', '역사', '이성', '권력' 등에 대한 우회적 비판이다. 그리고 강조되는 것은 그가 과거 고통을 통해 깨달았던 인간적 모럴이다.

'인간적 모럴'은 그것이 시험되는 비극적 운명에 처한 인물의 상황과 맞물려 있다. 인물들은 '신'과 단절된 듯한 '현실'에 대해서도 그리고 비극적인 운명 뒤에 숨어 버린 신에 대해서도 그 어느 쪽도 긍정할 수 없는 상황에 처해 있다. 즉 비극적 운명에 처하여 신과 세계 사이에서 힘겹게 스스로 중심 잡기를 하는 인간의 심리적 갈등을 보여준다. 비극적 운명에 처한 인물의 대응방식은 '초월', '위안', '개척'의 양상으로 나타난다. 공통적인 극복 방식은 '고통'을 감내하는 것으로 나타난다. 김춘수는 '예수', '사바타', '키리로프' 등 '죽음'에 처한 인물들의 상황에 관심을 가지며 그가 이들에게서 읽어내는 중요 부분이 '고통'과 관련한 것이다. 즉 인간의 육체적 고통을 감내하고 태어난 고귀한 정신에 가치의 비중을 두는 것이다. 고귀한 정신은 육체의 고통을 견뎌내는 '정신', 정신을 지켜내려는 '육체'의 힘으로서이다.

그는 고통을 위로하고 고통으로부터 탈피하고자 하는 방식으로서 '무의미'의 언어를 선택한 것이다. '무의미' 중심의 시쓰기는 기존의 이성적 글쓰기의 반대편에 선 것으로서 이것이 구축한 세계는 현상적, 찰나적 장면으로 나타난다. 파편적 이미지 중심의 글쓰기는 무의미시가 지닌 반이성주의, 반플라톤주의의 세계관을 드러낸다. 즉 무의미시는 환상적 이미지를 중심으로 그가 겪은 고통의 심리를 강조한다. 그는 언어적 측면의 무의미 형식 이외에 시의 내용적 측면에서 자신의 것이 아닌 작중 인물의 상황을 빌어서 나타낸다. 이것은 무의미시가 시인 자신을 숨기는 가면의 전략과 관련된 것임을 보여 준다.

연구사적 측면에서 본고의 의의는 다음과 같다. 첫째 무의미 양상과 결부된 시적 의미 생산을 해명한 점이다. 구체적으로 '무의미'와 '의미'의 관련성을 전제로 한 철학적, 문학적 논의를 적용하므로써 무의미를 유형화, 계열화하였다. 둘째 김춘수의 무의미시론에 기대어 무의미시를 해명하는 기존 논의에서 탈피하려고 한 점을 들 수 있다. 구체적으로 김춘수가 논의한 무의미시론이 지닌 특성과 맹점을 지적하고 무의미시와 그의 무의미시론을 객관적으로 구분, 고찰하였다. 셋째 무의미시가 지닌 독특한 특성에 대하여 해명한 점을 들 수 있다. 그는 '자유로운 방심상태'를 표현한 시편을 지향하였으나 무의미시는 무의미 어구에 의한 '무의식적 방심 상태의 묘사'를 보여준다. 넷째 무의미 어구를 중심으로 작품을 내재적으로 분석하고 이를 토대로 하여 의식적 기저를 해명하려고 한 점을 들 수 있다.

■ 참 고 문 헌

<기본 자료>

1. 시집
　《구름과 장미》, 행문사, 1948.
　《늪》, 문예사, 1950.
　《旗》, 문예사, 1953.
　《隣人》, 문예사, 1953.
　《꽃의 소묘》, 백자사, 1959.
　《부다페스트에서의 소녀의 죽음》, 춘조사, 1959.
　《타령조·기타》, 문화출판사, 1969.
　《南天》, 근역서재, 1977.
　《비에 젖은 달》, 근역서재, 1980.
　《라틴點描·기타》, 문학과 비평, 1988.
　《처용단장》, 미학사, 1991.
　《서서 잠자는 숲》, 민음사, 1993.
　《壺》, 한밭, 1996.
　《들림, 도스토예프스키》, 민음사, 1997.
　《의자와 계단》, 문학세계, 1999.
　《거울 속의 천사》, 민음사, 2001.
　《쉰한편의 비가》, 현대문학, 2002.
　《김춘수 전집1 시》, 문장사, 1984.
　《김춘수 시전집》, 민음사, 1994.
2. 소설
　《처용》, 현대문학, 1963. 6.
　《꽃과 여우》, 민음사, 1997.
3. 수필
　《김춘수 전집3수필》, 문장사, 1983.

≪하나님의 아들, 사람의 아들≫, 현대문학, 1985.

≪예술가의 삶≫, 혜화당, 1993.

≪여자라고 하는 이름의 바다≫, 제일미디어, 1993.

≪사마천을 기다리며≫, 월간에세이, 1995.

4. 시론

≪김춘수 전집2 시론≫, 문장사, 1982.

≪시의 이해와 작법≫, 고려원, 1989.

≪시의 위상≫, 둥지, 1991.

≪김춘수 四色 사화집≫, 현대문학, 2002.

<국내논저>

고경희, 『김춘수 시의 언어기호학적 해석』, 건국대석사, 1993.

고정희, 「무의미시론고」, 『김춘수연구』, 학문사, 1982.

구모룡, 「완전주의적 시정신」, 『김춘수연구』

권기호, 「절대적 이미지-김춘수의 무의미시를 중심으로」, 『김춘수연구』.

권영민, 「인식으로서의 시와 시에 대한 인식」, 『세계의 문학』, 1982 겨울.

권혁웅, 「김춘수 시연구 : 詩의식의 변모를 중심으로」, 고려대석사, 1995.

_____, 『한국 현대시의 시작방법 연구』, 깊은샘, 2001.

_____, 「어둠 저 너머 세계의 분열과 화해, 무의미시와 그 이후 - 김춘수론」, 『문학사상』, 1997.2.

금동철, 『한국현대시의 수사학』, 국학자료원, 2001.

_____, 「'예수드라마'와 인간의 비극성」, 『구원의 시학』, 새미, 2000.

김경복, 「한국 현대시의 설화 수용 의미」, 『한국서술시의 시학』, 김준오 외, 태학사, 1998.

김두한, 『김춘수의 시세계』, 문창사, 1993.

김대행, 『문학이란 무엇인가』, 문학과지성사, 1992.

_____, 『운율』, 문학과지성사, 1984.

김용직, 「아네모네와 실험의식」, 『김춘수 연구』

_____, 『한국현대시사』 (상·하), 한국문연, 1996.

_____, 『현대시원론』, 학연사, 1988.

김용태, 「김춘수시의 존재론과 Heidegger와의 거리(其一)」, 『어문학교육 12집』, 1990.7.

_____, 「김춘수시의 존재론과 Heidegger와의 거리(其二)」, 『수련어문논집 17집』, 1990.5.

_____, 「김춘수시의 사유에 나타난 방법론적 해탈 無」, 『한국문학논총 8・9집』, 1986.12.

_____, 「무의미의 시와 시간성 -김춘수의 무의미시」, 『어문학교육 9집』, 1986.12.

김열규, 「'꽃'이 피운 서정」, 『심상』, 1977.9.

김영태, 「처용단장에 관한 노우트」, 『현대시학』, 1978.2.

김윤식, 김우종 외, 『한국현대문학사』, 현대문학, 1994.

김윤식・김현, 『한국문학사』, 민음사, 1973.

김윤식, 「한국시에 미친 릴케의 영향」, 『한국문학의 논리』, 일지사, 1974.

_____, 「내용 없는 아름다움을 위한 넙치눈이의 만남과 헤어짐의 한 장면」, 『현대문학』, 2001.10.

김예리, 「김춘수 시에서의 '무한'의 의미 연구」, 서울대석사, 2004.

김의수, 『김춘수 시에서의 상호텍스트성 연구』, 서울대박사, 2003.

　김인환, 「김춘수의 장르의식」, 『한국현대시문학대계25-김춘수』, 지식산업사, 1987.

_____, 『상상력과 원근법』, 문학과 지성사, 1993.

김종길, 「탐색을 멈추지 않는 시인-김춘수론」, 『시와 시인들』, 민음사, 1997.

김주연, 「명상적 집중과 추억」, 『처용』, 민음사, 1974.

_____, 「김춘수와 고은의 변모」, 『변동사회와 작가』, 문학과지성사, 1979.

김준오, 「처용시학-김춘수의 무의미시론고」, 『부산대논문집』 29, 1980.6.

_____, 「變身과 匿名-김춘수의 시적 가면」, 『가면의 해석학』, 이우출판사, 1985.

_____, 「김춘수의 의미시와 소외현상학」, 『도시시와 해체시』, 문학과비평사, 1992.

김　현, 「김춘수의 유년시절의 시」, 『문학과 유토피아』, 문학과지성, 1991.

_____, 「김춘수와 시적변용」, 『상상력과 인간』, 문학과지성, 1991.

김현나, 「김춘수 시 연구」, 충남대석사, 1991.

김현자, 「김춘수 시의 구조와 청자의 반응」, 『한국시의 감각과 미적 거리』, 문학과지성사, 1997.

_____, 「한국현대시의 구조와 청자의 반응에 관한 연구」, 『한국문화연구원논총』 52집, 이대, 1987.

_____, 『한국 현대시 읽기』, 민음사, 1999.

김혜순, 「김춘수와 김수영 시에 나타난 시간의식의 대비적 고찰」, 건대석사, 1982.

남기혁, 「김춘수 전기시의 자아 인식과 미적 근대성 : '무의미시'로 이르는 길」, 『한국현대시의 비판적 연구』, 월인, 2001.

_____, 「김춘수의 무의미시론 연구」, 『한국현대시의 비판적 연구』

노 철, 『김춘수와 김수영의 창작방법 연구』, 고려대박사, 1998.

동시영, 「<처용단장>의 울음 계열체와 구조」, 『1950년대 한국문학연구』, 보고사, 1997.

류순태, 「1950년대 김춘수 시에서의 '눈/눈짓'의 의미 고찰」, 『관악어문연구』24집.

_____, 「1960년대 김춘수 시의 창작 방법 연구」, 『한국시학연구』3호

류 신, 「김춘수와 천사, 그리고 릴케-변용의 힘」, 『현대시학』, 2000.10.

류철균, 『한국현대소설 창작론 연구』, 서울대박사, 2001.

문광영, 「김춘수시의 현상학적 해석」, 『인천교대논문집』, 22집, 1988.6.

문덕수, 「김춘수론」, 『김춘수연구』.

문혜원, 「김춘수론-절대순수의 세계와 인간적인 울림의 조화」, 『문학사상』, 1990.8.

_____, 「김춘수의 시와 시론에 나타나는 이미지연구」, 『한국문학과 모더니즘』, 한양출판, 1994.

_____, 「하이데거의 영향을 중심으로 한 김춘수 시의 실존론적인 분석」, 『비교문학』 20호, 1995.

박선희, 「김춘수 시 연구」, 『숭실어문』 8집, 1991.7.

박유미, 『김춘수 시 연구』, 고려대석사, 1987.

박윤우, 「김춘수의 시론과 현대적 서정시학의 형성」, 『한국현대시론사』, 모음사, 1992.

박철석, 「김춘수론」, 『현대시학』, 1981.4.

박철희, 「김춘수 시의 문법」, 『서정과 인식』, 이우, 1982.

박찬국, 이수정, 『하이데거-그의 생애와 사상』, 서울대출판부, 1999.

박찬부, 『현대정신분석비평』, 민음사, 1996.

방민호, 『비평의 도그마를 넘어』, 창작과비평사, 2000.

서준섭, 「순수시의 향방-1960년대 이후의 김춘수의 시세계」, 『작가세계』, 1997, 여름.

서진영, 「김춘수 시에 나타난 나르시시즘연구」, 서울대석사, 1998.

손자희, 「김춘수 시 연구 -이미지를 중심으로」, 중앙대석사, 1983.

송기한, 『한국 전후시의 근대성과 시간의식』, 태학사, 1994.

신범순, 「무화과나무의 언어」, 『한국현대시의 퇴폐와 작은 주체』, 신구문화사, 1998.

_____, 「처용신화와 성적 연금술의 상징」, 『Korean Studies』 VOLI, CAAKS, 2001.

신상철, 「김춘수의 시세계와 그 변모」, 『현대시 연구와 비평』, 경남대출판부, 1996.

신정순, 「김춘수 시에 나타난 '빛', '물', '돌'의 이미지와 상상력의 질서」, 이화여대석사, 1981.

양왕용, 「예수를 소재로 한 詩에서의 意味와 無意味」, 권기호 외, 『김춘수연구』

_____, 『현대시교육론』, 삼지원, 1997.

엄국현, 「무의미시의 방법적 이해」, 『김춘수 연구』

오규원, 「김춘수의 무의미시」, 『현대시학』, 1973.6.

오생근, 「자동기술과 초현실주의적 이미지의 의미와 특성」, 인문논총27집, 1992.6.

오세영, 「김춘수의 <노래>」, 『문학예술』, 1991.6.

_____, 「김춘수의 <꽃>」, 『현대시』, 1997.7.

_____, 『한국현대시 분석적 읽기』, 고려대출판부, 1998.

원형갑, 「김춘수와 무의미의 기본구조」, 『현대시론총』, 형설출판사, 1982.

유재웅, 「머리 속의 여우, 그리고 꿈꾸는 숲」, 『현대시』, 1993.2.

윤정구, 「무의미시의 깊은 뜻, 혹은 반짝거림」, 『한국현대시인을 찾아서』, 국학자료원, 2001.

이경민, 「김춘수 시의 공간연구」, 중앙대석사, 2001.

이경식, 『아리스토텔레스의 시학과 신고전주의』, 서울대출판부, 1997.

이경철, 「김춘수시의 변모양상」, 『동악어문논집』 23집, 1988.2.

이기철, 「김춘수 시의 독법」, 『현대시』, 1991.3.

이남호, 「김춘수의 『시의 위상』에 대하여」, 『세계의 문학』, 1991 여름.

이미순, 「김춘수의 <꽃>에 대한 해체론적 독서」, 『梧堂 趙恒墐 화갑기념논총』,
　　　　보고사, 1997.

이봉채, 「김춘수의 꽃 그 존재론적 의미」, 국어국문학논문집, 경운출판사, 1990.8.

이동순, 「시의 존재와 무의미의 의미」, 『김춘수연구』

이명희, 『한국현대시에 나타난 신화적 상상력 연구』, 건국대박사, 2002.

이민호, 『현대시의 담화론적 연구-김수영·김춘수·김종삼의 시를 대상으로』, 서강대
　　　　박사, 2001.

이숭원, 『현대시와 현실인식』, 한신문화사, 1990.

＿＿＿, 「생명의 속살, 죽음의 그늘」, 『현대시』, 1993.12.

＿＿＿, 「인간 존재의 보편적 욕망」, 『시와시학』, 1992 봄.

이승훈, 「존재의 해명-김춘수의 꽃」, 현대시학, 1974.5.

＿＿＿, 「김춘수, 시선과 응시의 매혹」, 『작가세계』, 1997 여름.

＿＿＿, 「전후 모더니즘 운동의 두 흐름」, 『문학사상』, 1999. 6.

＿＿＿, 「김춘수의 <처용단장>」, 『현대시학』, 2000.10.

＿＿＿, 『한국모더니즘시사』, 문예출판사, 2000.

이어령, 「우주론적 언술로서의 <처용가>」, 『시 다시 읽기』, 문학사상사, 1995.

이은실, 「김춘수 시에 나타난 유토피아 지향의식 연구」, 부경대석사, 2003.

이은정, 『김춘수와 김수영 시학의 대비적 연구』, 이화여대박사, 1993.

＿＿＿, 「김춘수의 시적 대상에 관한 연구」, 이화여대석사, 1986.

＿＿＿, 「처용과 역사, 그 불화의 시학-김춘수의 <처용단장>론」, 『구조와 분석』,
　　　　창, 1993.

이인영, 『김춘수와 고은시의 허무의식연구』, 연세대박사, 1999.

이정우, 『시뮬라크르의 시대』, 거름, 2002.

이진경, 『노마디즘』 1·2, 휴머니스트, 2002.

이진홍, 「김춘수의 꽃에 대한 존재론적 조명」, 『김춘수 연구』

이창민, 『양식과 심상』, 월인, 2000.

이태수, 「김춘수의 근작, 기타」, 『현대시학』, 1978.8.

이형기, 「존재의 조명-<꽃>분석」, 『김춘수연구』

임수만, 「김춘수 시의 기호학적 연구」, 서울대석사, 1996.

장광수, 「김춘수 시에 나타난 유년이미지의 변용」, 경북대석사, 1988.

장명희, 「김춘수의 시세계」, 『효성여대 국어국문학연구3』, 1970.

장발보, 『판단에 의한 자연과 자유의 연결-칸트 철학의 교육학적 해석』, 서울대석사, 2003.

장윤익, 「비현실의 현실과 무한의 변증법-김춘수의 <이중섭>을 중심으로」, 『시문학』, 1977.4.

정유화, 「김춘수 시의 기호학적 구조연구」, 중앙대석사, 1990.12.

정한모, 「김춘수의 '의미와 무의미'」, 『김춘수연구』

정효구, 「김춘수 시의 변모과정 연구」, 『개신어문연구』, 충북대, 1996.

조남현, 「1960년대 시와 의식의 내면화 문제」, 『건국어문학』 11,12, 1987.4.

_____, 「김춘수의 <꽃>-사물과 존재론」, 『김춘수연구』

_____, 「순수참여 논쟁」, 『한국근현대문학연구입문』, 한길사, 1990.

조달곤, 「춘수시의 변모와 실험정신」, 『부산산업대논문집』, 1983.3.

조영복, 「여우, 장미를 찾아가다-김춘수의 문학적 연대기」, 『작가세계』, 1997 여름.

조명제, 「김춘수 시의 현상학적 연구」, 중앙대석사, 1983.

_____, 「존재와 유토피아, 그 쓸쓸함의 거리 -김춘수의 시세계」, 『시와 비평』, 1990 봄.

조진기, 「靑馬와 未堂의 거리」, 『현대시론총』, 형설출판사, 1982.

조혜진, 「김춘수 시 연구-시간의식을 중심으로」, 성신여대석사, 2001.

지주현, 『김춘수 시의 형태 형성과정 연구』, 연세대석사, 2002.

진수미, 『김춘수 무의미시의 시작 방법 연구-회화적 방법론을 중심으로』, 서울시립대 박사, 2003.

채규판, 「김춘수, 문덕수, 송욱의 실험정신」, 『한국현대비교시인론』, 탐구당, 1982.

최라영, 「산홋빛 애벌레의 날아오르가-김춘수론」, 대한매일신문신춘문예, 2002.

_____, 「나는 바다가 될 수 있을까-김춘수론」, 『오늘의 문예비평』, 2003 여름.

최승호, 『서정시의 이데올로기와 수사학』, 국학자료원, 2002.

최원규, 「존재와 번뇌-김춘수의 <꽃>을 중심으로」, 『김춘수연구』

최원식, 「김춘수시의 의미와 무의미」, 『한국현대시사연구』, 김용직 공저, 일지사, 1983.

최하림, 「원초경험의 변용」, 『김춘수 연구』

최혜실, 「문학에서 해석의 객관성 -'처용가'의 해석」, 『한국근대문학의 몇 가지 주제』, 소명출판, 2002.

한계전, 「존재의 비밀과 유년기의 체험」, 『문학사상』, 2000.11.

_____, 『한국현대시론연구』, 일지사, 1990.

함종호, 「김춘수 무의미시의 발생과 구성원리」, 서울시립대석사, 2002.

황동규, 「감상의 제어와 방임」, 『김춘수연구』

황유숙, 「김춘수 시의 의식현상 연구」, 성신여대석사, 1998.

현승춘, 「김춘수의 시세계와 은유구조」, 제주대석사, 1993.

홍경표, 「탈관념과 순수 〈이미지〉에의 지향」, 『김춘수 연구』

<국외논저>

Adorno, Theodor W, 김유동 역, 『계몽의 변증법』, 문예출판사, 1995.

Albert Camus, 이가림 역, 『시지프의 신화』, 문예출판사, 1996.

Alison rieke, The Senses of Nonsense, Unversity of Iowa Press, 1992.

Anica Lemaire, 이미선 역, 『자크라캉』, 문예출판사, 1989.

Bataille, Georges, 조한경 역, 『에로티즘』, 민음사, 1989.

_____, 최윤정 역, 『문학과 악』, 민음사, 1998.

B. F. Skinner, Verbal Behavior, Appleton-Century-Crofts, 1957.

Benjamin, Walter, 반성완 역, 『발터벤야민의 문예이론』, 민음사, 1983.

Bloom, Harold, A Map of Misreading, Oxford Univ, 1975.

Calinescu, M, 이영욱 외역 『모더니티의 다섯 얼굴』, 시각과 언어, 1993.

Cassirer, Ernst, 최명관 역, 『인간이란 무엇인가』, 서광사, 1988.

Claud Levi-Strauss, 임옥희 역, 『신화와 의미』, 2000.

Deleuze, Gilles, Difference and Repetition, London: Athlone Press, 1994.

_____, The Logic of Sense, Columbia Univ, 1990.

_____, Logique du sens, Paris : Minuit, 1999.

_____, 이정우 역, 『의미의 논리』, 한길사, 2002.

_____, 김재인 역, 『천개의 고원』, 새물결, 2001.

_____, 이정임 · 윤정임 역, 『철학이란 무엇인가』, 현대미학사, 1995.

_____, 서동욱 역, 『프루스트와 기호들』, 민음사, 1999.

_____, 조한경 역, 『소수집단의 문학을 위하여-카프카론』, 1992.

_____, 신범순, 조영복 역, 『니체 철학의 주사위 』, 인간사랑, 1994.

Deleuze, Gilles, Gattari Felix, 김재인 역, 『천개의 고원』, 새물결, 2001.

_____, 최명관 역, 『앙띠오이디푸스』, 민음사, 2000.

_____, 이정임, 윤정임 역, 『철학이란 무엇인가』, 현대미학사, 1995.

Derrida, J, 남수인 역, 『글쓰기와 차이』, 동문선, 2001.

_____, 김보현 역, 『해체』, 문예출판사, 1996.

E. 캇시러, 최명관 역, 『인간이란 무엇인가』, 서광사, 1996

Eco, Umberto, 서우석 역, 『기호학 이론』, 문학과 지성사, 1985.

_____, 조형준 역, 『열린 예술작품』, 새물결, 1995.

Elizabeth Wright, 박찬부 역, 『페미니즘과 정신분석학 사전』, 한신문화사, 1997.

F. 코플스톤, 임재진 역, 『칸트』, 중원문화 , 1986.

Ferdinand de Saussure, 최승언 역, 『일반언어학 강의』, 민음사, 1997.

F. Nietzsche, 김대경 역,『비극의 탄생』, 청하, 1992.

_____, 김훈 역『선악을 넘어서』, 청하, 1992.

Foucault, Michel, 김부용 역, 『광기의 역사』, 인간사랑, 1991.

_____, 이광래 역, 『말과 사물』, 민음사, 1987.

_____, 이정우 역, 『지식의 고고학』, 민음사, 1992.

Freud, Sigmund, 박찬부 역, 『쾌락원칙을 넘어서』, 열린책들, 1997.

_____, 윤희기 역, 『무의식에 관하여』, 열린책들, 1997.

_____, 정장진 역, 『창조적인 작가와 몽상』, 열린책들, 1996.

_____, 임홍빈 역, 『정신분석강의』(하), 열린책들, 1997.

_____, 유완상 역, 『억압, 증후 그리고 불안』, 열린책들, 1997.

_____, 김미리혜 역, 『히스테리 연구』, 열린책들, 1997.

_____, 임인주 역, 『농담과 무의식의 관계』, 열린책들, 2002.

_____, 김재혁, 권세훈 역, 『꼬마 한스와 도라』, 열린책들, 2002.

Frye, N, 임철규 역, 『비평의 해부』, 한길사, 1985.

Fyodor Mikhailovich Dostoevskii, 이철 역, 『죄와 벌』(상)(하), 범우사, 1998.

_____, 김학수 역, 『카라마조프의 형제』, 범우사, 1997.

_____, 박형규 역, 『백치』(상)(중)(하), 범우사, 1997.

_____, 이철 역, 『악령』(상)(중)(하), 범우사, 1998.

Garatani Gogin, 송태욱 역, 『탐구』(1)(2), 새물결, 1998.

G. Bachelard, 정영란 역, 『공기와 꿈』, 민음사, 1994.

_____, 곽광수 역, 『공간의 시학』, 민음사, 1993.

_____, 『몽상의 시학』, 기린원, 1990.

George Pitcher, 박영식 역, 『비트겐슈타인의 철학』, 서광사, 1987.

Ghiselin, Brewster, 이상섭 역, 『예술창조의 과정』, 연세대출판부, 1980.

Guila Ballas, 한택수 역, 『현대미술과 색채』, 궁리, 2002.

Gustav Stern, Meaning and Change of Meaning, Goteborg, Sweden, 1932.

Harries, K, 오병남 외역, 『현대미술 -그 철학적 의미』, 서광사, 1988.

Henri Lefebvre, 박정자 역, 『현대세계의 일상성』, 주류일념, 1995.

Hutcheon, Linda, 김상구, 윤여복 역, 『패러디 이론』, 문예출판사, 1993.

I.A Richards, Poetics and Sciences, Norton Co, 1970.

I. Kant, 최재희 역, 『순수이성비판』, 박영사, 1999.

Jakobson, Roman, 신문수 역, 『문학속의 언어학』, 문학과지성사, 1995.

Jean Baudrillard, 하태환 역, 『시뮬라시옹』, 민음사, 1993.

J. Fletcher, A. Benjamin, Abjection, Melancholia and love, Routledge, 1990.

J. Lacan, 권택영 역, 『욕망이론』, 문예, 1994.

Jerry A. Fordor and Jerrold J. Katz, eds, The Structure of Language, Englewood Cliffs,
       N.J., 1964.

Joseph Childers, Gary Hentzi, 황종연 역, 『현대문학·문화비평 용어사전』, 문학동네,
       1999.

Julia Kristeva, Desire Language, Brackwell, 1980.

_____, Powers of Horror, Columbia Univ, 1982.

_____, Revolution in Poetic Language, Columbia Univ, 1984.

_____, Tales of Love, Columbia Univ, 1987.

_____, Language The Unknown, Columbia Univ, 1989.

Kelly Oliver, Reading Kristeva, Indiana Univ, 1993.

Lacan, Jacques, 권택영 역, 『욕망이론』, 1994.

Levinas, E., 강영안 역, 『시간과 타자』, 문예출판사, 1996.

_____, 박규현 역, 『모리스 블랑쇼에 대하여』, 동문선, 2003.

Lotman, Juri, 유재천 역, 『예술텍스트의 구조』, 고려원, 1991.

Lewis Carroll, 봉현선 역, 『이상한 나라의 앨리스』, 혜원출판사, 2000.

_____, 손영미 역, 『거울 나라의 앨리스』, 시공사, 1993.

Ludwig Wittgenstein, Philosophical Investigations, Oxford : Basil Blackwell, 1953.

_____, Tractatus Logico-Philosophicus, London : Routledge & Kegan Paul, 1922.

L. Goldman, 정과리 외역, 『숨은 신 -비극적 세계관의 변증법』, 연구사, 1986.

Lukcs, Georg, 차봉희 역, 『루카치의 변증-유물론적 문학이론』, 한마당, 1987.

Lyotard, Jean-Francois, 유정완 역, 『포스트모던의 조건』, 민음사, 1992.

Maurice Merleau-Ponty, 권혁면 역, 서『의미와 무의미』, 서광사, 1984.

M. Eliade, 이동하 역, 『성과 속』, 학민사, 1990.

_____, 박규태 역, 『상징, 신성, 예술』, 서광사, 1991.

_____, 이재실 역, 『이미지와 상징』, 까치, 1998.

M, Grant, 김진욱 역, 『그리스 · 로마 신화사전』, 범우사, 2000.

Meyerhoff, H, 김준오 역, 『문학과 시간 현상학』, 삼영사, 1987.

M.H. Abrams, The Mirror and the Lamp, Oxford Univ, 1971.

Moi, Toril, 『성과 텍스트의 정치학』, 임옥희 역, 한신문화사, 1994.

Newton Garver 외, 이승종 역, 『데리다와 비트겐슈타인』, 민음사, 1998.

Nietzsche, Friedrich, 김대경 역, 『비극의 탄생』, 청하, 1982.

_____, 김태현 역, 『도덕의 계보』, 청하, 1982.

P. Ricoeur, 양명수 역, 『악의 상징』, 문학과지성사, 1994.

Peter V Zima, 허창운 역, 『문예미학』, 을유문화사, 1993.

R. Barthes, Elements of Semiology, Hill and Wang, 1994.

R. Bogue, 이정우 역, 『들뢰즈와 가타리』, 새길, 2000.

Riffaterre, Michael, 유재천 역, 『시의 기호학』, 민음사, 1989.

Robey, David, Ann Jefferson, 송창섭 외역, 『현대문학이론』, 한신문화사, 1995.

Ronald Granofsky, The Trauma Novel, American university studies ; Ser 3, Comparative
        literature ; Vol 55, Peter lang Publishing, 1995.

Rosemary Jackson, 서강여성문학연구회 역, 『환상성』, 문학동네, 2001.

Scholes, Robert E, 위미숙 역, 『문학과 구조주의』, 새문사, 1992.

S. Zizek, 『이데올로기라는 숭고한 대상』, 김수련 역, 인간사랑, 2002.

The Encyclopedia of Philosophy, Paul Edwards, the Macmillan company, 1967.

The Encyclopedia of Poetry and Poetics, Princeton Univ Press, 1965.

The Oxford English Dictionary, Simpson, J. A., Clarendon Press, 1991

T. Todorov, 이기우 역, 『상징의 이론』, 한국문화사, 1995.

Walter Benjamin, 반성완 편역, 『발터벤야민의 문예이론』, 민음사, 1992.

부 록

도스토예프스키의 시적 변용

- 김춘수의 『들림, 도스토예프스키』

1. 머리말

김춘수의 무의미시편들은 다른 예술 영역, 즉 미술, 소설, 설화 등의 분야를 토대로 하여 연작의 형태를 이루고 있다. 「이중섭 연작」, 「도스토예프스키 연작」, 「처용 연작」 등이 그 대표적인 사례이다. 이 중에서 「도스토예프스키 연작」은 장시 형식의 「대심문관」 극시를 포함하여 50여 편되는 작품들로서 하나의 시집을 이룬다.[44] 그런데 도스토예프스키의 작품을 토대로 작가 수업을 하거나 혹은 그것을 염두에 두면서 창작한 작가나 시인들의 사례는 많다. 그런데 김춘수의 이 연작시편이 주목을 끄는 이유는 먼저 이것이 '무의미시'의 형태를 갖추고 있기 때문이다. 다시 말해서 시편 자체를 두고 감상할 때는 '무의미'를 중심으로 한 비약과 병치 그리고 시인 자신이 개인적 의미를 부여한 어구들을 중심으로 하나의 시편이 이루어져 있기 때문에 내용 면에서 연속적 맥락이 잡히기 어렵다. 또한 「도스토예프스키 연작」은 김춘

---

44) 김춘수, 『들림, 도스토예프스키』, 민음사, 1997 참고

수가 도스토예프스키 작품들을 독자가 읽고 이해했다는 것을 전제로 하여 내용에 관한 설명이 거의 없이 인물들의 심리상황을 반영한 어구를 써 나가기 때문에 도스토예프스키의 작품을 꼼꼼이 읽어본 독자가 아니라면 접근하기가 용이하지 않은 시편에 속한다. 그러나 이러한 난해성에도 불구하고 김춘수의 「도스토예프스키 연작」은 도스토예프스키 작품에 대한 이해를 전제로 하든지 하지 않든지 간에 뚜렷한 시적 성취의 보기를 이룬 경우라고 할 수 있으며 50년대 후반부터 최근까지 김춘수가 주력한 '무의미시'의 한 정점에 놓여 있는 작품이라는 의의를 지닌다. 그리고 우리 문학사에서 김춘수만큼 도스토예프스키의 작품을 꼼꼼하게 지속적으로 천착하여 일군의 새로운 창작품으로 귀결시킨 작가는 없다. 이런 측면에서 볼 때 김춘수의 「도스토예프스키 연작」과 도스토예프스키 작품의 상호 연관성을 규명하면서 그가 도스토예프스키 문학을 어떠한 방식으로 자기화하면서 변용해 나갔는지에 관한 검토는 필수적인 작업이다. 따라서 이 글은 도스토예프스키 연작시와 도스토예프스키 작품의 연관성을 면밀히 규명하면서 김춘수가 도스토예프스키 문학의 어떠한 특성에 가치를 부여하고 그것을 어떠한 개성적 방식으로 형상화하였는지에 관하여 고찰해 보고자 한다.

2. 상호텍스트성에 의한 상상적 대화

「도스토예프스키 연작」의 주요한 특성을 지적하자면 수신인과 발신인의 형태를 뚜렷이 갖춘 짧은 편지글의 형식을 갖추고 있다는 점을 들 수 있다. 구체적으로 김춘수는 「처용연작」의 경우와 마찬가지로 詩作의 완성도에 가장 심혈을 기울인 「도스토예프스키 연작」 1부는 모두 편지글의 형식을

갖추고 있으며 수신인은 주로 제목의 형태를 갖추고 나타난다. 편지글 형식을
갖춘 작품들의 수신인과 원전을 살펴보면 다음과 같다.

순서	제 목	보낸 사람	원 전
1	「소냐에게」	라스코리니코프	『죄와벌』
2	「아료샤에게」	이반	『까라마조프의형제들』
3	「라스코리니코프에게」	이반	『죄와벌』『까라마조프의형제들』
4	「이반에게」	드미트리	『까라마조프의형제들』
5	「소의 베르호벤스키에게」	스타브로긴	『악령』
6	「존경하는스타브로긴스승님께」	키리로프	『악령』
7	「追伸, 스승님께」	키리로프	『악령』
8	「드미트리에게」	조시마 장로	『까라마조프의 형제들』
9	「소피야에게」	무이시킨 공작	『미성년』『백치』
10	「치흔 僧正님께」	샤토프	『악령』
11	「나타샤에게」	와르코프스키공작	『학대받은 사람들』
12	「제브시킨에게」	스비드리가이로프	『가난한 사람들』
13	「구르셴카 언니에게」	소냐	『죄와벌』『까라마조프의형제들』
14	「딸이라고부르기민망한소냐에게」	아비(소냐의 父)	『죄와벌』
15	「조시마 장로 보시오」	표트르까라마조프	『까라마조프의 형제들』
16	「표트르 어르신께」	구르셴카	『까라마조프의 형제들』
17	「스비드리가이로프에게」	제브시킨	『가난한 사람들』
18	「즈메르자코르에게」	아료샤	『까라마조프의 형제들』
19	「답신, 아료샤에게」	즈메르자코프	『까라마조프의 형제들』

위에서 알 수 있는 바와 같이 편지글 형식을 갖춘 연작시편이 주로 토대하
고 있는 작품은 『까라마조프의 형제들』, 『죄와 벌』, 『악령』, 『가난한
사람들』, 『미성년』, 『백치』, 『학대받은 사람들』 등 도스토예프스키의

주요 작품들이다.45) 이중 비중이 실린 작품이라면 단연 『까라마조프의 형제
들』을 꼽을 수 있다. 이 작품은 「도스토예프스키 연작」의 전편에 걸쳐서
등장인물들의 상상적인 발화 중심의 시편들이 구성되고 있으면서 1부 연작에
서는 19편 중 9편을 차지할 만큼 집중적인 관련성을 지니고 있다.46) 『죄와
벌』의 경우도 『까라마조프의 형제들』과 유사한 양상을 띠는데 특히 작중
인물 중 「소냐」에 대한 비중도가 높은 것이 특징이다. 이 인물에 대한 거론
이 1부 중 6편에 걸쳐서 언급되고 시인의 시선이 매우 긍정적으로 묘사되고
있는 점, 그리고 「소냐에게」의 시가 시전체 연작의 첫 머리를 장식하는
점이 이러한 사실을 뒷받침한다. 그리고 2부에서는 『까라마조프의 형제들』
을 비롯한 다양한 도스토예프스키의 작중 인물들이 발화하는 형식을 이루고
있다. 또한 3부에서는 『악령』의 '스타브로긴'이 주로 부각되고 있다. 그리
고 4부의 「대심문관」의 극시는 『까라마조프의 형제들』의 '이반'이 허구
화한 인물인 '대심문관'을 모티브로 한 것이다.47) 「도스토예프스키 연작」

---

45) 김춘수 시편에 나타나는 주요한 인물들과 도스토예프스키 작중 인물들의 상관성은 도스토예
프스키 다음의 작품들을 주요하게 참고로 하였다.
　F. 도스토예프스키, 『카라마조프의 형제』(상)(중)(하), 김학수 역, 범우사, 1998.
　_____, 『죄와 벌』(상)(하), 이철 역, 범우사, 1996.
　_____, 『악령』(상)(중)(하), 이철 역, 범우사, 1998.
　_____, 『백치』(상)(중)(하), 박형규 역, 범우사, 1997.
　_____, 『지하생활자의 수기』, 이동현 역, 문예출판사, 1992.
　_____, 『미성년』, 이상룡 역, 열린책들, 2002.
　_____, 『백야 외』, 석영중外 역, 열린책들, 2002.
46) 「도스토예프스키 연작」에서 도스토예프스키 소설과 관련성을 지니지 않은 허구적 인물이
몇 명 나타난다. 구체적으로 지적하면 2부의 「리자 할머니」의 '리자 할머니'(도스토예프스
키 소설에서 같은 이름은 있으나 김춘수 시에서 형상화된 내용과 관련지어 볼 때 허구적
인물의 특성이 강함), 「삼동」의 '고르코프', 「허리가 긴」의 '누루무치'와 '우루무치',
「자리」의 '촘스키 할아버지'를 들 수 있다.
47) 도스토예프스키 연작은 제 1부부터 4부까지로 구성되어 있다. 위에서 제시한 1부 이외에
제 2부부터 4부까지 도스토예프스키 작품과의 상관성을 서술하면 다음과 같다.
　제 2부 『까라마조프의 형제들』과 『죄와 벌』의 주 무대인 <페테르부르크>와 주인공

을 통들어 볼 때 시인의 비중도는 주로 『까라마조프의 형제들』의 인물들에 놓여 있음을 알 수 있다. 그리고 『죄와 벌』의 '라스콜리니코프'나 『악령』의 '스타브로긴'은 『까라마조프의 형제들』의 '이반', '대심문관'의 내적 연속선상에 존재하고 있다.

등장인물들의 내적 연속성과 시인의 가치부여 방식 등은 편지글 형식으로 된 대화체라는 이 연작의 독특한 서술방식과 밀접한 관련을 지닌다. 즉 편지를 쓰는 형식으로 『까라마조프의 형제들』의 주요 인물이 모두 등장하여 이야기를 서로에게 건네는 양상을 취하고 있다. 주목할 것은 발신자와 수신자의 관계에서 나타나는 특징이다. 즉 『까라마조프의 형제들』의 드미트리는 이반에게 이반은 아료샤에게 아료샤는 즈메르자코프에게 즈메르자코프는 아료샤에게 그리고 구르센카는 표트르에게 표트르는 조시마 장로에게 보내는 상호 관계이다. 대체적으로 이들은 서로 원환적으로 맞물리면서 다른 인물에게 자신의 상황과 이야기를 소통시키려 하는 것이다. 여기서 중요한 부분을 알 수 있는데 그것은 「도스토예프스키 연작」을 모은 시집 제목을 김춘수가 〈들림〉이라고 명명한 까닭이다. 〈들림〉이란 말은 여러 가지로 해석될 수

의 유형지인 <시베리아> : 「1880년의 페테르부르크」, 「옴스크」, 「자리」, 「또 옴스크에서」, 「아무르 강 저쪽」

『까라마조프의 형제들』 : 「우박」, 「변두리 작은 승원」, 「잠언 둘」

『까라마조프의 형제들』과 『죄와 벌』 : 「허리가 긴」

『백치』 : 「令孃 아라그야」, 「에반친 장군 영전에」

『학대받은 사람들』 : 「죽은 네루리를 위하여」, 「소녀 네루리」

『지하생활자의 수기』 : 「手記의 蛇足」

그 외 「리자 할머니」, 「三冬」

제 3부 『악령』 : 「혁명」, 「역사」, 「발톱」, 「修羅」, 「악령」, 「창녀 나타샤」, 「윤 회」, 「또 윤회」, 「중국의 고립어」, 「蛇足」

『악령』, 『백치』 : 「발톱」, 「수라」, 「창녀 나타샤」

제 4부 『까라마조프의 형제들』 : 「대심문관」 (극시)

있으나 논리적이거나 객관적인 방식이 아닌, 정서적 감응의 방식을 취하였다는 뜻이 된다. 〈들림〉이라는 정서적 감응의 방식은 위의 원환적인 대화 구조에서 구체성을 지니게 된다. 즉 시인은 『까라마조프의 형제들』의 주요 작중 인물이 다른 작중 인물을 향하여 어떠한 이야기를 건넸을까 하고 상상해보고 그것을 엿듣기 형식으로 시화한 것이다. 그리고 다시 그 이야기를 들은 인물이 또 다른 인물에게 어떠한 반응을 보이는지, 이와 같은 방식으로 하여 하나의 원환적 연결 고리가 만들어진다. 즉 시인이 A가 B에게 한 말을 상상적으로 구성한 다음 B가 C에게 C가 D에게… 등의 서술을 할 때에는 시인의 순수한 독자적 상상의 영역보다도 각각의 인물이 그러한 이야기를 듣고 그 고유의 캐릭터로서 반응하고 생각할 만한 부분들을 어느 정도 자동적으로 다루게 되는 측면을 지닌다. 이것은 도스토예프스키 작중 인물들이 작가에 의하여 인형처럼 끌려다니기보다 그들이 지닌 상황과 개성으로 인하여 각각의 독자성이 생생하게 부각되며 작중 인물이 말을 하는 '다성적 구조'를 지닌 특성을 반영하는 시작 방식을 보여준다.[48] 그리하여 시인은 대화하는 작중 인물 목소리의 〈들림〉을 통하여 타자를 수용하는 인물들의 모습을 보여준다 ('나는 오래 전부터 도스토예프스키를 되풀이 읽어왔다. 그때마다 나는 그에게 들리곤 했다. 그러는 그 자체가 나에게는 하나의 과제였고 화두였다. 이것을 어떻게 풀어야 하나? 나는 나대로 하나의 방법을 얻었다. 그의 작중 인물들끼리 서로 대화를 나대로 시켜봄으로써 나는 내 과제, 내 화두의 핵심을 나대로 다시 짚어보고 암시를 받을 수 있을 것 같았다. 그것을 내가 오래 길들여온 시로써 해보고 싶었다'[49]). 더 나아가 도스토예프스키의 각기 다른 작품 속 인물들을 한 자리에 모아 놓고 서로 대화하게 함으로써 새로운 이야

---

48) 김욱동 편, 『바흐찐과 대화주의』, 나남, 1992, pp. 273-277 참고.
49) 김춘수, 『들림, 도스토예프스키』, pp. 92-93.

기를 만들어 나가기도 한다. 즉 김춘수는 『까라마조프의 형제들』과 『악령』 등의 도스토예프스키 작품에 대하여 바흐찐이 명명한 '다성성(多聲性)'의 특성을 시작(詩作) 구성의 원리로 암묵적으로 수용한 결과를 보여준다.

3. '비극적 인물형'에 관한 관심

앞에서 「도스토예프스키 연작」은 '라스콜리니코프', '이반', '대심문관', '스타브로긴' 등을 중심으로 시편이 형상화되고 있으며 이들은 내적 연속선상에 존재하는 인물들임을 알 수 있었다. 그리고 주요하게는 『까라마조프의 형제들』의 '이반형' 인물을 중심으로 시적 형상화가 이루어지고 있다. 그리고 「도스토예프스키 연작」의 주요한 특성이자 이들 인물들의 내적 연관성을 공고히 하는 구조는 이들의 상호 대화방식의 구성이다. 주로 원환적 연결관계를 이루는 편지글 형식이 특징적이다. 그리고 이러한 인물들 간의 서로 말걸기 내지 편지 보내기는 이 연작의 의사소통적 구조를 보여준다. 시인은 이들의 대화를 옮겨 적어 넣는 형식을 취하고 있는데 이것은 인물들의 개성과 생동감을 부각시키고 인물들이 지닌 감정적 상태를 전달하기에 용이한 형식을 이룬다.

그런데 편지글 형식을 취한 시편에서 발신자가 수신자에게 대하는 태도나 발신자가 작품 속 제3자에 관하여 수신자에게 말하는 방식을 통하여 작가가 어떠한 인물형에 관심을 지니고 형상화의 초점을 맞추고 있는지를 알 수 있다.

「라스코리니코프에게」 전문

자넨 소냐를 만나
무릎 꿇고 땅에 입맞췄다.
그러나
나는 언제나 외돌토리다.
그때
우들우들 몸 떨리고
눈앞이 어둑어둑해지면서
나는 그만 거기 주저앉고 말았다.
내 머릿속에 있을 때는
그처럼이나 당당했던 그것이
즈메르자코프 그 녀석
그 바보 천치에게로 가서 그 모양으로
걸레가 되고 누더기가 되고 끝내는 왜 녀석의
똥창이 됐는가.
견딜 수가 없다.
어디를 바라고 나는 내 풀죽은
돌을 던져야 하나,

                        - 페테르부르크 우거에서 이반.

　

　이 시는 『까라마조프의 형제들』의 〈이반〉이 『죄와 벌』의 〈라스코리니코프〉에게 보내는 편지글로서 다른 작품과의 상호 텍스트성을 보이고 있다. 〈이반〉은 『까라마조프의 형제들』의 주요 인물로서 〈이반〉의 인물상을 설명하기 위해 먼저 『까라마조프의 형제들』의 내용을 살펴 보면 다음과 같다. '표트르 까라마조프'는 재물은 많으나 아내와 아들들을 저버리며 자신의 욕망

만을 추구하는 패덕적 인물로 나온다. 그에게는 세 명의 아들이 있다. 비극적 결함을 소유하나 도덕적 고결함과 넘치는 열정의 소유자인 '드미트리', 신이 없다면 우월한 인간이 세상을 심판할 수 있다고 믿는 냉철한 이성의 소유자인 '이반', 막내 아들로서 고결성을 지닌 성직자인 '아료샤', 그리고 이들과 달리 간질병을 지닌 사생아로 나오는 '스메르쟈코프' 등이 나온다. 이들은 '표트르'가 주색에 빠져 돌보지 않은 인물들이다. 그러던 중 아들 '드미트리'가 좋아하는 '구르센카'라는 여인을 아버지인 '표트르'가 돈으로써 구슬리게 된다. 여기서부터 갈등은 점차 심화된다. 표트르가 살인을 당하자 '드미트리'는 그 혐의를 받게 된다. 후에 '스메르자코프'가 이반의 암시적인 말을 듣고 일을 저지른 것을 이반이 알게 된다. 그러나 그때는 이미 이반의 정신적 혼란으로 드미트리를 구제할 수 없는 상태이다. 드미트리는 형을 받고 시베리아로 떠나게 되고 그때야 비로소 사랑을 느끼게 된 '구르센카'가 그 뒤를 따라 떠난다.50)

'라스코리니코프'는 『죄와 벌』에서 인간이 신처럼 인간을 심판할 수 있다고 믿는 가난한 대학생 이다. 그는 전당포 노파를 죽이고 죄책감에 시달리다가 '소냐'라는 여인에 의해 참회하고 자수하여 시베리아로 유형을 떠난다. '라스코리니코프'와 '이반'은 신이 없다면 인간이 부도덕한 인간을 심판할 수 있다는 의식의 공통성을 지닌다. 그 결과로 나타난 '살해' 모티브와 그에 따른 '이반'과 '라스코리니코프'의 내적 고뇌와 심정적 고백은 매우 유사한 모습을 띤다.51)

'라스코리니코프'는 '이반'과 함께 신의 권능으로서가 아니라 인간에 의해 부패한 인간과 세상을 심판할 수 있다고 생각한 인물이다. '이반'이 이러한 생각을 머리 속으로만 생각한 데 그친 것에 반해서 '라스코리니코프'는 자신

---

50) F. 도스토예프스키, 『카라마조프의 형제』 (상)(중)(하) 참고.
51) F. 도스토예프스키, 『죄와 벌』 (상)(하) 참고.

의 머릿속 생각을 직접적으로 결국은 실천한 뒤에 내적으로 고뇌하였다. '이반'의 심적 고뇌는 형인 '드미트리'가 자신 대신에 누명을 뒤집어 쓰고 유형을 받는다는 데서 오는 것이 어느 정도 원인이 되는 것에 비해 '라스코리니코프'는 자신의 생각에 의한 자발적 실천과 그로 인한 고뇌와 심적 고통에서 오는 것이다. 또한 '이반'이 자신이 사랑하는 여인에게서 진정한 사랑을 받지 못하고 미쳐간 반면 '라스코리니코프'는 '소냐'라는 고결한 정신의 여인에게서 신의 구원을 향한 손길과 그녀의 사랑을 성취하게 된다.

이러한 맥락을 토대로 하여 보면 위 시에서 '이반'이 왜 '라스코리니코프'의 상황을 오히려 부러워하는지 이해할 수 있다. 즉 '이반'은 '라스코리니코프'의 자신 의지에 의한 능동적 실천과 사랑하는 여인에 의한 구원을 부러워한다. 그에 비해 그는 '스메르자코프'의 비열한 실천과 죄책감으로 견딜 수 없는 자신의 심경을 토로하는 것이다. 여기에서 김춘수 시인이 지향하는 혹은 닮아 있는 한 인물의 모습을 확인할 수 있다. 처용이나 이중섭의 비극적이고도 고귀한 삶 속에서 그가 시적 영감을 발견하고 천착해 나갔듯이 그는 라스코리니코프와 같은 인물 때문에 도스토예프스키에 매료된 것이다. 물론 라스코리니코프가 작품에서 주인공 격이긴 하지만 문제는 김춘수가 무수한 고전 작품 중 도스토예프스키를 선택하였고 그 중 라스코리니코프적 인물에 관심을 표명한다는 것이다. 아내를 앗긴 처용의 비범적 행위나 가난과 아내의 가출 속에서도 예술적 창작에 몰입했던 이중섭에 대한 매료도 김춘수 시인이 느끼는 혹은 가치부여하는 비극적 삶의 한 표본일 것이다.

라스코리니코프에게 보내는 이반의 글과 같은 편지글 형식은 「도스토예프스키 연작」 전편에서 이루어지고 있다. 그런데 '아료샤'나 '조시마 장로' 등과 같은 인물 즉 삶의 고난에 고뇌하는 모습이 보이지 않고 악에 전혀 물들지 않는 어떤 의미에서는 평면적인 '善'의 구현 인물들, 그리고 여기에 반대편 격인 '표트르', '스메르쟈코프'나 '스타브로긴' 등과 같이 '惡'에 치우쳐 버린 모습으로 나타난 인물들에 대해서 김춘수 시인의 비유 형식은 대체로 일률적인 편이다.

예를 들면 '아료샤'를 '해만 쫓는 삼사월 꽃밭'이라는 것이나 '스메르자코 프'를 '그 바보 천치', 혹은 '콧물'이라는 비유에서 단적으로 드러난다. 이에 비해 善 의지를 지니지만 비극적 결함에 의해서 상황적 파국을 일으키고 그에 대해 정신적인 내적 고난의 대가를 지불하는 인물인 '이반', '라스코리니 코프'의 심리적 역정 즉 깊이 고뇌하는 자의 치열한 내적 과정에 시인은 많은 가치를 부여하고 있다. 이러한 인물들은 '비극적 인물형'이라고 할 수 있다. 아리스토텔레스에 의하면 비극은 인물이 처한 무자비하고 비극적인 운명에 의하여 특징지워진다. 그리고 그 인물들은 비극적 운명을 스스로 감수한다. 그리고 그들은 그 운명에 의하여 파멸될지라도 그것으로 인하여 더욱 고귀하 고 용감한 모습을 보여준다.[52] 비극적인 운명에 처한 인물들은 신과 단절된 듯한 현실에 대해서도 그리고 비극적인 운명 뒤에 숨어버린 신에 대해서도 그 어느 쪽도 긍정할 수 없는 상황에 처한다. 김춘수의 시편에서 형상화된 주요 인물들의 경우 그들에게 신은 현존하지만 부재한 존재이며 그들이 맞닥 드린 고통에 찬 현실에 개입하지 않는다. 다시 말해서 경험적인 세계와 부재 로 감지되는 신 사이에서 고통받는 인간의 모습 즉 비극적 운명에 처하여 이러지도 저러지도 못하는 어찌할 바 모르는 인간의 모습을 보여준다. 즉 이들은 신과 세계 사이에서 힘겹게 스스로 중심잡기를 하는 심리적 갈등을 보여준다.[53] 이러한 인물들에 대한 관심은 김춘수의 다른 연작의 주인공인

---

52) 이경식, 「아리스토텔레스의 시학과 비극관」, 『아리스토텔레스의 시학과 신고전주의』, 서울대출판부, 1997 참고.
53) L. Goldman, 정과리 외역, 『숨은 신 -비극적 세계관의 변증법』, 연구사, 1986 참고

〈처용〉, 〈이중섭〉 등을 보아도 알 수 있다. 〈처용〉이라는 인물은 역신에게 아내를 앗기고 그것을 초극하려는 춤을 추는 상황에 놓인 인물이며 〈이중섭〉은 현실적 가난 속에서 아내마저 떠나버린 비극적 상황에서 예술혼을 불태웠던 인물이다.

4. '고통 넘어서기'라는 가치평가

김춘수는 도스토예프스키의 인물들 중에서 평면적인 '선'의 인물이나 '악'의 인물보다는 '선악'의 치열한 갈등을 감내하는 인물형에 관심을 보여 주고 있다. 비극적 인물형 중에서도 이반보다 라스콜리니코프에 시인이 가치를 두는 이유는 인물의 의지가 지닌 실천력과 결부된 내적 고뇌 때문이다. 김춘수는 〈처용연작〉과 〈이중섭연작〉 등에서도 알 수 있듯이 깊이 고뇌하는 자의 내적 과정에 관심을 지니고 있다. 특히 고뇌하는 인물들이 자신의 의지를 현실 속에서 관철시킬 수 있는지가 중요하게 작용한다.

불에 달군 인두로
옆구리를 지져봅니다.
칼로 손톱을 따고
발톱을 따봅니다.
얼마나 견딜까,
저는 저의 상상력의 키를 재봅니다.
말도 많고 탈도 많은 그것은
바벨탑의 형이상학

저는 흔듭니다.

자살직전에 미욱한 제자 키리로프 올림.
「존경하는 스타브로긴 스승님께」 부분

인간이 죽음을 극복한다면 스스로가 선택한 극한적 고통을 통하여 신이
될 수 있다고 생각한 『악령』의 〈키리로프〉가 그에게 그런 人神 사상을 심어
준 〈스타브로긴〉에게 쓰는 편지글이다. 〈키리로프〉는 실제 도스토예프스키
작품 속에서 자살을 감행한 인물로 나온다. 〈키리로프〉의 죽음 직전에 떠오
른 상념에 관한 묘사는 「도스토예프스키 연작」에서 빈번히 나타나고 있
다.54) 인간이 육체적인 고통이라는 것을 얼마나 견딜 수 있을까 하고 시인은
상상력으로 이를 가늠해보고 키리로프가 겪었던 육체적 고통을 참는 의지가
얼마만한 정신적 힘을 내재한 것일까 생각해보는 것이다. 육체적 고통의 견딤
과 정신의 측면에 관한 생각은 『들림, 도스토예프스키』와 비슷한 시기에 출간
한 수필집인 『꽃과 여우』(1997)에서 시인의 자전적 체험과 결부시켜 어떤
인물을 평가하는 데에 중요한 것으로 작용하고 있다. 김춘수 시인이 감방에
있을 때 사회주의 운동을 한, 존경받는 교수가 보인 행동에 관한 것이나 베라
피그넬이라는 아나키스트 여인이 자신의 안락을 포기하고 감옥에서 오랜 세
월을 보낸 일에 대한 가치 평가 등을 그 예로 들 수 있다.55)

---

54) 「도스토예프스키 연작」의 전체적 맥락 속에서 제3부의 중심적 인물인 『악령』의 스타
브로긴은 제1부와 제2부의 중심 인물인 『까라마조프의 형제들』의 이반이나 『죄와
벌』의 라스코리니코프의 다른 한 형상으로 이해된다. 즉 스타브로긴은 이반과 라스코리니
코프 사상의 극단적 형태로서의 人神 사상을 보여준다. 그리고 키리로프는 스타브로긴의
이러한 관념을 실제 '죽음'으로써 실현하였다는 점에서 이들이 지닌 관념의 연속적 극단에
존재한다.

55) 『꽃과 여우』, pp.121~124.

도스토예프스키의 작품들에서 김춘수가 읽은 고통받는 자의 시선은 실상 시인의 내적 고뇌의 반추라고 할 수 있다. 『꽃과 여우』에서 주로 서술하였듯이 그는 고향을 떠난 경성에서의 외로운 유학 생활, 그에 이은 자퇴, 일본 동경에서 뜻하지 않은 억울한 1년간의 감옥 생활, 의사인 형의 객사 그리고 만석군이었던 집안의 몰락 과정을 거치면서, 오랜 기간의 인내 끝에 안정된 직장에 발을 디딘 것으로 나타난다. 이 중에서 무엇보다도 그에게 크고 치명적인 영향을 미친 것은 동경에서의 감옥 생활의 고통이 그에게 주었던 육체적, 정신적 피해이다. '감방이란 희한한 곳이다. 사람을 비참하게 만들고 자신감을 죽이는 이상으로 재기 불능의 상처를 남긴다.'56)는 그의 진술에서 드러나듯이 그는 그때 인간이 육체적 고통이라는 것에 얼마나 무력해질 수 있는가를 깊이 체험한 듯하다. 그의 실존에 대한 의식도 이러한 체험과 깊은 관련을 지닌다.

나는 아주 초보의 고문에도 견디내지 못했다. 아픔이란 것은 우선은 육체적인 것이지만 어떤 심리 상태가 부채질을 한다. 그렇게 되면 사람의 육체적 조건은 한계를 드러낸다. 손을 번쩍 들고 만다. 사람에 따라 그 한계의 넓이에 차이가 있겠지만 그 한계를 끝내 뛰어넘을 수는 없을 듯하다. 한계에 다다르면 육체는 내가 했듯이 손을 번쩍 들어버리거나(실은 내 경우에는 민감한 상상력 때문에 지레 겁을 먹고 말았지만) 까무러치고 만다. 그러나 까무러칠 때까지 버틸 수 있는 사람은 극히 적은 수일 뿐이다. 그런 사람은 자기의 그 육체의 한계를 뛰어넘었다고 생각할 것이다. 그것을 또한 정신력이라고 말하기도 한다.57)

---

56) 『꽃과 여우』, p.190.
57) 『꽃과 여우』, pp.189~190.

그는 어떠한 인물에 대한 평가에 있어서도 육체적 고통을 감내하면서까지 자신의 의지를 견지한 인물들에 높은 존경심을 표하는 것이다. 그의 예수에 관한 시편에서도 십자가에 박힌 인간적 고통의 모습이나 자살을 통하여 인간이 신이 될 수 있다고 한 도스토예프스키『악령』의 인물인 '키리로프'가 죽음에 임박한 형이하학의 몸둥이에 대한 구체적 묘사와 관심도 여기에 연유한 것이라 할 수 있다. 한 인간이 거부할 수도 있는 육체적인 고통을 정신적인 고귀함을 위해서 감당해낼 수 있다는 것, 그래서 까무러칠 때까지 어쩌면 '죽음'까지도 감당해낼 수 있다면 그것은 정신적인 힘의 극한 즉 '절대'인 것이다. 그는 그리하여 그러한 죽음을 형이상학으로 끌어올린다.('죽음은 형이상학입니다.' -「追伸, 스승님께」) 그는 인간의 육체적 고통을 감내하고 태어난 고귀한 정신에 가치의 비중을 두는 것이다. 그것은 단순히 육체와 정신의 대비로서가 아니라 육체의 고통을 견뎌내는 정신, 정신을 지켜내려는 육체의 힘으로서인 것이다.

이러한 점에서 볼 때『들림, 도스토예프스키』에 창녀의 몸으로서 '라스코리니코프'를 신성으로 이끈 '소냐'에게 쓴, 편지글이 이 시집의 첫 장을 장식한 맥락이 이해될 수 있다.

지난해 가을에는 낙엽 한 잎
내 발등에 떨어져
내발을 절게 했다.
누가 제몸을 가볍다 하는가,
내 친구 셰스토프가 말하더라.
천사는 온몸이 눈인데
온몸으로 나를 보는

네가 바로 천사라고.

1871년* 2월

아직도 간간이 눈보라치는 옴스크에서 라스코리니코프.

「소냐에게」 부분

　이 시의 내용을 살펴보면 고통에 나약한 자신의 모습, 즉 작은 일에도 괴로와하는 감성의 섬세한 무게를 '낙엽 한 잎'으로 나타냈다. '낙엽 한 잎'의 무게가 내 발을 절게 할 정도로 불균형의 상태를 만들어낸다는 것, 그것은 시인으로서의 자신 감성의 촉각을 드러낸 것이기도 하다. 그런데 그러한 유약한 자신을 바라보는 '온몸이 눈'인 '천사'가 있다. '온몸이 눈인 천사'란 그를 견지하고 있는 善 의식, 혹은 기독교인으로서의 감각이랄 수 있다. 그 천사는 '라스코리니코프'를 내적 구원으로 이끈 여인 '소냐'로 나타나고 있다. 소냐는 창녀의 신분임에도 천사의 모습을 지닐 수 있었다. 그것이 김춘수 시인이 의아해 하면서도 가치를 부여하는 善에 관한 감각이다.

　그가 가치를 두는 선이란 '선과 악은 갈등하고 있는 것이 사실이지만 선은 악을 압도해야 한다'[58]고 그가 파악한 도스토예프스키론의 핵심처럼 선과 악의 치열한 갈등을 감내한 자의 비극적인 시선과 관련이 있다. 그러한 내적 갈등은 정신적이고 논리적인 것만의 차원에서는 큰 의미가 없다. 그것은 자신의 전 존재를 건 모험으로써 고귀하게 지켜진 무엇이라야 한다. 「도스토예프스키 연작」은 도스토예프스키의 여러 작품을 통해서 인물들이 드러내는 복잡다단한 감정 면모의 결을 부각시키고 또 서로의 대화를 통해 서로를 이해시킨다. 그것은 흡사 선과 악, 혹은 도덕과 이성 등의 치열한 각축전과도 같다. 그 가운데 시인은 견지시키고 있는 하나의 내적 지향을 드러낸다. 김춘수는

　58) 『들림, 도스토예프스키』, 「책 뒤에」, p.91

이와 같은 비극적 고통을 감내하는 정도의 절대성으로서 어떠한 인물을 평가한다. 김춘수가 도스토예프스키 작중 인물들의 비극적 상황 및 고통을 받는 순간에 대한 관심은 작품 속에서 지속적으로 이루어지고 있다.

5. 인간적 모럴의 옹호

김춘수는 비극적 운명에 처한 인물들을 주요하게 형상화하는데 그 중에서도 '고통'이라는 문제에 관심을 지니고 있었다. 그는 '고통의 문제'를 가치평가의 기준으로 고려하는데 이것은 그의 '절대성' 추구 경향을 드러낸다고 할 수 있다. 즉 그는 어떠한 인물이 그의 의지를 관철시키기 위하여 육체적 고통을 끝까지 감내하는 것이 결국은 '절대성'의 영역과 상통한다는 것을 작품속 인물들의 형상화를 통하여 보여 주고 있다. '고통'의 의미란 육체적 고통을 감내하는 정신의 힘인 것이다. 이런 의미에서 그가 '키리로프'와 '소냐'에 관한 지속적인 관심과 긍정적 가치부여가 이해될 수 있다. 이와 같이 김춘수는 작중 인물이 고통을 대하는 방식과 그 고통을 어떤 방식으로 감내하는지를 시에서 주요하게 형상화하고 있다. 이것은 실상 김춘수가 과거 경험했던 일제치하의 '감방체험'이나 역사로부터의 고통 콤플렉스 의식이 '사후적'으로 작용하여 그에게 지속적인 영향을 보여주는 결과라고 할 것이다.

현실적인 고통의 감내 문제를 중요하게 생각하는 시인의 관점은 매우 인간적인 측면에서 해석될 수 있다. 이것은 현실적 구속을 딛고 살아가는 세상 속에서의 인간적 모럴에 관한 이야기로도 나타난다.

대심문관 언젠가 당신은

당신 어머니를 손가락질하며
이 여자여!
하고 부르지 않았소?
그러나
마리아, 그녀
당신 어머니는 당신을 위하여
아직도 처녀로 있소. 장소를 가리지 않고
누구 앞에서나
그렇게 부르지 마시오.
이승에는
이승의 저울이 있소.   -〈대심문관〉 부분

대심문관이 예수가 전부인 어머니, '마리아'를 '이 여자여'라고 부르지 말라고 이승의 규범에 관하여 이야기하는 부분이다. 이때 이승의 규범이란 인간적인 기준 내지 모럴이다. 김춘수는 '이반'의 분신인 '대심문관'에 관한 언급에서 '예수'와 대립적인 입장이지만 어느 쪽에 대해서도 존중하는 태도를 취한다. '내가 보기에는 그(대심문관)는 극적 인물이다. 예수와 나란히 세워놓고 보면 더욱 그런 느낌이 든다. 그는 예수와 아이러니컬한 입장에 선다. 말하자면 예수와 그는 겉으로는 대립적인 입장이다. 그럴수록 어느 쪽도 어느 쪽을 무시 못한다.' 『까라마즈프의 형제들』에서 이반의 허구적 인물인 '대심문관'은 지상의 빵이 필요한 다수의 사람들에게 선악의 선택 순간을 부여하고 지상이 아닌 천상의 영혼을 위하여만 살라고 하는 것은 그들에게 너무 고통스러운 것이라고 주장한다. 그리하여 인간 세상에서 통용될 수밖에 없는 현세적 가치로서의 '이승의 저울'을 강조하는 것이다.

엘리엘리라마사막다니
그건
당신이 하느님을 찬미한 이승에서의
당신의 마지막 소리였소.
내 울대에서는 그런 소리가 나오지 않아요.
끝내 왜 한마디도 말이 없으시오?

대심문관은 감방으로 다가가더니 감방 문을 한 번 주먹으로 내리친다.

대심문관 그럴 수 있다면
맘대로 하시오.
가고 싶을 때 가고 싶은 곳으로 가시오.

대심문관은 꼿꼿한 자세로 천천히 무대 밖으로 걸어나간다.
　그날 밤 사동은 꿈에서 본다. 어인 산홋빛 나는 애벌레 한 마리가 날개도
없이 하늘로 날아오르는 것을. (사동의 이 부분은 슬라이드로 보여주면 되리
라.)
　　　　　　　　　　　　　　　　　　　　　　　－〈대심문관〉 끝부분

　〈엘리엘리라마사막다니〉는 '신이시여 나를 버리시나이까'라는 뜻으로 예
수가 십자가에서 임종하기 직전에 하느님을 찬미한 이승에서의 마지막 말씀
이다. 그런데 대심문관은 자기에게는 그린 소리가 나오지 않을 것임을 말하고
있다. 즉 위시에서 형상화된 대심문관의 말을 통하여 볼 때 그는 신의 '구원'
과는 거리가 멀 것이라는 의미이기도 하다. 그런데 김춘수는 「대심문관」의
마지막 부분에서 '산홋빛 애벌레가 날개도 없이 하늘로 날아오르는' 장면으로

마무리하고 있다. 여기서 '산홋빛 애벌레'는 중요한 상징적 의미를 내포하고 있다. '산홋빛'이란 김춘수의 「도스토예프스키 연작」 중 「소치 베르호벤스키에게」에서 '스타브로긴'이 쓴 편지글 형식의 시편에서도 나타나는 표현이다. 거기에서는 스타브로긴이 어린 소녀에게 행한 자신의 파렴치함을 뜻할 때 쓰이고 있으며 '산홋빛 발톱'이란 표현으로 되어 있다.[59] 김춘수의 〈눈〉의 의미가 천사의 신성적 영역의 의미로 주로 사용되는 것처럼 〈산홋빛〉이란 '스타브로긴적인', 즉 '신성적인 것과는 어느 정도 거리가 먼' 것의 의미로 사용된다. 따라서 〈산홋빛 나는 애벌레〉란 위 시에서 예수와 대비적인 관점에 서 있으면서 위 극시의 주인공인 〈대심문관〉의 상징적 표현물이다.

그렇다면 '산홋빛 나는 애벌레'가 '날개도 없이 하늘로 날아 오르는 것'이란 어떠한 의미를 지니는가. 이것은 「도스토예프스키 연작」 전편에서 나타나는 시인의 내적 지향과 관련하여 설명할 필요가 있다. 「도스토예프스키 연작」은 도스토예프스키의 작품들 주로 『까라마조프의 형제들』, 『죄와 벌』, 『악령』 등의 작중 인물의 내면을 발화하는 시적 변용을 보여준다. 즉 〈이반〉, 〈라스콜리니코프〉, 〈스타브로긴〉, 그리고 이반의 허구적 인물인 〈대심문관〉은 가치가 전도된 혼탁한 세상을 스스로의 의지로서 개척해 나가고자 하는 인간의 정신과 의지를 보여 주는 인간상이다. 이들의 관점에서 신이란 대다수 사람들의 현실적 고통과 너무나 동떨어져서 존재하는 대상으로만 보인다. 이들은 신적 존재와 욕망어린 존재 사이에서 내적으로 갈등하지만 도덕적 고결함을 끝내 저버리지 않는 인물들이다. 그리고 인간적인 선악 갈등 속에서 신성을 갈망하는 인간, 그러면서도 지상의 현실굴레 속에서 헤어

---

59) '날개에 산홋빛 발톱을 단/ archaeopteryx라고 하는/ 나는 쥐라기의 새, 유라시안들은 나를 악령이라고도 한다./내가 누군지 알고 싶어/ 거웃 한 올 채 나지 않은/ 나는/ 내 누이를 범했다. 그/ 산홋빛 발톱으로,' 「小癡 베르호벤스키에게」 후반부.

나오지 못하는 인간들의 모습이 현실적으로 표현되어 있다. 이러한 인물의 치열한 내면을 드러내면서도 선의 의지를 구현하는 인간의 모습, 그 과정 자체에 김춘수는 가치를 부여하고 그들의 논리를 따라가고자 한 것이다.

『죄와 벌』의 시적 변용에서는 자신의 의지를 통하여 부패한 인간의 세상을 청산하겠다는 순수한 한 젊은 청년 '라스콜리니코프'의 내면을 보여준다. 또는 그런 생각을 머릿속에서 지니고 있다가 본의 아닌 의도로 인한 결과에 고뇌하는 『까라마조프의 형제들』의 '이반'의 내면을 보여준다. 그리고 고뇌 끝에 미쳐버린 '이반'이나 마침내 자수하고 참회한 〈라스콜리니코프〉와는 달리 끝까지 人神사상을 고수할 뿐 아니라 위악적 행위까지 서슴지 않았다가 결국은 비장한 최후를 맞게 된 『악령』의 '스타브로긴'이 모습을 드러낸다. 〈이반〉의 허구적 인물인 '대심문관'은 이러한 인간의 고뇌와 갈등에 찬 세상의 모습을 그대로 인정하려는 바탕 위에서 예수에게 거의 독백이다시피한 말을 건넨다. 그는 인간적인 이들의 고뇌를 인정하고 옹호하는 목소리를 내는 것이다. 김춘수는 이러한 인물들의 모습 구체적으로는 '대심문관'의 형상을 '산홋빛 애벌레가 날개도 없이 하늘로 날아오르는 것'으로 이 연작의 마지막을 구성하면서 무언의 테마를 제시하고 있다. 즉 현실적 고통 속에서 인간적인 善을 구현하고자 하는 이들의 삶은 결국 神이 지니는 사랑의 영역과 합치될 수 있다는 비전을 제시하는 것이다. 「대심문관」에서 이반은 다음과 같이 말한다.

  당신에게는 사랑이
  오직 사랑이 있을 뿐인데,

                                    - 「대심문관」 부분

6. 맺음말

김춘수는 도스토예프스키의 대표작인 『까라마조프의 형제들』와 『죄와 벌』을 중심으로 「도스토예프스키 연작」을 창작하였다. 이 연작은 제 1부에서 4부로 구성되어 있으며 이 중 그의 주요한 지향점은 제 1부와 제 4부에 놓여져 있다. 연작의 특징적인 측면은 작중 인물이 다른 인물에게 그 다른 인물이 또 다른 인물에게… 서로서로 편지글을 보내는 방식을 취한다는 점이다. 이러한 원환적 연결 구조에서 나타나는 주요한 특성은 시인의 상상과 함께 인물들의 독자적인 목소리를 부각시킨다는 것을 들 수 있다. 이러한 '다성적' 구조를 김춘수는 '들림'이라는 말로 표현한다.

김춘수가 시화한 인물들의 형상화 방식을 살펴 볼 때 그가 주로 관심을 지닌 영역을 알 수 있다. 그것은 '선'의 인물이나 '악'의 인물과 같은 평면적 인물보다도 현실적 고통에 놓인 '선악'의 갈등은 치열하게 감내한 자의 비극적 시선에 관심을 지닌다는 점이다. 특히 '고통'은 그가 작중 인물들을 통하여 주요하게 형상화한 문제이다. 그가 가치부여하는 '고통'은 '절대성'의 영역을 공유한다. 즉, 육체를 넘어서는 정신, 정신을 지켜내는 힘의 경지에 이른 '고통'인 것이다.

김춘수의 '도스토예프스키 연작'의 독특한 점은 이러한 인간적 '고통의 감내'가 '절대' 즉 '신의 영역'에 맞닿아 있다는 것이다. 구체적으로 〈이반〉의 허구적 인물인 〈대심문관〉은 인간의 고뇌와 갈등에 찬 세상의 모습을 그대로 인정하려는 바탕 위에서 이들의 고통을 인정하고 옹호하는 목소리를 낸다. 즉 현실적 고통 속에서 인간적인 善을 구현하고자 하는 삶이란 결국 신이 지니는 사랑의 영역과 합치된다는 것이다.

이와 같이 김춘수는 「도스토예프스키 연작」에서 '비극적 상황'과 '고통

콤플렉스' 그리고 '인간적 모럴'이라는 자신의 코드로 도스토예프스키 작중 인물들을 재해석, 창조한 것이다.

■ 참 고 문 헌

1. 단행본

김춘수, 『들림, 도스토예프스키』, 민음사, 1997.

_____, 『의자와 계단』, 문학세계사, 1999.

_____, 『거울 속의 천사』, 민음사, 2001.

_____, 『쉰한편의 비가』, 현대문학,. 2002.

_____, 『꽃과 여우』, 민음사, 1997.

_____, 『김춘수 전집』(1)(2)(3), 문장사, 1982.

_____, 『김춘수 시전집』, 민음사, 1994.

F. 도스토예프스키, 『카라마조프의 형제』(상)(중)(하), 김학수 역, 범우사, 1998.

_____, 『죄와 벌』(상)(하), 이철 역, 범우사, 1996.

_____, 『악령』(상)(중)(하), 이철 역, 범우사, 1998.

_____, 『백치』(상)(중)(하), 박형규 역, 범우사, 1997.

_____, 『지하생활자의 수기』, 이동현 역, 문예출판사, 1992.

_____, 『미성년』, 이상룡 역, 열린책들, 2002.

_____, 『백야 외』, 석영중外 역, 열린책들, 2002.

L. Goldman, 정과리 외역, 『숨은 신 -비극적 세계관의 변증법』, 연구사, 1986

R. M. 릴케, 『말테의 수기』, 박환덕 역, 문예출판사, 1991.

_____, 『골무가 하느님이 된 이야기』, 김승욱 역, 작가정신, 1996.

김욱동 편, 『바흐찐과 대화주의』, 나남, 1992

이경식, 『아리스토텔레스의 시학과 신고전주의』, 서울대출판부, 1997.

박찬부, 『현대정신분석비평』, 민음사, 1996.

2. 논문

고정희, 「무의미시론고」, 『김춘수연구』, 학문사, 1982.

권혁웅, 「김춘수 시연구 -시의식의 변모를 중심으로」, 고려대석사, 1995.

김경복, 「한국현대시의 설화수용 의미」, 『한국 서술시의 시학』, 김준오 외, 태학사, 1998.

김두한, 『김춘수의 시세계』, 문창사, 1993.

김윤식, 「작품과 텍스트의 숨박꼭질」, 『문예중앙』, 1990, 여름.

김의수, 「김춘수 시의 상호텍스트성 연구」, 서울대박사, 2002.

김인환, 「김춘수의 장르의식」, 『한국현대시문학대계25- 김춘수』, 지식산업사, 1987.

김 현, 「김춘수와 시적변용」, 『상상력과 인간』, 문학과 지성, 1991.

김준오, 「김춘수의 시적 가면」, 『가면의 해석학』, 이우출한사, 1985.

남기혁, 「김춘수 전기시의 자아 인식과 미적 근대성」, 『한국현대시의 비판적 연구』, 월인, 2001.

노 철, 「김춘수와 김수영의 창작방법 연구」, 고려대박사, 1998.

문혜원, 「김춘수의 시와 시론에 나타난 이미지 연구」, 『한국문학과 모더니즘』, 한양출판, 1994.

박윤우, 「김춘수의 시론과 현대적 서정시학의 형성」, 『한국현대시론사』, 모음사, 1992.

정효구, 「김춘수 시의 변모과정 연구」, 『개신어문연구』, 충북대, 1996.

조영복, 「여우, 장미를 찾아가다」, 『작가세계』, 1997, 여름.

황동규, 「감상의 제어와 방임」, 『창작과 비평』, 1977, 가을.

저 멀리 산 너머 새 한 마리 어디로 가지,

- 김춘수의 『쉰한 편의 悲歌』

그의 시에서는 늘 안개와 같은 장막이 느껴진다. 그 장막은 그의 시에 다가서는 것을 주춤하게 하고 때로는 어린아이와 같은 결벽성을 지닌 것으로 다가오기도 한다. 시집 『쉰한 편의 비가』는 릴케의 『두이노의 비가』 10편의 장시를 염두에 두고 쓴 시편이다. 릴케가 모든 이데올로기나 정치, 역사가 진정한 의미에서 인간을 구제할 수 없다고 생각한 것처럼 그의 시편의 내용도 그러한 맥락에서 먼저 이해될 수 있다. 이 시집의 제목이 '悲歌' 즉 '슬픈 노래'라는 점을 주목하면 제목과 본문 내용이 어울리지 않는다는 느낌을 받기도 할 것이다. 그러나 실은 그의 담담하고 메마른 듯한 문체 너머로 슬픔 속에 싸여 있는 한 사람의 마음 풍경을 볼 수 있다. 1에서 42까지 또 1에서 9까지 차곡히 적힌 '悲歌'를 통하여, 한 시인의 철저한 고독을 느낄 수 있다. 이상 시인이 「오감도」라는 제목 하에 「오감도」 1부터 100이 넘도록 수없이 써나갔듯이 김춘수는 「슬픈 노래」라는 뜻의 제목 하에 「悲歌」 1부터 40이 넘도록 써나간 것이다. 이상이 자신의 결핵과 싸우면서 현대를 열망하며 자신의 호아량한 풍경을 그대로 드러내는, 사소설 형식으로 필사적으로 썼듯이, 여든이 넘은 시인 김춘수는 자신의 다가올 죽음에 대한 예감과 함께 시인으로서 살아온 숙명적 강박관념에 쫓기면서 고독한 일상을 극복하기 위해 시를 필사적으로 썼다는 점이 유사하다. 이들의 정신적 기저는 고독과 불안에 찬 현대인의 내면을 드러내는 것인데 그것이 단적으로 언어유희와 숫자 세기 등과 결부하여 나타난 것이다. 김춘수에게서 그의 권태와 무료를 벗어나려는 행위가 적나라하게 드러난 시편은 「비가를 위한 말놀이」 1부터 9이다. 동음이의어를 통한 말장난, 혹은 유아적 동요풍 등을 씀으로써 자신의 고독을 달래고 심각한 현실인식을 순수한 세계의 아이들이 보는 것과 같은 세계로 단순화, 동화화하려는 메커니즘을 지닌다.

그의 '고독' 가까이에 있는 실체적 대상으로서 최근 그의 시집들에서 가장 빈번히 나타나는 존재는 바로 그의 '아내'이다.

아내라는 말에는
소금기가 있다. 보들레르의 시에서처럼
나트리움과 젓갈냄새가 난다.
쥐오줌풀에 밤이슬이 맺히듯
이 세상 어디서나
꽃은 피고 꽃은 진다. 그리고
간혹 쇠파이프 하나가 소리를 낸다.
길을 가면 내 등 뒤에서
난데없이 소리를 낸다. 간혹
그 소리 겨울밤 내 귀에 하염없다.
그리고 또 그 다음

마른 남게 새 한 마리 앉았다 간다.
너무 서운하다.

-「제 2번 悲歌」전문

그의 '아내'는 다른 시편에서 '나트리움과 젓갈 냄새를 맡았던 그의 하느님'
과 등가의 의미조차 지닌다. 먼저 간 그의 '아내'의 영혼은 결국 그가 생각하
는 '너무나 인간적인 하느님'에 맞닿아 있기 때문이다. 이렇게 그는 무엇인가
를 본원적인 것으로 환원시키는 사고를 철저히 하는 경향이 있다. 비가의
많은 부분은 아내에 대한 그리움으로 가득차 있다('여보 하는 소리에는/ 서
열이 없다.// 서열보다 더 아련하고 더 그윽한 句配가 있다.' -「제 1번 悲
歌」중에서, '지아비 지어미 되어/ 우리가 함께 지낸 쉰다섯 해/ 엊그제 같
다.' -「제 8번 悲歌」 중에서). 그의 아내는 지금 저승에 있고 하늘나라에
있다고 그는 믿는다. 먼저 간 아내를 저 하늘 속 천사의 모습으로 반추하기도
한다('여보, 하는 그 소리/ 그 소리 들으면 어디서/ 낯선 천사 한 분이 나에게
로 오는 듯한.' -「제 1번 悲歌」중에서). 그의 아내에 대한 그리움은, 아내에
대한 애틋한 사랑도, 아내와의 행복한 기억의 반추도 아닌 그저 피붙이와
같은 존재의 상실에 대한 막연에 그리움에 가까운 것이다. 늘 함께 하던 주변
의 누군가가 갑자기 사라져 허전해 어쩔 줄 모르는 느낌, 자신의 고독을 달랠
어떤 존재에 대한 결핍감을 드러내는 것이라고 할까. 이러한 시인의 사랑은
생동감이 없는 잘 말린 드라이플라워같기도 하다. 그는 아내가 간 세계에
대해서 막연한 친화감과 두려움을 지니고 있다. 저승이라는 시인이 가야할
미지의 세계는 아내와 천사가 있는 곳이기도 하지만 그에겐 늘 '어둠'으로
도사리고 있는 곳이기도 하다. 그는 그 세계에 대해서 특별한 기대나 비전을
지니고 있지 않다('환히 동백꽃도 벙그는데/ 지금 보니 그 뒤쪽은 캄캄한

어둠이다' -「제 8번 悲歌」중에서). 이것은 '죽음'을 앞둔, 본능적이고 욕망에 찬 모습이 이성적 사고 너머에 어쩔 수 없이 존재하는 인간의 본질을 그가 절실히 알고 있기 때문이기도 하다('모택동이 평등을 말하고, 한참뒤에 虛有선생이 자유를 말할 때도/ 한 아이가 언제까지나 울고 있다/ 엄마 배고파' -「제 18번 悲歌」중에서).

　네가 가버린 자리
　사람들은 흔적이라고 한다.
　자국이라고도 얼룩이라고도 한다.
　그렇다면
　새가 앉았다 간 자리
　바람이 왜 저렇게도 흔들리는가,
　모기가 앉았다 간 자리
　왜 깐깐하게 좁쌀만큼 피가 맺히는가,
　네 가버린 자리
　너는 너를 새로 태어나게 한다.
　여름이 와서
　대낮인데 달이 뜨고
　해가 발을 떼지 않고 있을 때 그때
　어리석어라
　사람들은 새삼 깨닫는다.

-「제 24번 悲歌」전문

'흔적', '얼룩', '자리' 등은 존재가 지나간 흔적이다. 모든 생명은 그 존재의 흔적을 남긴다. 이와 같이 그는 자신이 가고 난 자리에 담담하게 생각한다. 시인은 '새가 앉았다 간 자리', '모기가 앉았다 간 자리', '네 가버린 자리' 등으로부터 자신의 삶의 흔적과 그 의미를 새삼 깨닫는다. '흔적의 사라짐'은 '누군가의 引力'과도 같은 자연의 부름, 이치와 연관을 맺고 있다. 인간은 이승의 마지막 흔적을 남기는 동시에 다른 세계로 향하는 길을 밟으며 저승, 하늘로 통하는 길로 향한다. 그 세계는 이승과 달리 '발자국', '흔적'이 없는 공간이라고 시인은 생각한다('하늘 위에는 가도 가도 하늘이 있고/ 억만 개의 별이 있고/ 너는 없다. 네 그림자도 없고/ 발자국도 없다' - 「제 22번 悲歌」 중에서). 그리고 그 세계는 시인에게 주로 '바다', '하늘' 등으로 표상되는데 그저 인간적인 생명이 없는 '구름', '바람', '별'과 같은 자연의 세계가 아닐까 생각한다.

지금 이슬비가 단풍나무 새잎이 적시고
땅을 적시고
멀리멀리 바다 하나를 가라앉힌다.
그쪽은 그쪽
亡者들이 사는 곳,

　　　　　　　　　　　　　　－ 「제 19번 悲歌」 2연

나는 바다가 될 수 있을까,
나는 하늘이 될 수 있을까,
될 수도 있다고 한다.
마음먹기에 달렸다고 한다.
마음이 어디에 있나.

내 작은 가슴 속에
내 작은 마음이 있다고 한다.

-「제 26번 悲歌」 전반부

'이슬비'는 땅과 바다를 적시고 망자의 공간을 향한 길로 인도한다. 시인은 죽음에 대한 예감과 상상을 준비하고 있다. 이것은 단순히 죽음과 사후세계에 대한 상상으로서가 아니라 죽음을 맞닥드리려는 자의 절실한 '두려움'을 동반하고 있다는 점에서 진실성을 지닌다. 그의 시에서 '바다'. '하늘', 또는 저승세계로 향하는 마음에는 두려움과 설레임이 양가적으로 동반하고 있다. '이슬비'와 같이 이러한 세계로 인도하는 매개물은 '동아줄', '길', '꿈' 등으로 다양하게 나타난다.

그런데 그가 맞이할 이승 밖의 세계는 때로는 시인이 지향하는 궁극적 순수시의 세계의 모습과도 맞닿아 있다. 그러니까 이를 향하는 '이슬비', '길' 등은 그가 삶의 마감을 준비하는 마음자세를 보여 주는 것이면서 동시에 시인으로서의 숙명적 생을 완성시키고자 하는 필사적이고도 끈질긴 의지를 보여주는 것이기도 하다. '내 혼자 가기'와 '마음먹기에 달린 것'이란 '시인으로서 궁극적 理想'의 표상인 '바다와 하늘 되기'의 가능성을 지니고 있다고 스스로에게 인식시키는 것이다. 그러나 완성태를 향한 욕망은 언제나 그 이면에 스스로에 대한 좌절과 아픔을 동반하기 마련이다('너는 아프다고 쉽게 말하지만/ 어디가 어떻게 아픈지 너는/ 딱이 짚어내지 못한다./ 아픔이 너에게/ 뭐라고 말을 하던가./ 아픔이 너를 알아보던가./ 아픔은 바보고 천치고, 게다가/ 눈먼 장님일는지도 모른다. -「제 27번 悲歌」 부분).

또한 그에게 '바다'는 그의 고향 경남 통영의 상징인 만큼 김춘수의 근원적 안식처의 의미를 지니기도 한다. 그러나 그 '바다'는 그의 아내가 없이는 무의미할 뿐이다('멀리 내 고향 통영으로는 갈까./ 어디로 가나 아내가 없다면/ 분당에서 산다 해도 달라질 게 없다' -「제 40번 悲歌」중에서). 서울에 있는 그에게 안온한 고향과 같은 실제의 바다는 잘 보이지 않고 이야기책 속 청년의 머릿속에서 오고 갈 뿐이다('부산 가덕도 앞바다는/ 향파가 쓴 이야기책 속으로/ 숨어버렸다. 얼굴을 내놓기 싫은 모양이다' -「제 31번 悲歌」중에서).

> 설흔 여덟 평이나 되는 아파트 거실 二人用 소파에
> 나는 혼자 앉아 있다. 멍하니
> 한나절을 그렇게 보낸다.
> 아주 드물게 소리도 없이 누가 몰래 곁에 와서 앉아 준다.
> 누가 초인종만 누르고 그냥 가버리기도 한다.
> 나는 혼자서 생각한다. 그들이 누구일까.
> 생각하다 생각하다 하루해를 저문다.
> 어쩌나,
> 나는 개도 아니고 하느님도 아니다.
> 나는 이승의 하루를
> 내 혼자만의 생각을 품에 안고
> 다만 사람으로 살고 싶다. 이런 생각이
> 때로는 왜 나를 슬프게 할까,
>
> 　　　　　　　　　　　　　　　-「제 25번 悲歌」부분

하루종일 아파트 거실 쇼파에서 누군가가 옆에 앉아 있는 듯한 혹은 누군 가가 왔다 간 듯한 체험을 하는 것은 그만큼 그가 외롭기 때문이다. 그는

이러한 이승에서의 하루를 '내 혼자만의 생각을 품에 안고' 살아가려 하기 때문에 더욱 고독한지 모른다. 그의 고독 달래기는 죽은 개의 윤회라는 환상을 보는 것으로 나타나기도 하고('그는 가고 없지만/ 모과빛 귓털을 세우며/ 가쁜 숨을 몰아쉬며 그는 지금 선연/ 산보 가는 뒤를 따르고 있다.' -「제 29번 悲歌」중에서), 70세 때 여행가서 보았던 피레네 당나귀의 슬픈 눈을 통하여 화가 후안 미로의 아내 모습을 보기도 한다('그런데 눈이 너무 커서 슬픈 그 짐승은/ 알고 보니 뜻밖에도/ 화가 후안 미로의 아내였다' -「제 30번 悲歌」중에서). 또는 생명체의 탄생과 죽음, 이전과 이후의 세계에 대한 관심을 보여주기도 한다('벌레야 애벌레야/ 눈이 뜨기 전에 네 머릿속에는/ 무엇이 있나./ 머나먼 하늘인가, 갈매빛 나는 더 멀리 있는/ 어떤 별인가.' -「제 38번 悲歌」중에서). 노년의 그는 그가 죽은 뒤 생물이 죽은 뒤 어떻게 될 것인가에 대한 막연한 두려움과 그리움 그리고 윤회에 대한 일말의 여지를 남겨 두고 있다.

멧산아 멧산아
나 꺼꺼쟁이 다 가지고 가거라.
멧산아 멧산아
네 꺼꺼쟁이 다 버리고 오너라.
멧산아 멧산아 고치 고치 세우고
자지 자지 세우고
멧산아 멧산아
발가벗은 멧산아, 아무데도 없는
멧산아,
　　　　　　　　　　-「悲歌를 위한 말놀이5 -동요풍으로」

멧산은 발가벗은 것이면서 아무데도 없는 존재이다. 실체이자 비실체인 멧산은 그저 시인의 혼잣말의 대상일 뿐이다. 그 대상을 향한 무의미한 발화 놀이는 유년시절의 말장난을 담고 있는데 이 또한 그에게 무의미한 일이다. 동음이의어에 의한 말놀이를 기저로 한 동요풍이나 민요풍은 그의 고독을 달래는 하나의 방식이다. 이것은 매우 심심하고 무료한 그의 일상을 드러내는 것이기도 하다. 그는 이것을 극복하기 위하여 책 속에서 '발자국' 같은 무엇인 가를 찾아보려고 하지만 그것도 종종 허탕이 되기도 한다('지금도 나는 그 책 속에는/ 아무도 없었다고 감히/ 말한다/ 앵두나무는 아무 말도 하지 않았 으니까/ 그냥 그대로 서 있었으니까' - 「悲歌를 위한 말놀이7」 중에서).

옛날에
예날이란 말이 있었지,
지금은 어디 있지,
예날은 어디 있지,
옛날은 다 꾸겨진 휴지조각일까,
아침에 눈뜨면
어디선가 귓전에 다가오는
그것은
소리내지 않는 큼직한 쇠방울 같은 것,
지긋이 어깨 누르는,

저 멀리 산 너머
새 한 마리 어디로 가지,

                                        - 「悲歌를 위한 말놀이9」 전문

시인의 '옛날'이란 그에게 어깨 누르는 '큼직한 쇠방울'이라고 한다. '큼직한 쇠방울'은 상징적으로는 일제 때 헌병대에서의 고문과 관련한 고통스러웠던 청년시절에 체험을 드러내는 것이면서 시인으로서 그가 살아가야 하는 필연적 숙명과도 관련을 지니고 있다. 시인은 산너머 새처럼 이러한 시인의 강박관념으로부터, 혹은 그의 고통과 태생적 고독감으로부터 '저 멀리' 자유로워지고자 한다. 그러나 그는 '悲歌'를 부르며 '의자'를 찾아오르는 '계단'과도 같은 삶을 살 수밖에 없는 그러한 시인의 운명을 타고난 것이다.

그의 시는 『들림, 도스토예프스키』 이후부터인 『의자와 계단』, 『거울 속의 천사』, 그리고 『쉰한 편의 悲歌』에 이르면서 그가 지녔던 소녀적 특유의 긴장감으로부터 조금씩 느슨해지면서 동시에 원숙한 세련미를 풍기고 있다. 젊은이와 같은 정서적 감수성도 조금은 나이 지긋한 자의 모습으로 옮아가고 있다. 그러나 그러한 변화의 너머로 변치 않고 독자의 공명을 깊이 울려 오는 것은, '그가 어떻게 이토록 지독한 고독과 비극성을 지닌 영혼으로서 삶을 견뎌 왔을까'하는 점이다('태초에 비극이 있었다. 비극은 탄생이라고 하지 않고 발견이라고 하는 것이 좋을 듯하다. 내가 비극을 발견하게 된 것은 꽤 오래된 일이다' - 「悲歌」 책 뒤에 중에서). 그러한 삶을 버티고서 그를 우리 현대시사에서 우뚝 서게 한 원천은 아마도 이 시집의 한 구절처럼 '나는 바다가 될 수 있을까' 하는 시인으로서의 치열한 욕망으로부터일 것이다. 이 시집은 슬픔과 애련을 겉으로 드러내지 않고 담담하게 서술하고 있으나, 그의 시 한편 한편마다에는 고독한 일상과 허무감을 느끼는 자의 시선과 죽음을 준비하는 자이자 시인으로서의 숙명적 강박감을 절실히 드러내고 있다.

김 춘 수 무 의 미 시 연구

초판 **1**쇄 2004년 9월 10일 / 발행일 2004년 9월 15일
지은이 최라영 / **펴낸곳 새미** / **등록일** 1994. 3.10 제17-271호
편집 이외숙 · 이선영 · 송영자 / **마케팅** 한창남 · 황태완
총무 양유미 · 홍수현 / **인쇄** 박유복 · 조재식
인터넷 정구형 · 이혜원 / **물류** 정근용 · 최춘배

주소 서울시 강동구 암사동 462-1 준재빌딩 4층
Tel : 442-4623~6 Fax : 442-4625
www.kookhak.co.kr E-mail : kookhak2001@daum.net
ISBN 89-5628-134-3 93800
가 격 13,000원